HEYNE<

AF204629

CHRISTIAN KUHN

NORDSEE DUNKEL

KRIMINALROMAN

WILHELM HEYNE VERLAG
MÜNCHEN

Penguin Random House Verlagsgruppe FSC® N001967

Originalausgabe 06/2021
Copyright © 2021 dieser Ausgabe
by Wilhelm Heyne Verlag, München,
in der Penguin Random House Verlagsgruppe GmbH,
Neumarkter Str. 28, 81673 München
Dieses Werk wurde vermittelt durch die Agentur
EDITIO DIALOG, Dr. Michael Wenzel
Redaktion: Loel Zwecker
Printed in Germany
Umschlaggestaltung: Sandra Taufer, München,
unter Verwendung © Shutterstock.com
(Christian Szymala, Steffen Peters, Marijus Auruskevicius,
Serg64, Ivan Busic)
Karten U2/U3: ©mapz.com – Map Data: OpenStreetMap ODbL
Herstellung: Udo Brenner
Satz: Leingärtner, Nabburg
Druck und Bindung: GGP Media GmbH, Pößneck
ISBN: 978-3-453-44117-0

www.heyne.de

»Strandkorb 129«

Prolog

KOPFSCHMERZEN, UNRUHIGES POCHEN hinter der Stirn, Felicitas Toben konnte kaum einen klaren Gedanken fassen. Sie lief am Fuß des Deiches entlang, es war Niedrigwasser. Zu ihrer rechten Seite hatte sich das Meer zurückgezogen und den Blick freigegeben auf braun-grauen Schlick, hinter dem Nebel war das Festland nur zu erahnen. Eine Gruppe Wildgänse blockierte den Weg vor ihr, Felicitas hielt gerade auf sie zu. Erst im letzten Moment hoben die Vögel schnatternd ab, gaben den mit weißem Kot übersäten Weg frei.

Sie erreichte den Fähranleger Norderneys, wo der morgendliche Betrieb bereits begonnen hatte. Die erste Fähre hatte gerade angelegt, vorsichtig huschte Felicitas durch eine Lücke in der langen Reihe von Autos und Lastwagen, die die Laderampen herunter- und auf die Straße rollten. Ihre Heimat wurde komplett vom Festland versorgt, sämtliche Güter mussten Tag für Tag hierhertransportiert werden.

Felicitas lief weiter den Kai entlang, an zwei Museumsschiffen und dem Seenotkreuzer der Deutschen Gesellschaft zur Rettung Schiffbrüchiger vorbei, bis zum Sportboothafen.

Sie mochte die Geräuschkulisse: Ein Sirren lag in der Luft, erzeugt vom aufkommenden Wind, der die Wanten und Stage der Segeljachten vibrieren ließ, dazu das Flattern der Flaggen, das Klatschen der Wellen an den Hafenmauern, das gelegentliche Kreischen einer Möwe.

Von Norden zog eine schwarze Regenfront auf. Erste Böen, sie spürte den Wind in ihren Haaren. Sie blickte auf die Armbanduhr, deren Display Geschwindigkeit, zurückgelegte Strecke und ihren Puls anzeigte. Natürlich auch ihren Puls – deshalb musste sie ja dieses Ding tragen. Etwas mehr als vier Kilometer, die Hälfte war schon geschafft.

Schnell den Deich hoch und dann weiter ins Innere der Insel, zurück in die Stadt. Nieselregen setzte ein, vermischte sich mit dem salzigen Schweiß auf ihrem Gesicht. Sie folgte erst der Südstraße und dann der Jann-Berghaus-Straße. Auf der rechten Seite war eine lange Mauer aus roten Ziegelsteinen, dahinter lag der Inselfriedhof. Wahrscheinlich würde sie dort auch eines fernen Tages ihre letzte Ruhestätte finden. Heimat war etwas, dem man nur schwer entkommen konnte.

Dem Friedhof folgte der Busbahnhof, dann sah sie bereits den denkmalgeschützten Ziegelsteinbau ihrer ehemaligen Grundschule. Dort bog sie in die Schulzenstraße ein. Inzwischen goss es in Strömen. Trotz Kapuze und wasserabweisender Windjacke gab es keine trockene Stelle mehr an ihrem Körper, als sie bei ihrer Bäckerei ankam.

Ein Glöckchen klingelte, als sie die Tür öffnete. Das Ladenlokal war kleiner als ihr Wohnzimmer und bestand im

Wesentlichen aus der gläsernen Bedientheke, in der das selbst hergestellte Gebäck ausgestellt wurde. Hinter der Bedienung, die gerade für den einzigen Kunden Brötchen in eine Tüte abzählte, lagen Brote in den Wandregalen. Weder Tische noch Stühle luden zum Verweilen ein.

»Hey, Fee, du bist aber früh dran. Wie immer?« Die Inhaberin kam aus der Backstube und schob sich an ihrer Hilfskraft vorbei.

»Hey, Sina. Ja, bitte ein Croissant und ein Brötchen.« Felicitas kramte aus der Hosentasche das abgezählte Kleingeld hervor und legte es direkt in die dargebotene Hand. »Was für ein Wetter.«

»Weißt du schon, wie du das trocken nach Hause bringen willst?«

»Vor allem schnell.« Sie lachte. »Tschüss.«

Nur noch ein letzter Sprint, dann erreichte sie die äußere Eingangstür ihres Hauses. An der Kamera unter der Decke blinkte es kurz grün, als sie den Flur betrat. Ein Klicken bestätigte, dass die Tür hinter ihr ins Schloss gefallen war. Sie hängte die tropfende Jacke an die Garderobe, zog die Schuhe aus und entriegelte dann über den Fingerabdruckscanner die innere Tür, deren Holzoptik über die massive Panzerung hinwegtäuschte. In nassen Socken durchquerte sie den Eingangsbereich, an der zur Garage führenden Innentür vorbei. Mama würde bestimmt schimpfen, wenn sie die Wasserflecken auf dem Holzparkett sehen würde. Felicitas erwischte sich bei dem Gedanken, schnell mit einem Handtuch die Spuren abzutrocknen, schaffte es aber, ihn zu ignorieren.

Das Wanddisplay der Alarmanlage zeigte an, dass alle Systeme normal liefen. In der Küche legte sie die durchgeweichte Brötchentüte ab, na ja, mit einem Kaffee würde das Croissant schon noch schmecken, und entnahm dem Kühlschrank den vorbereiteten Smoothie.

Beim Betreten des Wohnzimmers regelten die Sensoren automatisch die Deckenleuchten auf das Maximum, der gläserne Couchtisch reflektierte das grelle Licht, das von den weißen Sofas noch verstärkt wurde. Aus den verdeckten Lautsprechern startete leise elektronische Musik. Hinter den bodentiefen Fenstern wartete ihr Garten auf sie, umschlossen von der zwei Meter hohen Ziegelmauer, die sie vor allen neugierigen Blicken schützte. Der Regen prasselte auf die schmale Terrasse, den weißen gusseisernen Bistrotisch und die beiden Stühle.

Felicitas öffnete beide Flügeltüren und trat hinaus, trank ein paar Schlucke von dem Smoothie, stellte das Glas auf den Tisch. Ging bis zur Mitte der Grünfläche, schloss die Augen, legte den Kopf in den Nacken, streckte die Hände weit nach oben, spreizte die Finger. Der Regen lief herrlich kühl an ihr hinunter, wirkte befreiend. Die Anspannung ließ nach, der Puls beruhigte sich, das Hämmern hinter der Stirn verschwand. Sie war klar, ganz klar. Alles war gut.

Im Wohnzimmer nahm sie die Armbanduhr ab, betrachtete die einzelnen Balken der Statusanzeigen, legte sie schließlich in die bereitstehende Ladevorrichtung. Das Prasseln der Regentropfen auf der Terrasse war bis hierhin zu hören. Sie ging weiter zum Badezimmer. Weiße Wand- und schwarze Bodenfliesen, metergroß. Schlicht, aber teuer. Einzeln schälte sie die eng anliegenden Sportsachen von ihrem Körper, ließ sie an Ort und Stelle liegen.

Im Spiegel betrachtete sie ihren Körper. Dünn, nicht dürr, sie hatte sich im Griff, das hatte sie die letzten Jahre gelernt. Ein kurzes Quietschen schallte aus dem Flur zu ihr hinüber. Wie eine Schuhsohle auf nassem Untergrund. Sie hielt die Luft an, horchte in das Haus hinein. Sekunden verstrichen.

Sie nahm das große Badetuch und wickelte es um ihren Körper. Langsam schritt sie vom Badezimmer zurück in den Wohnbereich. Am Display der Alarmanlage blinkte es gelb. Fehlermeldung, unbekannte Störung. Vorsichtig warf sie einen Blick ins Wohnzimmer. Leer. Ein Windzug fuhr durch die noch immer geöffnete Gartentür, wehte die weißen Vorhangschals beiseite.

»Keine Fehler!«

Die Stimme war hinter ihr. Sie spürte einen kalten Punkt an ihrem Nacken, ungefähr von der Größe eines Centstücks. Starr sah sie nach vorne. Es rauschte in ihren Ohren. Sie merkte, wie sie verkrampfte, ihr Atem flacher wurde. Keine Panik, zwang sie sich zu denken, sie wusste, was zu tun war.

»Das ist eine Entführung.«

Automatisch hob sie beide Arme, ganz langsam und vorsichtig, so wie es ihr stets beigebracht worden war.

1

GRAS UND SAND waren noch feucht, sowohl vom Tau als auch von den Regenfällen des Vormittages. Er schob sich behutsam an den Rand der Möwendüne. Zoomte auf das Ziel. Es hatte ihn nicht bemerkt, sah sich aber aufmerksam nach allen Seiten um. Schnell und energisch drückte er ab, immer wieder: das perfekte Fotomotiv. Ein Löffler, ein strahlend weißer Vogel, fast so groß wie ein Storch, inmitten seines Nestes, das wie ein Thron aus den flachen, dem Watt vorgelagerten Salzwiesen herausragte, perfekt ausgeleuchtet durch den hellen Schein der Mittagssonne.

In der unter Naturschutz stehenden östlichen Hälfte von Norderney, die als Ruhezone des Nationalparks Wattenmeer definiert und mehr oder weniger sich selbst überlassen war, brüteten bestimmt Zehntausende Vögel. Eine Urlandschaft, geprägt durch flache, dicht mit Sanddorn, Gräsern und Flechten bewachsene Dünen, moorartige Feuchtwiesen und Salzsümpfe. Der Zutritt war eigentlich auf einen durch Pfähle markierten Trampelpfad beschränkt, der von dem letzten Parkplatz am Ostheller zu dem Wrack eines

Muschelbaggers am Ostende der Insel führte, einem bei Touristen beliebten Ausflugsziel. Aber wie überall fehlte es auch im Nationalpark an Personal, um das Verbot durchzusetzen.

Tobias Velten überflog auf dem Display der Kamera die Fotos des Tages. Der raue Charme dieser Landschaft faszinierte ihn, aber es gelang ihm nur selten, ihn auf Bildern festzuhalten. Er war gerne hier. Am liebsten früh am Morgen, wenn die Sonnenstrahlen die Ödnis Stück für Stück zum Leben erweckten, oder bei Regenwetter, wenn weit und breit um ihn herum keine Menschenseele zu sehen war. Nur die pure Natur, wir Menschen gehörten vielleicht gar nicht hier hin. Auf diese wandernde Sandbank in der Nordsee, durch eine Laune der Natur alle sechs Stunden abgetrennt vom Rest der Welt. Wie ein Paradies, das man besuchen, in dem man aber nicht bleiben durfte. Oder wie ein Gefängnis, das zeitweise geöffnet war.

Es wurde Zeit, den Rückweg anzutreten. Mit einem Seufzen verstaute Velten die Kamera in einem wasserdichten Beutel. Unter seinen Neoprenschuhen knirschte der Sand, als er die Düne hinabstieg, um zu seinem Kajak zu gelangen, das auf der dem Wattenmeer vorgelagerten Salzwiese auf ihn wartete. Ganz schön illegal, Herr Kriminalhauptkommissar. Der ist gerade nicht im Dienst, antwortete er sich selbst in Gedanken.

Nach ein paar Metern hatte er das kleine Boot bis zu einem wasserführenden Priel geschoben. Es wackelte kurz, als er einstieg, aber mit den ersten kräftigen Ruderschlägen stabilisierte es sich. Schwacher Gegenwind ließ leise Wellen gegen den Rumpf plätschern. Er ruderte langsam und stetig, in den Muskeln breitete sich eine angenehme Wärme aus. In den letzten Monaten hatte er Gefallen an dem neuen Sport gefunden. Nicht weit von ihm entfernt stieß eine Möwe durch die Wasseroberfläche, stieg danach mit ihrer Beute wieder hoch. Gedankenverloren betrachtete Velten die über ihn hinwegziehenden Wolken.

Nach zwanzig Jahren Dienst im Bundeskriminalamt hatte ihn vergangenes Jahr ein Einsatz auf die Nachbarinsel Juist geführt. Im Anschluss daran hatte er eine einjährige Auszeit genommen und war einfach dort geblieben, bis es ihn schließlich auf die größere Insel Norderney verschlagen hatte. Ende Juni würde seine Auszeit schon wieder vorbei sein, eine Verlängerung konnte er sich nicht leisten, seine finanziellen Reserven waren fast aufgebraucht. Tja, wieder arbeiten. Zurück ins BKA, zurück in den Polizeilichen Staatsschutz. Vielleicht würde es ihm guttun.

Es würde sicherlich viel zu tun geben. Soweit er das von der Insel aus mitbekam, war die Stimmung im Land weiterhin gereizt. Verschwörungstheorien kursierten in so hoher Zahl in den sozialen Medien, dass man ihnen kaum noch wirkungsvoll widersprechen konnte. Jeder gegen jeden, so kam es ihm vor. Angst vor Andersartigen verschmolz mit Aggression auf Andersdenkende, mit Neid auf Reichtum, Wut auf Großkonzerne und einem unspezifischen Hass auf die da oben. Das schien überhaupt der einzige gemeinsame Nenner zu sein, dieses Feindbild einer irgendwie bösartigen Elite, die je nach Ausprägung entweder das Volk wirtschaftlich ausbeuten, entrechten oder direkt austauschen wollte. Hier oben, in seinem selbst gewählten Exil, hatte er diesem ganzen Hass weitgehend entkommen können.

Velten passierte den Flugplatz der Insel, der durch einen kleinen Deich vor dem Wattenmeer geschützt war, und den aus roten Mauerziegeln gebauten Leuchtturm ungefähr in der Mitte der Insel. An Land wäre er ab hier deutlich schneller unterwegs gewesen, mehrere Busse pendelten regelmäßig in die Stadt, die den gesamten Westen der Insel ausfüllte. Aber auch auf dem Meer wurde es jetzt weniger anstrengend, der Scheitelpunkt der Flut war erreicht, die Strömung des ablaufenden Wassers unterstützte die müder werdenden Arme.

Die letzten Meter führten am Südstrandpolder vorbei. Ihn hatten einst die Nazis dem Meer abgetrotzt, eigentlich war der Platz damals für einen neuen Seefliegerhorst vorgesehen gewesen. Nach dem schnellen Sieg an der Westfront waren die Arbeiten jedoch kurz nach der Eindeichung zum Erliegen gekommen und auch nicht wieder aufgenommen worden, als die Westfront zurückgekehrt war. Anstatt Jagdbombern wohnten nun Graugänse hier, ein ziemlich akzeptabler Tausch.

Bei der Surfschule zog Velten das Kajak an Land, übergab es mitsamt der Ausrüstung den jungen Leuten, die den Laden hier führten, und schlüpfte in Turnschuhe, Jeans und

Fleecepulli. Gemütlich bummelte er zurück nach Hause. Wahrscheinlich war er der einzige Bewohner Norderneys, der weder Auto noch Fahrrad besaß. Aber weder das eine noch das andere vermisste er.

Sein Briefkasten im Hausflur war bis auf die unerwünschte Werbung leer, wie immer. Sabine, die in dem Apartment im Erdgeschoss wohnte, sah ihm neugierig dabei zu, wie er die Prospekte im Papiermüll entsorgte. Zum Glück kam sie dieses Mal nicht zu ihm heraus, um Konversation zu betreiben. Zufrieden stapfte er in dem spärlich beleuchteten Treppenhaus nach oben. Vor einem Monat war die Glühbirne in der ersten Etage durchgebrannt, aber bisher hatte es noch niemand für nötig befunden, sie auszuwechseln. Er hörte ein Geräusch oben, vor seiner Tür. Langsam stieg er die nächsten Stufen hinauf.

Auf dem Treppenabsatz stand eine Frau, genau vor der Deckenleuchte, weshalb er blinzeln musste, um mehr als ihre Umrisse erkennen zu können. Eins fünfundsiebzig, schwarze Kurzhaarfrisur, wahrscheinlich Anfang vierzig, aber er war noch nie gut darin gewesen, das Alter zu schätzen. Sportliche Figur, körperbetonte schwarze Jeans, eng anliegende Regenjacke. Eine Polizistin, schoss es ihm durch den Kopf.

»Guten Tag. Mara Johansson. Sind Sie Herr Velten?«

»Ja, der bin ich.«

Wäre sie eine Polizistin, hätte sie ihre Amtsbezeichnung genannt. Also keine seiner zukünftigen Kolleginnen, beinahe war er ein wenig enttäuscht.

»Könnten wir kurz reden?« Sie sprach leise, Velten war sich sicher, dass man sie eine Etage tiefer bereits nicht mehr verstehen konnte. »Ich möchte Ihnen einen Auftrag anbieten.«

»Wollen Sie eben reinkommen?«

Er schloss die Tür hinter ihr. Seine Wohnung bestand im Wesentlichen aus dem Wohn- und Essbereich, in den eine gelbe Einbauküche aus dem letzten Jahrhundert gequetscht worden war, ein schmaler Bistrotisch mitsamt zwei Stühlen, eine Couch und ein Sideboard mit einem Fernseher drauf. Über eine schmale Leiter gelangte man zu dem halb ausgebauten Spitzboden, auf dessen Grundfläche genau ein Doppelbett passte. Hinter der einzigen Innentür versteckte sich das gerade einmal vier Quadratmeter große Bad. Etwas hilflos bot Velten die beiden Stühle als Sitzgelegenheit an.

Mara Johansson winkte dankend ab und blieb in der Mitte des Raumes stehen. Als sie den weißen Dreißig-Liter-Plastikeimer entdeckte, der am Ende der Einbauküche stand, huschte ein Grinsen über ihr Gesicht. Dann wandte sie sich ihm zu.

»Ich hoffe, Sie haben Zeit. Ich komme gleich zu meinem Anliegen: Meine Auftraggeber möchten Sie als Privatdetektiv engagieren.«

»Aha.«

Interessant, dass sich seine kleine Nebentätigkeit, wie er es nannte, schon so weit herumgesprochen hatte. Vor einem halben Jahr war er durch Zufall in Kontakt mit einer Privatdetektivin aus Norden, der nächstgrößeren Stadt auf dem Festland, gekommen. Sie hatte den Auftrag gehabt, einen Ehemann des Fremdgehens zu überführen. Er hatte sie unterstützen können, danach hatte sie ihm gegen ein paar bescheidene Tagessätze noch zwei weitere, ähnlich gelagerte Fälle vermittelt. Jedes Mal hatten die Auftraggeber mit ihrem Verdacht richtiggelegen. Traurig, auch wenn es grundsätzlich gut für das Geschäft war. Langweilige Aufträge, wenig Geld, aber immerhin leicht verdient. »Grundsätzlich habe ich noch Kapazitäten, ja. Wobei kann ich Ihnen denn helfen?«

»Sie würden Vollzeit benötigt werden. Es geht um die nächsten vier bis fünf Tage. Gegebenenfalls müssten Sie auch länger zur Verfügung stehen. Wir bieten Ihnen zweitausend pro Tag.«

Das war mehr, als er normalerweise veranschlagen würde. Weit mehr.

»Worum geht es denn?«

»Tut mir leid, das kann ich Ihnen hier noch nicht sagen. Aber wenn Sie grundsätzlich Zeit haben, dann würde ich Sie gleich Ihren Auftraggebern vorstellen. Dann erfahren Sie alles Wei…«

»Frau Johansson, ich bitte Sie. Etwas mehr Informationen brauche ich schon.«

»Es tut mir leid. Die Sache ist absolut vertraulich, in mehrfacher Hinsicht. Ich darf ihnen hier nicht mehr sagen. Das klingt jetzt vielleicht merkwürdig, aber … es tut mir leid. Hören Sie sich nachher alles in Ruhe an. Danach können

Sie immer noch entscheiden, ob Sie den Auftrag annehmen oder nicht.«

Acht- bis zehntausend Euro. Vielleicht noch mehr. Und sie hatten noch gar nicht verhandelt. Andererseits war der Auftrag finanziell zu attraktiv, um keinen Haken zu haben.

»Okay. Und wie geht es jetzt weiter?«

Sie sah auf ihre Armbanduhr. »Wir haben jetzt Viertel vor drei. Wir treffen uns in einer halben Stunde im Hotel Preußenstern. Zimmer 412, oberste Etage. Ich werde vorfahren, Sie kommen nach.«

»Was soll das, Frau Johansson? Was sollen diese Spielchen?«

»Das ist alles andere als ein Spiel. Es tut mir leid, aber wir haben wirklich triftige Gründe. Bitte verstehen Sie, es ist besser, wenn Sie und ich nicht zusammen gesehen werden.« Sie legte in einem schmalen Fächer einige Fünfzig-Euro-Scheine auf den Tisch. »Nehmen Sie es als Zeichen, dass meine Auftraggeber diese Anfrage ernst meinen, oder sehen Sie es als eine Art Spesenpauschale. Sie können sie auf jeden Fall behalten, egal, wie Sie sich nachher entscheiden.«

Er nahm einen der Scheine in die Hand, er schien echt zu sein. Na ja, wenigstens mal anhören konnte er sich die Sache ja. Er war schon darauf gespannt, auf was das hier hinauslaufen sollte. Wenn das Ganze so schräg weiterlief, blieb ihm ja immer noch übrig, der Polizei den Tipp zu geben, sich diese Mara Johansson und ihre Geschäftspartner genauer anzusehen.

»In einer halben Stunde. Von mir aus, dann machen wir das so.«

»Danke.« Sein Besuch verabschiedete sich mit einem Lächeln, das er nicht entschlüsseln konnte. »Leisten Sie sich ein Taxi.«

2

VELTEN NAHM AUF dem Beifahrersitz Platz. Es war seltsam ungewohnt, mal wieder in ein Auto einzusteigen. Der Taxifahrer trug ein rotes Baseballcap und eine Sonnenbrille und begrüßte ihn freundlich. Die Fahrt verlief zügig, jedenfalls kam es ihm so vor, aber das konnte auch daran liegen, dass er schon so lange nicht mehr gefahren war.

Womit auch immer Johanssons Auftraggeber ihn betrauen wollten, es klang nach einer großen Sache. Konnte er das überhaupt noch? Die kleinen Aufträge, die er die letzten Monate angenommen hatte, waren mehr oder weniger belanglos gewesen, eine nette Abwechslung. Aber das hier war anders, so viel ließ sich schon sagen. Es kribbelte wieder in den Fingerkuppen. Velten war gespannt, was ihn gleich erwarten würde.

In einem großen Bogen fuhren sie zunächst zum Hafen und dann in Richtung Stadtzentrum, an der Rückseite des Kurplatzes und am Schwimmbad vorbei, und bogen in den Damenpfad ein. Ehrwürdige Stadtvillen aus der Gründerzeit, teilweise zu offensichtlich hochpreisigen Appartements umgebaut, sowie Hotels für unterschiedlichste Preisklassen prägten das Straßenbild. Auf der linken Seite lugte eine Düne durch eine Baulücke, auf deren Spitze ein historisch anmutender Pavillon thronte, das Café Marienhöhe. Am Ende der Straße, am nordwestlichsten Punkt der Insel, hielt das Taxi direkt neben einem modernen, verschachtelt wirkenden Hotel. Dunkelrote Klinker, bodentiefe Fenster auf allen Etagen.

Velten bezahlte und gab ein großzügiges Trinkgeld. Der Concierge begrüßte ihn mit einem Nicken, beachtete ihn aber nicht weiter, als er direkt zu den Aufzügen weiterging. Zimmer 412 befand sich am rechten Ende eines schlichten, aber makellosen weißen Flurs. Durch das gläserne Dach flutete helles Tageslicht, ein Teppich dämpfte das Geräusch seiner Schritte.

Kaum dass er angeklopft hatte, öffnete Mara Johansson die Tür der Suite. Er folgte ihr in einen sehr aufgeräumt wirkenden Wohnbereich mit weißer Couchgarnitur und Glastisch. Riesige Fenster, eine großzügige Dachterrasse, man hatte Blick auf den Strand, das Meer und das östliche Ende von Juist, Letzteres war im Dunst des einsetzenden Nieselregens allerdings nur zu erahnen.

»Wir müssen noch kurz auf …«

»Bin schon da, Mara.« Aus der Tür zum Nebenzimmer trat eine Dame in einem beigefarbenen Hosenanzug, kombiniert mit rotem Schal. Energische Gesichtszüge, viele kleine Fältchen, kurze graue Haare, dezenter Goldschmuck. Vielleicht sechzig Jahre alt. Tatsächlich war sie ein wenig kleiner, als sie im ersten Augenblick auf ihn gewirkt hatte. In der linken Hand trug sie ein weißes Notebook.

»Alea Toben. Ich führe hier in der Maybachstraße eine Galerie, zusammen mit meinem Mann, der heute leider verhindert ist. Danke, dass Sie es einrichten konnten.« Sie hatte einen überraschend festen Händedruck. »Frau Johansson, meine Assistentin, haben Sie ja bereits kennengelernt.«

»Velten«, stellte er sich vor. Aber das wusste sie ja bereits.

Sie wies ihm einen Platz auf einem der Sofas zu und setzte sich ebenfalls. Über dem Tisch schwebte ein Kronleuchter. An den weißen Wänden hingen großformatige Drucke auf Acrylglas, abstrakte Motive, es waren Wellen in Großaufnahme, wie er auf den zweiten Blick erkannte. »Sehr beeindruckend«, begann er den Small Talk, der normalerweise üblich war.

»Meine Tochter ist entführt worden«, sagte Alea Toben. Er brauchte einen Moment, um die Information aufzunehmen. »Das … tut mir …«, begann er mit einer Antwort.

»Meine Tochter ist mein Ein und Alles«, unterbrach ihn Alea Toben. »Ich möchte, dass Sie mich und meine Familie im Umgang mit dieser Situation und bei der Kommunikation mit den Entführern unterstützen. Außerdem erwarte ich, dass Sie versuchen herauszufinden, wo meine Tochter gefangen gehalten wird. Sie sollen alles unternehmen, dass meine Tochter wohlbehalten zu uns zurückkommt. Das ist der Auftrag, den ich Ihnen anbiete. Nehmen Sie ihn an? Sie kennen die Konditionen.«

Mara Johansson schob ein DIN-A4-Blatt über den Tisch, auf dem, wie sie erklärte, das fixiert war, was sie ihm in seiner Wohnung zugesagt hatte. Der Vertrag war bereits unten rechts mit einer Unterschrift versehen.

»Warum ich? Eine Entführung ist Sache der Polizei.« Während er das sagte, wunderte er sich über sich selbst. Warum hatte er nicht einfach Ja gesagt? Weil die Frau über die Entführung ihrer Tochter sprach, als ob es sich um eine rein geschäftliche Angelegenheit handelte?

»Ich möchte zuerst Ihre Entscheidung hören. Wir haben alle nur begrenzt Zeit. Wenn Sie annehmen, werde ich Ihnen Ihre Fragen beantworten. Andernfalls ist dieses Gespräch beendet.« Alea Toben setzte sich, faltete die Hände, als wollte Sie ihm alle Zeit der Welt geben, obwohl das Gegenteil der Fall war.

Die Art und Weise, wie Personal behandelt zu werden, störte Velten. Eindeutig, sein Gegenüber war es gewohnt, Menschen zu kaufen. Anweisungen zu geben. Und der Auftrag war so allgemein formuliert, da musste noch etwas kommen. Andererseits, jemandem beim Umgang mit der Entführung der eigenen Tochter beizustehen, konnte man einen solchen Auftrag tatsächlich ablehnen? Außerdem bot sie zehntausend Euro. Für fünf Tage Arbeit.

»Einverstanden.« Er wusste, eigentlich hätte er das nicht einfach so akzeptieren dürfen. Aber er war neugierig geworden.

Alea Toben nickte, klappte das Notebook auf und tippte mit dem ausgestreckten Zeigefinger auf eine Taste. Ein in die Zimmerdecke versteckt eingebauter Beamer leuchtete auf, projizierte das Gesicht einer jungen, zwischen achtzehn und zwanzig Jahre alten Frau an die Wand. Leicht unscharf, füllte sie beinahe das gesamte Bild aus. Schwarze Haare, ernster Blick, unruhig, aber beherrscht. Unverkennbar Alea Tobens Tochter. Das Video startete. Die Frau blickte leicht links an der Kamera vorbei, schluckte, begann zu sprechen:

»Felicitas Toben befindet sich in unserer Gewalt. Es geht ihr den Umständen entsprechend gut. Gegen zwei Millionen Euro in nicht durchnummerierten Fünfzig-Euro-Scheinen werden wir sie wohlbehalten freilassen. Halten Sie das Geld am Donnerstag, den 18. April, bereit. Weitere Anweisungen folgen. Machen Sie keine Fehler. Wenn Sie die Polizei einschalten, werden Sie Ihre Tochter nicht wiedersehen.« Sie blickte nach rechts, nach links, wieder nach rechts, mit fragendem Blick, die Kamera wackelte, dann fror das Bild ein.

Die Entführer hatten Felicitas Toben den Text vorlesen lassen. Eine untypische Vorgehensweise. Aber zielführend. So konnten sie beweisen, dass Felicitas noch lebte und die Botschaft mit Nachdruck vermitteln. Die Wirkung gerade auf die Eltern musste drastisch sein. Andererseits hatten die Entführer so riskiert, dass Felicitas neben der Botschaft bewusst oder unbewusst weitere Informationen hätte preisgeben können, ohne dass sie dies bemerkt hätten. Velten war sofort klar, dass er die Nachricht noch oft und intensiv analysieren würde.

»Dieses Video erhielten wir heute um 9:30 Uhr per E-Mail, von Fees privater E-Mail-Adresse. Ihr Smartphone ist nicht aufzufinden. Vielleicht haben die Täter dadurch Zugriff auf ihren Account«, sagte Johansson.

Oder auf ihr Passwort, das würde schon ausreichen, dachte Velten. Es war relativ simpel, im Internet über Onion-Routing seinen Standort und seine Identität zu verschleiern und damit anonym auf bestehende Accounts zuzugreifen. Der Besitz eines Handys oder anderer Endgeräte war dafür nicht nötig.

»Wann haben Sie Ihre Tochter zum letzten Mal gesehen? Beziehungsweise, wissen Sie bereits, wann sie zum letzten Mal gesehen wurde?«

»Die Videoaufnahmen der Überwachungskameras ihres Hauses zeigen, dass sie heute Morgen zuerst joggen war und im Anschluss daran um Viertel nach acht entführt wurde«, antwortete Mara anstelle ihrer Chefin. Sie hätten in Felicitas' Haus aber alles unverändert gelassen, damit er sich selbst ein Bild machen könne.

»Viertel nach acht? Und das Video kam um 9:30 Uhr?« Zuerst die Entführung, der Rückzug in ein Versteck, danach musste das Video noch produziert und an die Tobens versandt werden. Es wäre zeitlich kaum möglich gewesen, Felicitas vorher von der Insel zu schaffen, davon abgesehen, dass die Entführer mit einem solchen Transport ein großes Risiko eingegangen wären, entdeckt zu werden. »Sie vermuten also, dass Ihre Tochter auf Norderney gefangen gehalten wird?«

»Ja. Davon gehen wir aus«, übernahm nun wiederum Alea Toben. »Das ist der Grund, weshalb wir Sie beauftragen. Wir haben drei Tage bis zur Lösegeldübergabe. Diesen Zeitraum möchte ich nicht ungenutzt verstreichen lassen. Versuchen Sie herauszufinden, wo Fee sich befindet. Wir unterstützen Sie, wo immer wir können.«

Velten war in Gedanken schon einen Schritt weiter. »Würden Sie denn im Zweifel das Lösegeld zahlen? Und, verzeihen Sie, dass ich frage, könnten Sie es überhaupt aufbringen? Zwei Millionen Euro?«

Die Höhe des Lösegelds war interessant, in vielerlei Hinsicht. Es musste zum einen für den Erpressten machbar sein, zum anderen das Risiko und den Aufwand einer Entführung lohnen. Und vor allem das Risiko, später von der Polizei gefasst zu werden: Die Aufklärungsquote bei erpresserischem Menschenraub lag bei um die neunzig Prozent. Und nicht zuletzt verriet es einiges darüber, wie viel die Entführer über ihr Entführungsopfer wussten.

»Der Betrag ist machbar. Wir würden es natürlich vorziehen, wenn Sie vorher erfolgreich wären.« Alea Toben sah ihn nicht an, sondern tippte etwas auf ihrem Notebook. Ihre Finger zitterten dabei. Am Ringfinger der rechten Hand funkelte ein eleganter, aber schlichter Ehering.

»Ganz grundsätzlich kann ich nur dazu raten, zumindest die Zahlung des Lösegelds vorzubereiten. Nicht nur im Interesse Ihrer Tochter, auch im Interesse der Ermittlungen, wenn wir bis dahin keinen Erfolg haben sollten.« Spätestens bei der Lösegeldübergabe, ob erfolgreich oder nicht, hinterließen die Täter auch bei noch so guter Vorbereitung so viele Spuren, dass es am Ende fast immer einen Fahndungserfolg gab. Spätestens dann, wenn die Polizei hinzugezogen wurde und mit der gesamten Macht und Erfahrung einer Ermittlungsgruppe arbeiten konnte. »Ich muss noch einmal nachfragen: Sie haben sich entschieden, nicht die Polizei einzuschalten, weil die Entführer das so gefordert haben?«

Alea Toben kam Frau Johansson zuvor, die ihm auch antworten wollte. »Ich möchte meine Tochter nicht in Gefahr bringen.«

Ein leerer Satz. Es wäre ein Leichtes gewesen, die Polizei einzubeziehen, ohne dass dies nach außen erkennbar gewesen wäre. Diesen Fall hätten mit ziemlicher Sicherheit Spezialisten übernommen. Die Forderungen von Erpressern zu erfüllen hieß dagegen, sich ihnen auszuliefern. Hatten sie deshalb ihn angeheuert? Formal war er zurzeit nicht bei der Polizei. Damit hätten sie die von den Entführern aufgestellten Regeln nicht gebrochen, sondern nur gedehnt. Aber es ging hier nicht um formaljuristische Fragen, sondern um die recht unmissverständlichen Forderungen der Entführer, keine Nachforschungen durchzuführen. Nein, hier wurde ihm etwas verschwiegen. »Gibt es noch irgendetwas, was ich wissen sollte?«

Alea Tobens Blick war nicht zu lesen, als sie nach einigen Sekunden wieder das Wort ergriff. »Vertrauen gegen Vertrauen. Wir haben natürlich Erkundigungen über Sie eingeholt. Sie sind Einzelgänger, es gibt Leute, die bezeichnen Sie als sozial schwierig. Aber Sie haben einen passablen Ruf als Ermittler. Und Sie gelten als integer. Deshalb engagieren wir Sie. Wir vertrauen Ihnen. Versuchen Sie bitte, auch uns zu vertrauen.«

Eine freundliche Formulierung für: *Tun Sie gefälligst, was ich Ihnen sage, und stellen Sie keine dummen Fragen!* Sie war der Frage nicht nur ausgewichen, sondern hatte sogar davor gewarnt, sie ein zweites Mal zu stellen. Ich sollte den Vertrag vor ihren Augen zerreißen und gehen, dachte Velten. Sagen, dass sie und er einfach nicht zusammenpassen würden, die fünfhundert Euro Spesenpauschale auf den Tisch legen, versichern, dass er die Angelegenheit vertraulich behandeln werde, und gehen. Er tat es nicht. Warum auch immer, er wollte es nicht.

»Ich möchte mir als Erstes den Tatort ansehen«, sagte er. »Außerdem brauche ich das Video, die Bilder aller Überwachungskameras und ein paar gute, möglichst aktuelle Fotos von Felicitas. Und eine Liste von allen ihren Kontakten.«

»Das sollte kein Problem darstellen. Mara, lassen Sie Herrn Velten alles zukommen, was er haben möchte. Unterstützen Sie ihn bestmöglich.« Dann wandte Alea Toben sich ihm zu. »Ich würde mich jetzt gerne zurückziehen. Wir sprechen uns heute Abend. Bitte ermitteln Sie schnell, aber vor allem diskret. Vermeiden Sie es, unnötigen Staub aufzuwirbeln und die Entführer nervös zu machen. Ich möchte nicht, dass meine Tochter unnötigen Risiken ausgesetzt wird.«

Sie reichte ihm die Hand, nahm ihr Notebook und verließ das Konferenzzimmer auf dem gleichen Weg, auf dem sie es betreten hatte. Kerzengerade, aber das Klacken ihrer hochhackigen Schuhe war unruhig, beinahe hektisch, und verriet, wie es eigentlich in ihr aussah. »Sofern es keine dringenden Erkenntnisse gibt, erwarte ich Ihre erste Einschätzung um 21 Uhr.«

3

JEDER MENSCH REAGIERT anders auf Extremsituationen. Einige werden panisch, andere apathisch, manche aggressiv, andere suchen die Verhandlung, die meisten durchlaufen mehrere dieser Stadien. Jeder versucht, mithilfe von anderweitig erprobten Verhaltensmustern, so etwas Ähnliches wie Kontrolle über die Situation zu erlangen. Und Alea Toben zwang sich, eiskalt zu sein. Das war an sich nicht verwerflich. Was Velten irritierte, war die Tatsache, dass ihr das weitestgehend zu glücken schien.

Neben den vielen anderen Kleinigkeiten.

»Sie müssen mir jetzt bitte mal helfen«, wandte er sich an Mara Johansson. »Ich verstehe hier einige Sachen nicht: Felicitas Toben wohnt nicht in dem Haus ihrer Eltern, sondern in einem eigenen – das wiederum mit Überwachungskameras gesichert ist, auf deren Bilder sowohl ihre Mutter als auch Sie Zugriff haben?« In dem Satz war nicht nur eine Frage drin, sondern mindestens ein Dutzend.

»Ja.« Sie schien einen Moment lang darüber nachzudenken, ob sie direkt darauf eingehen sollte, entschied sich aber offenbar dagegen. »Gut zusammengefasst.«

»Ich formuliere es mal mit einem Wort: warum?«

»Ja. Es ist zugegebenermaßen ein wenig kompliziert.« Johansson erzählte, dass Felicitas bis zu ihrem Wechsel in die gymnasiale Oberstufe des Internats in Esens bei ihren Eltern auf Norderney gelebt hatte. »Letztes Jahr hat sie dann in Esens ihr Abi gemacht, ist wieder hierher zurückgekehrt, wusste aber nichts mit sich anzufangen. Eine Weile haben ihre Eltern sich das angeschaut. Und ihr dann schließlich finanziell unter die Arme gegriffen. Fee hat genau ein Faible – Bücher. Und mit der Hilfe ihrer Eltern führt sie nun einen kleinen Buchladen in der Friedrichstraße. Außerdem haben sie ihr ein Ferienhaus, das sie früher vermietet hatten, renoviert und an den heutigen Standard angepasst. Auch sicherheitstechnisch. Es ist in das gleiche Sicherheitskonzept eingebunden, das auch das eigene Haus der Tobens am Damenpfad schützt. Zufrieden?«

»Ein wenig.« Die Erklärung klang ganz plausibel. »Und wie kommen Sie ins Spiel?«

»Ich unterstütze die Tobens schon seit vielen Jahren. Eigentlich betreibe ich eine kleine Detektei hier um die Ecke. Die Tobens sind meine Kunden.«

»Okay.« Warum engagierten die Tobens dann nicht Johansson als Detektivin? Weil sie wahrscheinlich als Detektivin bekannt war, davon musste man ausgehen. Es ergab schon alles Sinn, was Johansson von sich gab. Aber es wirkte beinahe zu passend, zu glatt.

Mara Johansson räusperte sich. »Die Zutrittsberechtigungen für die beiden Objekte werden zentral verwaltet.

Wir nutzen ein Fingerprint-Verfahren. Ich benötige ihre rechte Hand.« Sie ging zu einem der weißen Sideboards, öffnete die oberste Schublade und entnahm ihr ein Notebook sowie einen kleinen Kasten samt Sensortaste. Ein Fingerabdruckscanner, wie er auch für Reisepässe und Personalausweise eingesetzt wurde.

Velten war wie jedes Mal unbehaglich zumute, als er nacheinander die Finger auf den Sensor legte. Er erkannte das Gerät, es war von der neuesten Generation, die neben dem reinen Abbild der Papillarlinien auch dreidimensionale Tiefenmuster seiner Fingerkuppen erfasste. Sie galten als extrem sicher.

Johansson zeigte ihm den Bildschirm ihres Notebooks, auf dem der Grundriss eines Hauses und ein Konfigurationsmenü zu sehen waren. Zwei der drei Zugänge blinkten. »Dies ist das Haus von Felicitas Toben. Sie erhalten die Zutrittsberechtigung für den Front- sowie für den Garageneingang. Beide Zugänge sind durch Panzertüren und Überwachungskameras gesichert.«

»Was ist mit dem dritten Zugang, dem über die Terrasse?«

»Dieser ist nicht an das System angeschlossen. Das ist eine normale Terrassentür, wenn man vom Panzerglas absieht. Der Garten ist von außen nicht zugänglich. Zusammen mit den Nachbargärten bildet er eine Art Innenhof, der von den angrenzenden Häusern vollständig umschlossen wird.«

»Überwachungskameras?«

»Ja, eigentlich bei allen Zugängen. Nur … die Situation stellt sich leider sehr ungünstig dar. Der Gartenbereich wird zwar über Bewegungssensoren überwacht. Laut Sicherheitsprotokoll haben die Sensoren auch mehrere Bewegungen im Garten registriert, und zwar eine Viertelstunde nachdem Fee die Terrassentür geöffnet hatte. Aber die Kamera wurde nicht aktiviert, weil die Terrassentür weiterhin geöffnet war.«

Velten nickte. Eine Standardkonfiguration, die dazu diente, nicht selbst überwacht zu werden, wenn man sich in seinem eigenen Garten aufhielt.

Johansson atmete schwer aus. Es wirkte kurz so, als wollte sie noch mehr dazu sagen, sie unterließ es aber doch. »So, fertig. Ich habe Ihnen die Berechtigungen bis einschließlich Freitag eingerichtet.«

»Wer kann eigentlich alles das Haus von Felicitas Toben betreten?«

»Nur die Familie Toben, Sie und ich.« Johansson erklärte, dass sie zweimal wöchentlich Felicitas' Haus aufsuche und sich dabei auch um anfallende Hausarbeiten kümmere. Velten rätselte, in welchem Verhältnis sie genau zu der Familie stand, verschob die Frage aber nach hinten. Alea Toben hatte sie als ihre Assistentin bezeichnet.

»Können Sie mir nun bitte die Aufnahmen der Überwachungskameras zeigen, auf denen die Entführung zu sehen ist?«

»Nur die Kamera aus der Garage hat etwas aufgezeichnet.«

Das Video startete, als die zur Garage führende Tür geöffnet wurde. Zu seiner Überraschung stellte Velten fest, dass es in Farbe war, er hatte eine Aufnahme in Schwarz-Weiß erwartet. Eine Frau trat ein. Sie war nur mit einem Handtuch bekleidet, ein dunkler Sack war über ihren Kopf gestülpt, der ihr bis über das Kinn reichte. Die Hände waren hinter ihrem Rücken verschränkt. Als sie sich für einen Moment unsicher nach hinten drehte, war zu erkennen, dass sie Handschellen trug. Ein breitschultriger Mann kam ins Blickfeld, er trug eine Clownsmaske, in der linken Hand hielt er eine Pistole. Der Entführer hatte eine Lederjacke an, Jeans und Stiefel. Er öffnete die hintere Tür des Wagens, versetzte Felicitas einen heftigen Stoß, sodass sie gegen die Einstiegskante stolperte und ins Innere fiel, drückte sie in den Fußraum und drapierte mit groben Handgriffen das Badetuch über ihr, bis sie nicht mehr zu sehen war. Anschließend verschwand er für wenige Sekunden im Haus, kam dann mit einigen Jacken wieder, mit denen er Felicitas weiter bedeckte. Er setzte sich auf den Fahrersitz und steuerte den Wagen aus der Garage. Die Aufnahme endete.

Johansson schluckte, dann räusperte sie sich. »Das Auto wurde bereits lokalisiert, es steht in einem kleinen Gewerbegebiet, wir haben es unberührt an Ort und Stelle stehen lassen, um auch dort keine Spuren zu beschädigen.«

Sie waren von dort in einen bereitstehenden Fluchtwagen umgestiegen und zu ihrem Zielort weitergefahren, natürlich. Vielleicht hatten sie sogar ein weiteres Mal das Fahrzeug gewechselt. Etwas in Johanssons Satz schwang noch in ihm nach. Sie hatte das Wort *lokalisiert* verwendet, nicht etwa *aufgefunden* oder Ähnliches.

»Die Sequenz ist nicht sehr lang. Wie sicher sind Sie, dass die Frau auf dem Video Felicitas Toben ist?«

»Zu hundert Prozent. Ich erkenne Fee, wenn ich sie sehe.« Die Antwort kam ebenso schnell wie überzeugend.

Der Mann hatte eine Clownsmaske angezogen. Also war er davon ausgegangen, dass ihn jemand erkennen konnte oder er von einer Überwachungskamera gefilmt werden konnte. Hatte er von den Kameras gewusst? Jedenfalls hatte er trotzdem den Überfall gewagt. Alleine. Eine solche Aktion auch bei aller Vorarbeit alleine und ohne Rückendeckung durchzuziehen war ein ziemlich waghalsiges Manöver. Ein Profi?

Irgendetwas hatte ihn an der Aufnahme irritiert. Velten trommelte mit den Fingern auf die Tischplatte, er wusste, da war was. Aber er kam nicht darauf.

Er verabschiedete sich von Johansson. Alleine fuhr er im Aufzug herunter, suchte weiter nach dem, was ihn gedanklich zum Stolpern gebracht hatte. Im Erdgeschoss wurde er von den Teilnehmerinnen eines Junggesellinnenabschieds angesprochen. Höflich, aber bestimmt lehnte er den angebotenen Schnaps ab. Danach hatte er den Faden trotzdem verloren.

4

NUR FAKTEN ZÄHLTEN. Das war das, was gute Polizeiarbeit ausmachte. Fakten als Indizien zu erkennen, Indizien miteinander zu verketten und im besten Fall zu handfesten Beweisen zusammenzuführen. Vertrauen gegen Vertrauen. So ein schwachsinniger Spruch, wer daran glaubte, war selbst schuld.

Je mehr Fakten, desto besser. Es bedeutete zwar einen kleinen Umweg, aber Velten beschloss, auf dem Weg zu Felicitas Tobens Wohnung zuerst einen Blick auf ihre Buchhandlung zu werfen. Diese lag am Ende der Fußgängerzone in der Friedrichstraße, die mit ihren Cafés, Nippesläden und Modeboutiquen eine Menge Passanten anlockte, ganz in der Nähe des Kaiser-Wilhelm-Denkmals. Er umkurvte zwei Ehepaare mittleren Alters, die spontan mitsamt ihren Hunden stehen geblieben waren, um einander zu begrüßen, beinahe wäre er mit dem Herrn mit der Skijacke kollidiert. Dann sah er das Geschäft. Wirklich eine gute Lage.

Bücherstrand prangte in weißen Lettern ganz oben im einzigen Schaufenster, links und rechts daneben schwebte eine stilisierte Wolke. Felicitas' Ladenlokal war relativ klein, soweit er das durch das Schaufenster beurteilen konnte, neben dem Eingang standen zwei Drehständer mit Postkarten und verdeckten einen Teil der Sicht. Auf der linken Seite schien eine Leseecke eingerichtet zu sein, er konnte zwei Polstersessel und einen niedrigen Tisch erkennen. Wie eine Mischung aus Wohnzimmer, Bibliothek und Buchhandlung. An der Innenseite der Tür hing unter dem Schild mit den Öffnungszeiten ein weißer Karton, auf den mit schwarzem Stift »Betriebsferien« gemalt war. Die Sicherheitsschlösser waren unbeschädigt.

Aus den Augenwinkeln sah Velten, dass er aus dem benachbarten Teegeschäft heraus beobachtet wurde. Er umrundete die hüfthohen immergrünen Sträucher, welche die beiden Grundstücke voneinander trennten.

»Guten Tag. Wissen Sie zufällig, warum hier geschlossen ist?«

»Steht doch da. Betriebsferien.« Die Dame war vielleicht Anfang fünfzig, schlank, lange braune Haare, die an einigen Stellen ins Graue spielten, schlichtes Baumwollhemd. Typ ewige Studentin, dachte Velten. Obwohl außer ihm keine Kunden im Geschäft waren, schaute sie ihn nicht an, sondern tat so, als würde sie etwas in dem Produktkatalog auf ihrer Theke nachschlagen. Ihr Peace-Anhänger baumelte an einem schwarzen Lederband von ihrem Hals.

»Komisch. Ich hab doch gestern noch mit Fee gesprochen.« Velten hatte gehofft, dass die Nennung des Spitznamens Vertrauen schaffen würde, aber vergebens. Sein Gegenüber blätterte weiterhin im Katalog. »Da hatte Fee das gar nicht erwähnt. Wie lange sollen die Betriebsferien denn dauern?«

»Hören Sie: Frau Johansson war heute Vormittag hier und hat das Schild aufgehängt. Mehr habe ich dazu nicht zu sagen, in Ordnung? Aber vielleicht wollen Sie sich hier einmal umsehen?«, fügte sie dann hinzu.

Offenbar war ihr eingefallen, dass er auch Kunde sein könnte. Er tat ihr den Gefallen, auch um ihr Gelegenheit zu geben, sich ihrer anfänglichen Schroffheit bewusst zu werden. Er suchte sich eine Hundert-Gramm-Packung schwarzen Tees aus, der mit Sahnegeschmack verfeinert war, und bezahlte mit einem der neuen Fünfziger.

»Hat Frau Johansson zufällig gesagt, wo ich Frau Toben finden kann? Es ist wirklich wichtig.«

»Nein.« Es folgte ein weiterer unangenehmer Moment der Stille, da auch Velten einfach stehen blieb und den gerade gekauften Tee noch nicht von der Theke nahm. »Wissen Sie«, fügte die Ladeninhaberin hinzu, »ich kann Ihnen leider nichts zu Frau Toben sagen. Wir grüßen uns morgens, wir grüßen uns abends, fertig. Das geht übrigens auch den anderen benachbarten Ladeninhabern hier so. Wir mögen Frau Toben und finden sie sehr sympathisch, aber das war's auch. Tut mir wirklich leid.«

»Ach, das hätte ich nicht gedacht.«

Die Dame schwieg. Velten verabschiedete sich.

Für einen ersten Eindruck reichte es. Er ging weiter. Anders als in der Friedrichstraße fuhren hier gelegentlich private Pkw, dennoch luden die Straßen mit ihren roten Pflastersteinen und den Bäumen auf beiden Seiten zum Flanieren ein. Veltens nächstes Ziel lag in der Maybachstraße.

Die Galerie Toben nahm die gesamte Fläche des eingeschossigen, grauen Hauses ein, das direkt bis an den Bürgersteig reichte. Moderne Spotlights erhellten die Ausstellungsstücke in den Schaufenstern. Er betrachtete einige der fotorealistischen Gemälde, alle im niedrigen vierstelligen Bereich, und die beiden Plastiken, die willkürlich aus angespültem Strandgut zusammengesetzt schienen und eine Art naiven Nordseecharme versprühten. Das Innere der Galerie lag im Dunkeln, es wirkte so, als ob sie nur aus diesem einen Raum bestünde. Edel vielleicht, da hatte er keine Ahnung, trotzdem unspektakulär. Er hatte mehr erwartet. An der Glastür waren die Öffnungszeiten angeschlagen: wochentags von 10 bis 12 Uhr und von 14 bis 17 Uhr, samstags von 13 bis 17 Uhr. Wie bei Felicitas' Buchladen wurden auch hier mit schwarzem Stift auf weißem Karton Betriebsferien verkündet.

Die nächste Querstraße war bereits die Schulzenstraße. Felicitas Tobens Haus ähnelte von außen den anderen Häusern in der Straße, es war zweistöckig und hatte ein Flachdach, die obere Etage war zurückgezogen, um Platz für eine vorgelagerte Dachterrasse zu geben. Weiße Fassade, alles sehr gepflegt, aber vom Stil her doch mindestens vierzig Jahre alt.

Johansson hatte ihm mehrfach versichert, es wären keine Veränderungen im Inneren vorgenommen worden, lediglich die Terrassentüren hätte sie wieder verriegelt. Von vorne waren keine Einbruchsspuren zu erkennen, die Schlösser waren auch hier unbeschädigt. Unter dem Fingersensor leuchtete es grünlich, als er die rechte Hand auflegte, die Tür öffnete sich. Ein Paar Laufschuhe lag im Flur, Größe 39, ein Schuh zur Seite gekippt, noch immer feucht vom Regen. Über Velten fixierte sich eine Überwachungskamera vollautomatisch auf sein Gesicht. Er überprüfte sie aus der Entfernung, konnte auch hier keine Anzeichen einer Manipulation erkennen. Johansson hatte ihm berichtet, dass Aufzeichnungen dieser Kamera nach Felicitas' Betreten des Hauses keine Hinweise auf das Eindringen einer unbefugten Person in das Gebäude geliefert hätten. Er hatte die Videos trotzdem angefordert.

Weiße Wände. Im Eingangsbereich hingen ein riesiger Spiegel und viele gerahmte Fotos, sie zeigten Felicitas zusammen mit gleichaltrigen Freundinnen. Schnappschüsse eines Teenagers: Partys, die Möbel im Hintergrund erinnerten Velten an ein Wohnheim, Picknick auf grünen Wiesen, Gruppenfoto auf einer Klassenfahrt. Einige neuere Aufnahmen zeigten Felicitas und eine etwa gleichaltrige Frau mit asiatischen Gesichtszügen vor einem Nordseepanorama.

Eine Treppe führte im Halbkreis nach oben, er beschloss aber, sich die obere Etage erst nach dem Erdgeschoss anzusehen. Eine Tür neben der Treppe war nur angelehnt, sie führte in die Garage. Sie wies eine ebenso massive Panzerung wie die Haustür auf. Er betrat die Garage. Auch hier richtete sich die Überwachungskamera auf ihn, so wie heute

Morgen auf Felicitas und ihren Entführer. Die Garage selbst war leer, kein Auto, kein Fahrrad, keine Geräte, das elektrisch betriebene Garagentor war fest verschlossen.

Velten lief zurück ins Haus. Der Eingangsbereich mündete in einen kurzen Flur. An der Wand befand sich ein Display der Alarmanlage. Gemäß Statusanzeige war sie in Betrieb. Er klickte sich zum Sicherheitsprotokoll durch, für 08:06 Uhr wurde eine Störung aufgelistet: Sensoren Gartenmauer links.

Links ging es in eine winzige Küche, die entweder nicht viel benutzt oder sehr gut gepflegt wurde. Eine Brötchentüte mit dem Emblem des Inselbäckers lag auf dem schwarzen, ansonsten leeren Bistrotisch, sie hatte offenkundig Nässe abbekommen. Das Croissant und das Brötchen waren beide unangetastet. Im Kühlschrank fand Velten einen abgepackten Fertigsalat, eine Flasche Milch, Butter, eine angebrochene und eine volle Packung des gleichen Käses, beide mit abgelaufenem Mindesthaltbarkeitsdatum, dazu vier Flaschen Sekt und drei Tafeln Schokolade. Ein einzelnes leeres Sektglas stand auf der Abtropffläche der Spüle.

Im Wohnzimmer war alles sehr aufgeräumt, das Ganze wirkte wie ein begehbarer Einrichtungskatalog. Die Kissen auf der Couch waren auf dem Platz gegenüber dem Fernseher zu einem Berg aufgetürmt, davor lag eine dünne Decke. Eingerahmte Plakate von Filmklassikern hingen an den Wänden, *Casablanca*, *Jenseits von Eden*, natürlich auch *Frühstück bei Tiffany*.

Ihm fiel auf einem Beistelltisch eine Uhr in einer Ladestation auf. Eine schlichte, bronzefarbene Smartwatch, auf deren Display gerade das Ziffernblatt und die zwei Zeiger einer traditionellen Uhr angezeigt wurden. Am unteren Rand stand in winziger Schrift *8.121*, wahrscheinlich ein Schrittzähler. Der Markenname war nur diskret am Gehäuse eingraviert. Am linken Gehäuserand erkannte Velten eine kaum wahrnehmbare Fuge, die gesamte Seite ließ sich wie ein Knopf herunterdrücken. Die Uhr vibrierte wie zur Bestätigung. Auf dem Display tauchte am oberen Rand ein neues, unauffälliges Symbol auf, ein Punkt, um den sich zwei konzentrische Kreise schlossen. Er betrachtete die Uhr einen Moment, dann legte er sie zurück in die Station, und die beiden Kreise verschwanden wieder.

Velten verließ das Wohnzimmer und betrat die Terrasse. Auf dem Tisch stand ein Glas, zur Hälfte mit Regenwasser gefüllt, innen grünlich verfärbt durch die Rückstände des ursprünglichen Inhalts. Er testete vorsichtig mit dem Finger. Minze, dazu andere, säuerliche Geschmäcker. Der Konsistenz nach vielleicht Kiwi, die Reste eines Smoothies. Er ging weiter in den Garten, sah sich um. Selbst hier, in der Mitte des Rasens, konnte er von niemandem gesehen werden, die umgebende Mauer war einfach zu hoch.

Das letzte Zimmer im Erdgeschoss war das Badezimmer. Auf der Ablage des Waschbeckens stand ein einzelnes Zahnputzglas mit einer Zahnbürste, auf dem Badezimmerschrank Tages-Make-up, daneben ein Fön, das Kabel sauber aufgerollt. Der Duschbereich war trocken. Auf dem Boden davor lag ein Kleiderhaufen, lange Laufhose, kurzes

Laufshirt, Laufjacke, Sportunterwäsche, Socken, alles von Regen und Schweiß durchnässt. Velten ging in die Hocke. Die Kleidung war unversehrt, keine Risse oder Ähnliches, die auf einen Kampf hingedeutet hätten. Als er das Shirt untersuchte, stutzte er. Er hatte einen knapp zwei Zentimeter langen, stabförmigen Gegenstand ertastet, der nahe dem Saum in das Gewebe eingenäht war.

Mit einer feinen Schere, die er im Badezimmerschrank in einem Maniküre-Etui gefunden hatte, trennte er vorsichtig ein paar Fäden auf. Der Gegenstand ließ sich bewegen, langsam drückte er ihn heraus. Ein weißer Plastikstab kam zum Vorschein. Schnell suchte er auch die anderen Kleidungsstücke ab. In der Sporthose wurde er ebenfalls fündig, ein gleichartiger Plastikstab. Auf keinem von beiden war ein Aufdruck oder Ähnliches zu erkennen, der auf die Bedeutung der Stäbe hingewiesen hätte. Er steckte beide in seine Hosentasche.

Die gesamte obere Etage wurde von dem Schlafzimmer eingenommen. Nach vorne zur Straßenseite lag hinter einer Fensterfront eine Dachterrasse, die gesamte gegenüberliegende Seite des Zimmers bestand aus einem mehrtürigen Kleiderschrank. An den anderen Wänden wuchsen Regale bis unter die mindestens drei Meter hohe Decke, randvoll mit Büchern, es mussten Tausende sein. In einer Zimmerecke lehnte eine Leiter, die man in eine die Regale umlaufende Schiene einhaken konnte, wie er es sonst nur von Bibliotheken kannte. Velten musste schlucken. Hier hast du wirklich gewohnt, Felicitas.

Auf dem Teppichboden Stapel von Büchern und gebrauchter Wäsche. In der Mitte des Raums stand ein Doppelbett, direkt unter einem riesigen Dachfenster. Auf der rosafarbenen, zerwühlten Bettwäsche lag ein vorbereiteter Stapel Kleidung: eine Jeans, ein gefaltetes T-Shirt, Unterwäsche, Socken, wie gerade aus dem Kleiderschrank entnommen.

Auf einer Kommode endete das Ladekabel eines Smartphones, das an der anderen Seite noch mit einer Steckdose verbunden war. Auch unten im Erdgeschoss hatte er das Handy nicht entdecken können. Vielleicht hatten die Entführer das Smartphone tatsächlich mitgenommen? Waren die extra deshalb nach oben gelaufen? Neben dem Bett, unter einem Winterpullover, fand er ein Notebook. Er schaltete es ein. Sofort erschien die Passwortabfrage der Festplattenverschlüsselung, das Betriebssystem war noch nicht einmal gestartet. IT-sicherheitstechnisch vorbildlich, leider.

Auf den unteren Ebenen der Bücherregale hatte Felicitas einige gerahmte Fotos platziert. Sie mit einer übergroßen Schultüte neben ihrer Mutter, sie und eine der Freundinnen, die er auch auf Fotos im Eingangsbereich gesehen hatte, am Norderneyer Fähranleger. Letzteres Foto war deutlich verblichener, obwohl es jüngeren Datums sein musste. Zwei Rahmen waren umgekippt, Velten drehte sie um, sie waren leer.

Die Dachterrasse war kahl und offensichtlich unbenutzt, Pfützen standen auf dem Tisch und den beiden Stühlen, die jenen auf der Terrasse glichen. Unten auf der Straße unterhielten sich zwei Frauen, Velten trat an die Brüstung.

»Bei uns sind heute Schwaben eingezogen«, sagte die erste im Alter von vielleicht dreißig Jahren. Sie schob einen Kinderwagen mit zugezogenem Verdeck und trug Pelzmantel, Mütze und Handschuhe.

»Und?«

»Sehr sympathische Leute. Sie haben uns gelobt, dass die Wohnung so sauber wäre.«

Die Begleitung lachte. Es klang gehässig.

»Aber Sören mochte sie nicht. Er hat die ganze Zeit nur geschrien.«

Mehr konnte Velten nicht verstehen. Als er sich umdrehte, fiel ihm auf, das auch hier oben die Fenster verspiegelt waren, er konnte nicht ins Innere sehen. Und entgegen dem ersten Eindruck waren die Fensterrahmen nicht morsch, sondern ebenso wie die Scheiben äußerst massiv. Panzerglas, auch hier oben in der ersten Etage. Dieses unscheinbare Haus glich eher einer Festung als einem in die Jahre gekommenen Ferienhaus aus dem letzten Jahrhundert.

Das war alles viel zu viel. Diese Sicherheitsmaßnahmen mussten Unsummen gekostet haben, zu viel für eine Galeristin. Vor allem nicht die einer Provinz-Galerie, die, soweit er das sehen und beurteilen konnte, keine bekannteren Namen im Programm hatte. Velten dachte an das Lösegeld. Zwei Millionen Euro auf der hohen Kante, mal eben so abrufbar? Die Summe sollte explizit in Bargeld bezahlt werden. Zwei Millionen, auf die schnell zugegriffen werden konnte. Von denen Alea Toben sagte, sie könnte sie ohne Probleme bereitstellen.

Kunstbranche: Der Wert der Ware war nur schwer feststellbar, Exponate hatten oft kleine Einkaufs- und hohe Verkaufspreise. Verkauf an Laufkundschaft, relativ hohe Barsummen. Alles in allem bot dieses Geschäft zumindest gute Möglichkeiten zur Geldwäsche. Vielleicht war es den Tobens gar nicht unrecht, dass die Entführer darauf bestanden hatten, dass die Polizei außen vor blieb.

Nachdenklich ging Velten wieder ins Haus.

5

ALEA TOBEN WEINTE nicht. Sie ignorierte den Wind, der ihr vom Meer entgegenwehte, als sie das Hotel verließ. Sie ignorierte die gute Stimmung der Touristen, die in und vor der Milchbar, einer Lounge, die seit Jahrzehnten der Place-to-be der Insel war, den Abend genossen. Sie entschied sich dafür, über die Promenade am Weststrand nach Hause zu gehen. Ihr war kalt. Beständig rauschten die Wellen gegen die Uferbefestigung. Es war die Zeit zwischen Ostern und dem Beginn der Hauptsaison im Mai, nur wenige Fußgänger kamen Alea entgegen, sie beachtete sie nicht.

Die Bilder von Felicitas überdeckten alles, in den grellsten Farben. Es war schlimm gewesen, das Video noch einmal anzusehen. Sie hatte förmlich gespürt, wie sich jedes Detail für immer in ihre Großhirnrinde eingebrannt hatte, gegen ihren Willen. Alles war für immer gespeichert. Diese Schmach, versagt zu haben.

Es ist alles meine Schuld, dachte sie, ich bin leer, kraftlos. Reiß dich zusammen! Selbstmitleid hatte noch nie irgendjemanden weitergebracht. Sie zog den Schal enger. Trotzdem, es stimmte schon, alles zerbröselte zwischen ihren Fingern, alles, was sie war. Hör auf damit!

Sie verließ die Promenade auf Höhe der Villa Belvedere. Zu wilhelminischen Zeiten war das weiße Gebäude im Neo-Tudorstil als Sommerresidenz des Reichskanzlers von Bülow zeitweise der heimliche Mittelpunkt der Reichspolitik gewesen. Ihr gefiel der Gedanke, dass man nicht in Berlin sein musste, um strategische Bedeutung zu haben. Von der Strandstraße lief sie zur Stadtvilla der Familie im Damenpfad. Sie hatten die Fassade hell verputzen lassen, einfach, unauffällig, aber gepflegt. Die Fenster waren verspiegelt.

Mara, die ihr in gebührendem Abstand gefolgt war, holte wieder zu ihr auf, stieg vor ihr die Treppe hoch, legte die Hand auf den Fingerabdruckscanner, wartete auf das Entriegelungssignal und öffnete dann den rechten Flügel der imposanten Eingangstüre.

»Danke, Mara«, sagte sie knapp, als diese ihr in der Eingangshalle aus dem Mantel half. »Ich gebe Ihnen Bescheid, wenn ich Sie wieder benötige.«

Seltsamerweise blieb Mara stehen. »Gibt es noch etwas?«, fragte Alea Toben.

»Alea, ich würde gerne Herrn Velten bei der Suche nach Fee unterstützen.«

»Nein. Das Risiko ist mir zu groß.«

»Für Fee. Ich würde gerne mehr tun. Bitte.«

Diese treue Seele. Alea nahm Mara in den Arm und drückte sie kurz an sich. »Ihr Platz ist jetzt hier. Ich benötige Sie bei mir.«

»Sie können sich auf mich verlassen.« Sie lächelte zerknirscht. Dann verschwand sie links in der Einliegerwohnung, ganz so wie in den alten Zeiten.

Alea stieg die rechte der beiden Freitreppen hinauf, die vom Erdgeschoss zur Empore des Zwischengeschosses führten. Seitdem Fee ausgezogen war und Richard das Sportzimmer nicht mehr brauchte, war die Etage normalerweise unbewohnt. Sie wechselte zum eigentlichen Treppenhaus, um von dort ins Obergeschoss zu gelangen. In den Räumen ganz oben hielt sie sich am liebsten auf, auch wenn es dort etwas enger war. Aber viel Platz hatte sie noch nie benötigt, und Richard brauchte ihn jetzt ja auch nicht mehr. Sie hatten nach dem Vorfall das halbe Haus umbauen und für sündhaft viel Geld sogar einen Aufzug einbauen lassen, damit sie die Etage weiterhin nutzen konnten.

Sie seufzte, als sie am Ende der Treppe angelangt war. Links im Südflügel, hinter der getäfelten Doppelflügeltür, befand sich das Büro, die Zentrale der Macht, wie sie es manchmal nannte. Nur Richard und sie selbst hatten hier Zutritt, nicht einmal Mara oder Felicitas durften die Räumlichkeiten betreten. Sie warf einen Blick auf die Tür, überlegte einen Moment, wandte sich dann aber ab und betrat den kleinen Salon auf der rechten Seite.

Gedämmtes, indirektes Licht verlieh dem Raum eine behagliche Atmosphäre. Richard saß dort, wo er gesessen hatte, als sie am Nachmittag ins Preußenstern gegangen war. Tief in die Kissen der Couch versunken, verfolgte er lokale

Nachrichten im Fernsehen. Als er Alea bemerkte, schaltete er das Gerät aus.

»Und?« Speichel lief ihm aus dem hängenden Mundwinkel.

»Mal sehen. Ich denke, Velten ist einen Versuch wert.« Sie tupfte den Speichel mit dem Ärmel ihrer Bluse ab, setzte sich neben ihn, an seine linke, nicht gelähmte Seite, und lehnte den Kopf an seinen. Früher hatte er ihr alleine durch seine Nähe, durch seine körperliche Präsenz Kraft gespendet, heute war es immerhin die Erinnerung daran. Sie kraulte ihm durch die Nackenhaare. Gab ihm einen Kuss auf die Wange.

»Fee ist stark. Sie wird das durchstehen.« Die Worte arbeiteten sich aus ihm heraus, waren nur undeutlich zu verstehen. Er räusperte sich, es ging in einen Husten über. Alea hatte Sorge, dass er sich wieder auf die Zunge beißen könnte. Verdammter Schlaganfall. Die Ärzte hatten erklärt, dass die Chancen auch auf eine nur eingeschränkte Heilung in dem fortgeschrittenen Alter sehr gering wären.

»Ja.« Es tat gut, ihm alles zu erzählen. Er hörte zu, geduldig, stellte kluge Fragen, gab gute Anregungen. Sie waren noch immer ein gutes Team, auch wenn jetzt alles anders war. Irgendwann merkte sie, dass er erschöpft war. Sie suchte Musik aus. Irgendetwas ohne Text, der ihr doch nur hohl vorgekommen wäre. Klassik. Aber nichts Trauriges. Sie entschied sich für die 5. Sinfonie von Franz Schubert. Das passte zwar auch nicht, aber sie wusste nichts Besseres, und Stille hätte sie jetzt nicht ertragen.

All die Jahre war Richard ihre Stütze gewesen. Und jetzt fiel es ihr so schwer, ihm das Gleiche zu sein. Es war immer andersherum gewesen. Sie konnte diese Rolle nicht, sosehr sie es gewollt hätte, vielleicht war sie einfach nicht dafür geschaffen. Und für diesen Gedanken hasste sie sich.

»Es ist unsere Schuld«, sagte Richard. »Sie muss für uns büßen.«

»Hör auf damit, bitte.«

»Das Schicksal lässt sich nicht aufhalten. Wir können nicht davor weg…«

»Hör sofort auf mit dem Blödsinn!« Moralische Selbstkasteiung. Das passte so gar nicht zu Richard. Seit seinem Unfall hatte er immer wieder diese depressiven Phasen, damit war weder ihm noch der Sache geholfen. Sie sah auf die Uhr. Beinahe halb neun, eigentlich zu früh, aber das war ihr jetzt egal. »Lass uns aufstehen, ich bringe dich ins Bett.«

Sie stützte ihn, als er sich hochstemmte, als sie gemeinsam in das benachbarte Bad gingen. Half ihm beim Zähneputzen und wechselte seine Windel. War froh, als er ins Bett fiel. Sie wusste, dass er versuchte, es ihr so einfach wie möglich zu machen.

»Velten wird Fragen haben. Vielleicht hat er schon eine Spur gefunden. Es kann etwas dauern, bis ich wieder bei dir bin.«

»Vielen Dank, dass du dich um alles kümmerst. Du machst so viel.« Seine riesige knorrige Hand streichelte zart über ihre, gab ihr Kraft. Sie erinnerte sich daran, wie brutal diese Hände hatten sein können. Es wurde ihr zu viel. Sie musste weg von ihm, weg aus diesem Zimmer.

»Ich liebe dich, Richard.«

»Ich dich auch.« Er tat so, als wäre er müde, obwohl er das so früh kaum sein konnte.

Als sie durch das stille Haus schritt, spürte sie, wie endlich die Wut Oberhand über Trauer und Sorge gewann. Niemand, niemand entführte ungestraft ihre Tochter.

6

VELTEN SASS IM gleichen Ledersofa wie schon mittags, schwenkte den dunkelbraunen fünfundzwanzigjährigen Single Malt in einem tulpenförmigen Glas, den Alea Toben erst ihm und dann sich selbst eingeschenkt hatte, und überflog die Liste von Felicitas' sozialen Kontakten. Eine gute Grundlage für die kommenden Ermittlungen, er wunderte sich, dass seine Auftraggeber sie in der kurzen Zeit hatten zusammenstellen können. Ihm gegenüber saß Johansson und nippte an einem Glas Wasser.

Nach seinem Besuch in der Schulzenstraße war er in das Gewerbegebiet gefahren, wo Felicitas' Auto abgestellt worden war. Er hatte darauf verzichtet, nach Fingerabdrücken oder ähnlichen versteckten Spuren zu suchen, er hätte damit eh nichts anfangen können. Das konnte die Polizei erledigen, wenn sie den Fall übernehmen würde. Es war ihm um den Gesamteindruck gegangen. Der BMW war abgeschlossen gewesen, der Innenraum so gut wie leer, der Vordersitz weit nach vorne geschoben, als ob ein Gartenzwerg am Steuer gesessen hätte. Auch die Innen- und Außenspiegel waren so eingestellt gewesen, dass sie zu keiner Körpergröße passten. Im hinteren Fußraum hatte er ein Badehandtuch gefunden.

Johansson gab an, dass es Felicitas gehört hätte.

»Insgesamt lässt sich über die Indizien ein möglicher Tathergang recht plausibel rekonstruieren«, begann Velten seine Ausführungen. »Felicitas macht ihre morgendliche Laufrunde, kurz vor ihrem Haus kauft sie noch bei der Bäckerei ein. Zu Hause geht sie als Erstes zum Abkühlen auf die Terrasse, trinkt dort etwas, lässt aber, als sie zurück ins Haus geht, leider die Tür zum Garten offen.«

»Meine Vermutung«, platzte es aus Mara Johansson heraus. Es klang wie eine Rechtfertigung. »Eine dämliche Angewohnheit von Fee. Ich hab sie bereits mehrfach darauf hingewiesen, dass das ein Risiko darstellen kann.«

»Mara!« Aleas Stimme war milde, aber energisch.

»Sie geht jedenfalls weiter ins Badezimmer, um dort zu duschen«, fuhr Velten fort. »Sie zieht sich aus, hat das Wasser aber noch nicht aufgedreht, als sie plötzlich ein Geräusch hört. Die Alarmanlage meldet eine Störung, vermutlich, weil die Entführer zwischenzeitlich über den Garten und die Terrassentür ins Wohnzimmer eingedrungen sind. Sie überwältigen Ihre Tochter und zerren sie in ihren eigenen Wagen. Auf ihrer Flucht wechseln sie im Gewerbegebiet das Fahrzeug, schleppen dann Felicitas in ein uns unbekanntes Versteck. Dort nehmen sie die Videobotschaft auf, die sie heute Morgen erhalten haben.«

»Sie klingen skeptisch?«, hakte Alea Toben nach.

»Nein, es ist eine plausible These.« Und aus ihr ergaben

sich viele weitere mögliche Spuren, denen er nachgehen musste. Ab morgen. »Die Täter haben gezielt Ihre Tochter als Ziel ausgesucht. Zwei Millionen Euro hat sicher nicht jeder Galerist auf der hohen Kante. Sie haben ein imposantes, aber recht dezentes Sicherheitssystem eingerichtet. Sie sind ohne Zweifel sehr wohlhabend. Darf ich fragen, ob Ihre Vermögenssituation auf der Insel allgemein bekannt ist?«

»Ganz im Gegenteil.« Alea Toben wählte ihre Worte mit Bedacht. »Ich kann mir vorstellen, dass Sie sich Gedanken gemacht haben, ob man in der Kunstbranche mit lauteren Mitteln ein größeres Vermögen aufbauen kann.«

»Vielleicht.«

»Ich habe von Vertrauen gegen Vertrauen gesprochen. Als entsprechende Geste meinerseits möchte ich Ihnen nun meinen … Werdegang schildern, im Wissen, dass Sie das Gehörte natürlich für sich behalten. Zumindest sollte es Ihnen helfen, uns Tobens ein wenig besser zu verstehen. Vielleicht erweist es sich auch als hilfreich bei Ihren Nachforschungen.«

Na dann erzählen Sie mal, hätte er beinahe gesagt.

»Ich bin hier geboren und aufgewachsen. Meine Eltern waren bei Weitem nicht wohlhabend, wir hatten in meiner Kindheit eine Kneipe auf der Friedrichstraße gepachtet, die mehr schlecht als recht lief. Nach der Schule verließ ich Norderney. Arbeitete als Model, rutschte so ein wenig in die Kunstszene rein. Als ich dreißig war, lernte ich bei einem Auftrag Richard kennen. Zwei Jahre später heirateten wir und ließen uns in der Nähe von Stuttgart nieder, wo er bereits eine erste Galerie führte. Kurz nachdem Felicitas geboren wurde, verstarb ein entfernter Verwandter von ihm, der es in den USA zu Geld gebracht hatte. Einen Teil des Erbes bekamen wir.

Zu der Zeit war Richard beruflich viel unterwegs, ich fühlte mich oft einsam. Es zog mich wieder zurück in den Norden. Meine Eltern waren inzwischen verstorben, Geschwister habe ich keine. Diese Insel und die Erinnerungen an meine Kindheit waren meine letzten intakten Wurzeln. Jedenfalls entschlossen wir uns hierherzuziehen. Auch für Fee, diese Insel ist meiner Meinung nach die beste Umgebung, die einem Kind passieren kann. Wir bauten uns hier unsere eigene kleine, aber feine heile Welt auf. Diese Villa hier war recht heruntergekommen, wir konnten sie für einen überraschend niedrigen Preis erwerben. Renovierten viel, vor allem in Eigenleistung, um zu verbergen, dass wir in der Tat ein deutlich größeres Vermögen in der Hinterhand haben.«

»Was ist mit der Galerie in der Maybachstraße?«

»Die Galerie lief auch immer ganz gut, aber natürlich hätten wir darüber nie ein größeres Vermögen erwirtschaften können. Sie diente in erster Linie dazu, unseren relativen Wohlstand zu kaschieren.« Sie lächelte verlegen. »Außerdem war es mein Kindheitstraum gewesen, hier ein kleines Geschäft zu eröffnen.«

Der Whisky war überraschend mild, was die zweiundvierzig Volumenprozent Alkohol vergessen ließ, er erinnerte

Velten im Geschmack an Vanille, Kaffee und Honig. Eine schöne Geschichte hatte sie ihm da erzählt. Sie klang ja durchaus plausibel. Aber irgendwie auch zu rund, zu sehr vorbereitet. Er spürte, dass ihm seine Auftraggeberin Informationen vorenthielt. »Wer weiß denn nun tatsächlich von Ihren wahren Vermögensverhältnissen? Das könnte ein Ansatz bei den Ermittlungen sein.«

»Ja, wir, Mara und ich, haben heute auch schon darüber nachgedacht.« Sie nahm ebenfalls einen Schluck von ihrem Whisky. Als ob sie unbewusst Zeit gewinnen wollte. Es schien ihr schwerzufallen, Informationen preiszugeben. »Wirklich Bescheid wissen nur sehr wenige Leute. Eigentlich nur zwei: Da ist zum einen Herr Schneider, der Leiter der Bankfiliale auf der Strandstraße. Er berät uns, seitdem wir auf der Insel leben. Und dann natürlich Mara. Sie hat damals als Kindermädchen für Felicitas angefangen und wurde so etwas wie eine gute Seele des Hauses. Mehr sind es nicht. Wir waren stets sehr diskret.«

»Wie genau war Felicitas eigentlich über Ihre finanziellen Verhältnisse informiert? War sie eingeweiht? Könnte sie sich, sei es aus Versehen, selbst verraten haben?«

»Zu ihrem achtzehnten Geburtstag haben wir ihr von dem Vermögen der Familie erzählt«, sagte Alea düster. »Aber Sie können sich sicher sein, dass sie lieber ihre Zunge verschluckt hätte, als jemandem ein Sterbenswörtchen darüber zu verraten.«

Mara Johansson blickte zu Boden. Detektivin, Assistentin, Kindermädchen, gute Seele des Hauses. Eine imposante

Ämtersammlung. Als würde man der richtigen Bezeichnung aus dem Weg gehen.

»Was ist mit Haushaltshilfen? Sie wohnen in einer Villa, da werden Sie doch jemanden haben. Wer macht bei Ihnen sauber, hilft bei der Wäsche?«

»Mara«, sagte Alea Toben. »Wie gesagt, der Kreis ist sehr klein.«

»Wer könnte denn sonst noch zumindest eine Ahnung von den wahren Verhältnissen haben?«

»Nach und nach sind uns heute Nachmittag insgesamt drei weitere Personen eingefallen«, sagte Alea Toben. »Nummer eins ist Markus Rosenbrand. Ein alter Schulfreund von mir, der später als Lehrer hier auf der Insel gearbeitet hat und der auch der Vertrauenslehrer von Fee wurde. Ich habe ihn damals gebeten, unauffällig etwas auf sie aufzupassen. Es könnte sein, dass ich mich ein wenig verraten habe. Aber er ist eigentlich der loyale Typ, ich kann mir nur schwer vorstellen, dass er Fee etwas antun würde.«

Sie nahm einen Schluck aus ihrem Glas, ihre Stimme war hart und kalt geworden. »Er ist inzwischen pensioniert und wohnt in einem alten Haus bei der Leuchtturmsiedlung. Soweit ich weiß, ist er pleite. Er war schon immer ein Verlierer. Überprüfen Sie ihn!« Dann nickte sie auffordernd Mara Johansson zu.

»Nummer zwei ist Liam Sebold.« Johansson musste schlucken, als sie den Namen aussprach. »Ein Ex-Freund von mir, mit dem ich bereits zusammen war, als ich die Stelle als Fees Kindermädchen angefangen habe. Das Haus der

Tobens hat eine Einliegerwohnung, ich habe einige Jahre dort gewohnt, bis ich mir, als Fee ins Schulalter kam, eine eigene Wohnung gesucht habe. Liam war Soldat, oft auf Auslandseinsätzen, aber zwischendurch hatte er oft längere Zeit Heimaturlaub. Die hat er fast immer bei mir verbracht, wir waren sehr eng miteinander, und wir dachten, dass wir füreinander … Egal, er weiß also auch Bescheid. Irgendwann trennte ich mich von ihm, er zog weg, ich wollte ihn nie wieder sehen. Ich hatte ihn schon längst wieder vergessen, bis er vor zwei Wochen wieder hier auftauchte. Er wohnt in einem Wohnwagen auf dem großen Campingplatz neben dem Südstrandpolder. Keine Ahnung, was er da macht. Ich habe ihn zufällig aus der Ferne gesehen, aber wiedererkannt.«

»Würden Sie ihm eine Entführung zutrauen?«

»Ich weiß nicht, was ich ihm inzwischen nicht zutrauen würde. Wie gesagt, er hat sich über die Jahre verändert. Bekam so etwas … Verbittertes.«

Zu einfach, zu offensichtlich. Veltens Erfahrung sagte ihm, dass Liam Sebold wahrscheinlich nichts mit der Entführung zu tun hatte.

»Das ist ja sehr lange her. Gibt es andere Personen, die Ihnen nahestanden und die etwas über den Wohlstand von Familie Toben erfahren haben könnten?«

»Nein.« Ihr Gesicht blieb eine Maske. »Ich trenne sehr stark zwischen Privatem und Beruflichem.«

Alea hatte von drei Personen gesprochen. »Was ist mit Ihrem letzten Namen?«, fragte Velten.

»Kein Name«, sagte Alea Toben. »Die Polizeistation Norderney. Die Alarmanlagen unserer Häuser verfügen über eine Aufschaltung zur hiesigen Polizeiwache. Es gibt mehrere vermögende Familien hier auf der Insel, die ähnliche Vereinbarungen haben.«

Ein Kindermädchen, ein Vertrauenslehrer und jetzt auch noch die Polizei, alle standen in ihrem Dienst. Genau wie er.

»Ja, Sie haben recht mit Ihrer Vermutung, dass ich deshalb der Polizei nicht ganz traue und wir sie auch deshalb erst einmal nicht einschalten wollten.« Alea Toben dehnte ihre Worte, als wollte sie diese nicht loslassen, als brauche sie noch einen Augenblick Zeit. Dann, plötzlich, erhob sie sich von ihrem Sessel. »Aber das ist nicht der einzige Grund. Vertrauen gegen Vertrauen, Leistung und Gegenleistung. Die Polizei ist an Vorschriften gebunden. Sie, Herr Velten, sind nur mir verpflichtet. Wenn Sie sich für mich einsetzen, werde ich mich auch für Sie einsetzen.«

Die Andeutung war eindeutig. Sie beließ es nicht dabei. »Sie haben mein Wort. Und meine Rückendeckung. Sollte bei Ihren Nachforschungen zum Beispiel etwas zu Bruch gehen, WAS oder WER auch immer, ich werde mich drum kümmern. Solange ich den Eindruck habe, dass Sie alles, aber auch alles tun, was nötig ist, um mir meine Tochter zurückzubringen, wird nichts an Ihnen hängen bleiben. Glauben Sie mir, das ist kein leeres Versprechen.«

Es schimmerte feucht in ihren Augen. Sie holte tief Luft. »Ich biete Ihnen hiermit eine Million Euro und meine aufrichtige Dankbarkeit, wenn Sie Felicitas retten, egal wie.«

Sie presste ihre Finger um das Whiskyglas, das plötzlich mit einem leisen Knirschen zersplitterte. Blut und Alkohol tropften aus Aleas Hand, ein paar Glasscherben fielen zu Boden. Sie blieb ungerührt stehen, kein Schmerzenslaut kam über ihre Lippen. Velten wollte ihr helfen, da eilte Mara schon mit einem Taschentuch herbei.

»Frau Toben, ich werde tun, was nötig ist«, sagte er, nach einem kurzen Zögern.

»Danke.« Alea Toben schleuderte die Reste des Whiskyglases auf den Boden. »Sie entschuldigen mich.«

7

BALD WÜRDE ES dämmern. Es war genau wie früher, Velten erkannte seine alten Verhaltensmuster. Die Arbeit begann ihn zu beherrschen, der Fall hatte ihn gepackt. Immerhin war er sich dessen im Gegensatz zu damals nun bewusst, stellte er fest.

Alea Toben und ihr seltsamer Ausbruch. Was meinte sie, wen sie engagiert hatte? Er war ein BKA-Beamter in selbst gewählter Auszeit, kein Schläger. Vielleicht hatte sie mitbekommen, dass er bei seinem Einsatz auf Juist hatte töten müssen, und sich mit dieser spärlichen Information und ohne Wissen um die näheren Umstände eine eigene Erklärung zu seiner Auszeit gebastelt.

Dass Menschen so ein Aufhebens um das Töten machten. Jedes Leben endete mit dem Tod. Sachlich betrachtet ist es das normalste der Welt, nur blendeten es alle als unangenehme Wahrheit aus. Und einen Menschen getötet zu haben, der vorher professionell andere Menschen getötet hatte, belastete ihn nicht besonders. Er hatte die Person nicht gekannt, und ihr Tod war ein Teil der notwendigen Arbeit gewesen, die die Situation nun einmal von ihm gefordert hatte.

Irgendwann war er resigniert aufgestanden, so gegen drei Uhr in der Nacht musste es gewesen sein, hatte das schmale Dachfenster geöffnet und den Kopf in den Wind gehalten. Das kalte Meer gerochen, das hinter den Dünen schäumte.

Deshalb war er hiergeblieben. Natur, sonst nichts. Reduktion auf das Minimum, weil jedes bisschen unnötige Mehr zu viel war. Einsamkeit, Zeit für sich, Zeit, um mal wieder klarer zu sehen, was er eigentlich vom Leben wollte. Deshalb war er auf Juist geblieben, aber es war die falsche Art von Einsamkeit – die mit den Erinnerungen. Die Geschichte mit Juna, die ihm am Ende ihr Haus im Gegenzug für seine Wohnung in Berlin überlassen hatte, zwei Mal war sie zu Besuch gekommen, weit weniger oft, als sie beide es vorgehabt hatten. Dafür war danach jedes Mal die ganze Insel mit Bildern von ihrer gemeinsamen Zeit verknüpft gewesen, die einfach nicht verblassen wollten. Na ja, wenn man Tatsachen nicht ändern konnte, dann eben die Rahmenbedingungen.

Die Flucht nach Norderney: gleiche Gegend, neuer Anfang. Im Winter waren nur wenige Touristen da, aber die, die kamen, fotografierten. Einige hatten ihm ihre Bilder gezeigt. Nordsee im Winter, das sei eine ganz besondere Stimmung, hatte mal jemand gesagt. Eine tiefe Ruhe. Die nur ganz langsam auftaue, wenn die ersten Zugvögel wieder aus dem Süden zurückkämen. Bis dann im Frühling das Leben wieder explodierte. Genau so hatte er es erlebt, und dann war ihm die Idee gekommen. Ein eigener Bildband, der genau diesen Zauber zeigte. Wenn das Wetter es zuließ, war er seitdem fast jeden Tag draußen gewesen, immer auf der Suche nach dem besten Foto. Was für eine träumerische, unsinnige Idee. Es hatte Spaß gemacht, ja.

Er hörte, wie die Brandung in der Ferne über den Strand dröhnte. Er konnte doch eh nicht schlafen. Warum die Ermittlungen hinauszögern, wenn er doch schon einen ersten Ansatz hatte?

Er suchte im Smartphone nach Johanssons Nummer. Sie war die vielleicht engste Vertraute der Tobens, drahtig, sportlich, selbstbewusst. Aber dann auch wieder zurückhaltend, vor allem, wenn Alea Toben zugegen war. Respektvoll war das falsche Wort, ihr Verhältnis entsprach nicht dem respektvollen Umgang zwischen Chef und Mitarbeiterin, wie man ihn sich allgemein so vorstellte. Eher irgendetwas zwischen ehrfürchtig und … ergeben. Und, nur einen winzigen Moment lang, meinte er, auch so etwas wie Furcht bemerkt zu haben – als Alea Toben das Glas zerstört hatte. Sie musste mehr wissen, mehr über Felicitas, mehr über die Tobens, und auch mehr über den ganzen Fall, als sie bisher bereit gewesen war zuzugeben.

Bereits nach dem zweiten Klingeln nahm sie ab. »Ja?«

»Sie sind noch wach?«

»Sie rufen an, um mich das zu fragen?«

»Ich brauche Ihre Hilfe, jetzt.«

»In einer Viertelstunde. Ich rufe an, wenn ich da bin.«

Schön, dass er sie nicht überreden musste, ihn zu begleiten. Velten legte auf, trat zum Tresor, entnahm ihm die

Waffe und verstaute sie zusammen mit dem Werkzeug, das er vermutlich brauchen würde, in der Innentasche seiner Jacke.

Sie parkten in einer Haltebucht gegenüber dem Gehöft in der Nähe des Leuchtturms, dessen Lichtblitze in regelmäßigen Abständen die dunkelgrau-blaue Landschaft erhellten. Velten saß auf dem Beifahrersitz von Mara Johanssons Auto. Er wollte noch ein paar Minuten warten. Eine Vorsichtsmaßnahme, um denen, die womöglich durch das Fahrzeuggeräusch aufgeschreckt worden waren, Gelegenheit zu geben, wieder einzuschlafen. Und um das Zielobjekt in Ruhe betrachten zu können.

Hier, rund um den Leuchtturm, befand sich, mitten in den Dünen und weit außerhalb der eigentlichen Bebauungsgrenze, die sogenannte Leuchtturmsiedlung. Sie bestand aus nur wenigen Häusern, meist ehemalige Bauernhöfe aus der Zeit, als man es hier anstatt mit Tourismus noch mit Land- und Viehwirtschaft probiert hatte. Einige wurden heute als Reiterhöfe genutzt, der Grund wurde teils als Campingplatz vermietet.

»Markus Rosenbrand ist erst vor zwei Jahren hierhergezogen. Nach dem Tod seiner Mutter wurde das Haus frei, er hat es als ihr einziger Erbe übernommen«, erklärte Johansson. »Man munkelt, er sei so hoch verschuldet, dass das Erbe finanziell gesehen für ihn der absolute Glücksfall war, obwohl der Hof schon seit Jahrzehnten nicht mehr modernisiert wurde. Das zum Haus gehörende Gelände ist sehr weitläufig.«

»Er ist verarmt und wohnt einsam, meinen Sie?«, fragte Velten. »Dann hätten wir ja schon mal ein Motiv und ein geeignetes Setting. Fehlt eigentlich nur noch, dass Rosenbrand mit einer Tasse Tee und einem unterschriebenen Geständnis auf mich wartet.«

»Wenn Sie denken, dass Rosenbrand zu naheliegend ist, warum sind wir dann überhaupt hier?«

»Wenn Sie mir den Typen schon aufdrängen, kann ich das ja schlecht ignorieren.« Er ärgerte sich über seine arrogante Bemerkung. »Was wissen Sie noch über den Mann? Ist er verheiratet? Hat er Familie?«

»Alleinstehend.«

»Was noch?«

»Soweit ich weiß, ist er ein armer Kerl.«

Ihre Stimme klang ein wenig schnippisch. Du hast es eben versaut, Velten. Er zog den Reißverschluss seiner Jacke zu, die Morgenkälte zog schnell in das Wageninnere. Johansson atmete hörbar aus. Sie schien zu jenen Leuten zu gehören, denen Gesprächspausen, vor allem scheinbar selbst verschuldete, unangenehm waren. Er widerstand dem Impuls, etwas zu sagen, und wartete stattdessen darauf, dass Johansson es zuerst tat.

»So habe ich mir damals Observierungen vorgestellt«, setzte sie kurz darauf tatsächlich an.

Er sah sie fragend an.

»Eigentlich wollte ich zur Polizei. Ich hatte die Stelle auch schon angetreten, in Hamburg, große Stadt, alles ganz toll, aber dann, na ja, gab es einen Zwischenfall, und ich entschied mich dazu, die Ausbildung abzubrechen.«

»Einen Zwischenfall?«

Sie sah ihn von der Seite an. »Fragen Sie mich gerade aus? Also, ich mache daraus kein Geheimnis. Long story short, ein Arschloch hat versucht, mich zu vergewaltigen, und ich habe ihn zusammengeschlagen. Leider war das der Sohn eines anderen wichtigen Arschlochs, und ich bekam Probleme.«

»Und deshalb haben Sie die Ausbildung fallen gelassen?«

»Ich musste da raus. Zur gleichen Zeit suchte Alea ein Kindermädchen für ihre Tochter, und ich hatte mal für ein halbes Jahr als Au-pair gearbeitet. Sie gab mir den Job. Außerdem war Alea so freundlich, mir bei den rechtlichen Streitigkeiten mit dem Arschloch-Sohn zu helfen. Das bei den Tobens war von meiner Seite aus eigentlich nur für eine Übergangszeit geplant gewesen, aber was soll ich sagen, irgendwie hat es sich ergeben, dass ich geblieben bin.«

»Wir wären also beinahe Kollegen geworden«, bemerkte Velten, auch um etwas Freundliches zu sagen. »Vielleicht überlegen Sie es sich ja noch.«

»Wir können Du sagen, wenn das okay ist?«

»Tobias.« Er bot die rechte Hand an. »Wir sind jetzt ja so eine Art Partner.«

»Ne, du arbeitest für uns«, entgegnete sie grinsend, als sie die Hand ergriff. »Wir sind die Auftraggeber, schon vergessen? Ich bin Mara.«

Velten nahm einen Schluck aus seinem Thermobecher. Der Kaffee wärmte von innen, tat gut. Eine ehemalige Polizeischülerin als Kindermädchen. Es wurde Zeit, die Sache mit diesem Rosenbrand zu erledigen. Er stellte das Smartphone auf Vibrationsalarm. »Also, ruf mich bitte an, wenn hier etwas Unvorhergesehenes passieren sollte.«

Sie würde sich darum kümmern, sollte was oder wer zu Bruch gehen, so hatte Alea Toben es ausgedrückt. Es hatte ziemlich danach geklungen, als ob er Rosenbrand aufmischen sollte. *Überprüfen Sie ihn mal.* Na ja, die Gegebenheiten anschauen konnte er sich ja mal. Er fühlte in seinen Jackentaschen nach seiner Ausrüstung, das Einbruchswerkzeug, die kleine Stabtaschenlampe und auch, eingeschlagen in ein Mikrofasertuch, die P99. Zwar nicht exakt die Pistole, aber das gleiche Modell, das er auch beim BKA als Dienstwaffe genutzt hatte.

Unter seinen Füßen knirschten Sand und Erde, als er die Einfahrt entlang auf das Backsteingebäude zuging. Der Weg öffnete sich zu einem kleinen Vorplatz, auf dem ein alter Volvo quer vor dem Eingang des Hauses geparkt war. Velten leuchtete mit der Taschenlampe auf den aufgeweichten Boden hinter den Rädern. Keine Reifenspuren. Unter der Wagenmitte war die Erde sogar beinahe trocken. Das Auto war mindestens einen Tag lang nicht bewegt worden. Auf dem Klingelschild stand Rosenbrand, trotz der Dunkelheit war zu erkennen, dass es vom Rost zerfressen oder verdreckt war. Die Fensterläden links und rechts des Eingangs waren zugeklappt.

An die Vorderseite des Hauses schloss sich ein Zaun aus ineinandergeflochtenen Drähten an, alle fünf Meter durch hölzerne Pfähle gestützt. Nach zwanzig Metern fand Velten bereits, was er gesucht hatte. Einer der Pfähle war morsch geworden und in der Mitte durchgebrochen, der Zaun ließ sich leicht mit dem Schuh niederdrücken. Mit einem Satz war er auf der anderen Seite. Er lief über Dünengras, das ab und zu durch bleiches, knorriges Gebüsch unterbrochen wurde. Der Lichtschein des Leuchtturms zog über ihn und das schlafende Haus hinweg, verlor sich in leicht gewellten Dünen und grauem Dunst. Dazwischen, nur undeutlich zu erkennen, die Umrisse einer Baracke oder eines Stalles, zu schnell war es wieder dunkel.

Er blieb stehen, wartete auf das nächste Mal, dass der Leuchtturm das Gelände erhellte. Eindeutig, da war etwas. Er lief darauf zu. Ab und zu stieß sein Fuß ins Leere, Kaninchen hatten den Boden mit ihren Höhlen durchpflügt. Die Baracke war aus der Nähe überraschend stabil gebaut, vielleicht ein altes Gartenhäuschen. Die Tür hing leicht windschief in den Angeln, war aber abgesperrt.

An der Seitenwand befand sich ein Fenster, Velten leuchtete vorsichtig hinein. Gartengeräte, eine Axt, zwei unterschiedliche Rechen, eine Sense, lehnten an der Wand. Der Lichtkegel erfasste einen Stuhl, dann einen Tisch. Auf der Tischplatte eine Heizplatte, daneben ein Metallgestänge, an dem ein Becher und eine Art Kessel befestigt waren. Auf dem Regal hinter dem Tisch lagen einige Flaschen. Er erkannte, wofür der Schuppen zurzeit gebraucht wurde.

Vorsichtig lief er auf die Rückseite des Haupthauses zu. Alles lag im Dunkeln. Er betrat die Terrasse, in den Fugen der wackeligen Bodenplatten wucherten Büschel von Gras.

Die Rollläden waren hochgezogen, drinnen war alles schwarz, abgesehen von einem schwachen roten Schimmer. Wahrscheinlich das Stand-by-Licht eines Fernsehers.

Velten knipste die Taschenlampe wieder an und ließ den Kegel des Lichtscheines wandern, von dem Fernseher über einen beigefarbenen Teppichfußboden, entlang einer weißen Wand mit vielen gerahmten Fotos bis zu einer braunen Ledercouch, auf der eine Bettdecke lag. Die Decke bewegte sich minimal, am Ende der Decke lugte ein dunkler Fleck hervor, er erkannte Haare, Velten schaltete die Lampe aus.

Behutsam lief er um die Hausecke herum. Lehnte sich gegen die Wand. Achtete auf seinen Atem. Stille.

Lichtschein schlug aus dem Wohnzimmer. Es quietschte, ein Türknauf, der gedreht wurde. »Ist da wer? Hallo?« Die Stimme war kräftig, überschlug sich aber beinahe. Sie gehörte jemand, der sich selbst gerade Mut zu machen versuchte. »Ich hab die Taschenlampe gesehen. Los, zeig dich. Oder ich rufe die Polizei.«

Stille. Wieder erhellte von oben der Leuchtturm wie eine riesige Laterne das, was früher einmal ein Garten gewesen sein mochte.

»Ich hab hier ein geladenes Schrotgewehr in der Hand. Lass mich in Ruhe, oder ich benutze es.«

Die lächerliche Drohung entschwebte ins Nichts.

»Bastard«, schimpfte er, gefolgt von undeutlichem Gebrummel. Poltern, die Tür wurde geschlossen.

Velten entschied, dass er hier genug gesehen hatte. Es gab keinen Grund, hier Staub aufzuwirbeln. Ruhig zählte er bis sechzig, dann schob er sich an der Wand des Hofes zurück zur Straße. Dieses Mal, ohne die Taschenlampe einzuschalten.

»Du bist so schnell wieder zurück?«, wunderte sich Mara. »Konntest du nicht rein?«

»Der ist es nicht.« Velten war überrascht, wie selbstverständlich sie davon ausging, dass er in das Gehöft einbrechen würde. »Fahren wir.«

Es wurde Zeit, ins Bett zu gehen. Wer mit der Polizei drohte, hatte nicht wirklich etwas zu verbergen. Außer im Gartenhäuschen die selbst gebastelte Destille zum Brennen von Schnaps.

8

MARKUS ROSENBRAND ATMETE schwer, als er die Terrassentür schloss. Er wusste, dass er alt und müde war, einen sitzen hatte und dass er einen Hang zur Paranoia hatte. Aber er war sich auch sicher, die aufblitzende Taschenlampe gesehen zu haben.

Mit der freien rechten Hand lockerte er den Riemen der Rollläden, die mit einem Rattern hinunterfielen. Eine trügerische Art von Sicherheit. Etwas musste passiert sein, warum sonst sollte er kommen, und dann noch mitten in der Nacht? Beruhige dich. Vielleicht war es jemand anderes gewesen. Richard konnte es doch gar nicht gewesen sein, der war dazu körperlich nicht mehr in der Lage, außerdem hätte der sich nicht von seiner lächerlichen Drohung abschrecken lassen. Richard war … Nicht die Augen schließen, dann kommt die Erinnerung wieder, dachte er noch, doch es war schon zu spät.

Es war nass und kalt, überall war ihm kalt. Eiskalt. Er spürte seine Füße nicht mehr, seine Hände nicht mehr, die mit diesem Strick festgebunden waren, der tief in das Fleisch schnitt. Es hatte geschmerzt, aber schlimm wurde es erst, als

73

allmählich der Schmerz verschwand. Alles war wie abgestorben. Nur das Herz pumpte, dröhnte hoch bis in seinen Schädel, der auch nur noch wach war, weil die Panik ihn bei Bewusstsein hielt. So also geht es zu Ende, dachte er. Er hielt die Augen geschlossen, bis endlich die Stimme erklang, auf die er jedes Mal, wenn die Erinnerung wiederkam, so unendlich lange warten musste. *Hallo Sie, können Sie uns hören? Geht es Ihnen gut?*

In seiner linken Hand zitterte die geladene Schrotflinte. Er erkannte, wie sinnlos seine Lage war. Niemals hätte er abgedrückt. Es gab Menschen, die waren zu so etwas in der Lage. Er gehörte nicht dazu.

9

BÜCHERSTRAND, FELICITAS HATTE eine gleichnamige Homepage zu ihrem Laden eingerichtet. Die Seite war richtig gut gemacht, ein durchgängiges Farbschema, klare Struktur, ein Blog mit aktuellen Themen, der regelmäßig, mindestens alle zwei, drei Tage, einen neuen Eintrag aufwies. Dazu hochauflösende professionelle Fotos, die über soziale Bilderdienste integriert waren. Kleine Icons zeigten die Anzahl ihrer Follower in den sozialen Medien an, es waren schon mehrere Tausend. Velten war beeindruckt. Felicitas musste sehr viel Zeit und Energie in den Webauftritt investiert haben.

Die Liste von Felicitas Tobens echten Kontakten umfasste dagegen nur wenig mehr als zwanzig Namen. Mara hatte hinter jedem Namen eine kurze Erläuterung geschrieben, um wen es sich handelte und, soweit sie ihr bekannt waren, die Kontaktinformationen. Velten zückte sein Handy und machte sich an die Arbeit.

Mara hatte elf Schulfreunde aufgeführt, vier aus Felicitas' Zeit in der Mühle, wie die Inselschule in der Nähe der alten Windmühle genannt wurde, und sieben aus dem Internatsgymnasium Esens, an dem sie im vergangenen Jahr das

Abitur gemacht hatte. Es stellte sich raus, das nur eine, Margarete Rust, weiterhin auf Norderney lebte, eine andere, Janine Benson, war zufällig gerade auf der Insel, um ihre Eltern zu besuchen. Er verabredete sich mit Margarete Rust für elf Uhr und mit Janine Benson für ein Uhr.

Die nächsten Kontakte hakte Velten weitestgehend als belanglos ab. Vier lose Bekanntschaften in der Nachbarschaft. Drei Stammkunden ihres Buchladens. Ein Pärchen und zwei Frauen im gleichen Alter, mit denen sie wohl gelegentlich ausging. Auf diese Kontakte würde er nur dann zurückzugreifen, wenn die anderen Ansätze im Sand verlaufen sollten.

Der letzte Eintrag schien wiederum interessanter zu sein. Er lautete Jannik Schulz. *Affäre (Oktober – Dezember letzten Jahres)*, hatte Mara neben ihm vermerkt. Bibliothekar der Bücherei im Conversationshaus. Schulz ging jedoch nicht an sein Handy, als er ihn anrief.

Margarete Rust wartete in der Lounge des Hotels Strandhafer auf ihn, ein beige gestrichener Betonklotz aus den Siebzigerjahren, der, anders als der Name vermuten lassen konnte, mitten in der Innenstadt lag. Sie hatte braune Augen und braunes Haar, zu einem Bauernzopf gebunden, sportliche Figur. Velten erinnerte sich daran, sie auf einem der Fotos in Felicitas' Flur gesehen zu haben, das Foto musste aber mindestens drei, vier Jahre alt gewesen sein. Mit beiden Händen hielt sie eine übergroße Kaffeetasse, auf der ein fast verblichenes Strandhafer-Emblem zu erkennen war.

»Was verbindet Sie mit Felicitas? Was macht Ihre Freundschaft aus?«

»Och, wissen Sie ...« Margarete Rust schaute für einen kurzen Moment verlegen nach unten. »Freundschaft – ich weiß nicht. Wir saßen nebeneinander in der Schule, und wir hatten den gleichen Heimweg, den sind wir halt zusammen gegangen. Und manchmal auch einen Umweg, bis Fee deshalb einmal mächtig Ärger zu Hause bekommen hat. Wir haben uns oft über alles Mögliche unterhalten, aber so ein Beste-Freundinnen-Ding, wie Sie vielleicht denken, war das nicht. Fee und ich, wir mögen uns, kommen gut miteinander klar, und seitdem sie wieder zurück ist, trinken wir ab und zu mal einen Kaffee zusammen. Das war's. Mehr ist da nicht.«

»Sie sind hier auf Norderney geblieben, als Felicitas auf das Internat nach Esens wechselte, richtig?«

»Ja, dieses Hotel gehört meiner Familie. Es war für mich immer klar, dass ich nach dem Abschluss der Schule hier arbeiten würde, darum bin ich auch nicht mit Fee und den anderen aufs Festland, obwohl die Noten es hergegeben hätten. Ich hab stattdessen meine Ausbildung als Restaurantfachfrau im damals neuen Nordblick angefangen und dort auch letztes Jahr erfolgreich beendet – als Jahrgangsbeste übrigens. Danach bin ich zurück in unseren Betrieb und leite seitdem den Service.«

Es war trotzdem ein wenig Bedauern herauszuhören. »Hat sich Felicitas eigentlich während ihrer Zeit auf dem Festland verändert?«

»Nein, eigentlich kaum. Sie war schon immer so, wie sie jetzt ist.«

»Wie würden Sie Felicitas denn beschreiben?«

»Das ist schwer. Auf jeden Fall ist sie klug. Und witzig.« Margarete Rust lachte, als ob sie sich an eine konkrete Situation erinnerte. »Auf eine gewisse Art besonders. Sie hat diese Art von Humor, den ich manchmal von unseren älteren Gästen mitbekomme. So eine Mischung aus Weisheit und Sarkasmus. Es ist halt immer lustig mit ihr.«

»Und sonst?«

»Ich weiß eigentlich nur wenig von ihr. Vorher, bevor Sie sich bei mir gemeldet haben, hatte ich da nie drüber nachgedacht, aber vielleicht hat sie mich immer auf Distanz gehalten.«

»Und wo waren Sie gestern Morgen zwischen acht und neun?«

»Frühstücksbuffet, wie immer.«

Velten bedankte sich bei ihr, dass sie sich die Zeit genommen hatte. Als er ihr einen Schein als Aufwandsentschädigung anbot, lehnte sie ab.

Janine Benson hatte das Café Marienhöhe als Treffpunkt vorgeschlagen. Der historische Pavillon lag wie gemalt auf einer Düne am Westrand der Insel und war mit seinem Kupferdach und den französischen Fenstern ein beliebtes Fotomotiv. Sie kam mit männlicher Begleitung in das Café. Ihr Gesicht hatte asiatische Züge, auch sie hatte er auf den Fotos in Fees Wohnung gesehen, auf ziemlich vielen sogar und auch auf denen neueren Datums. Als Velten fragte, ob er etwas für sie bestellen könnte, entschied sie sich für ein Stück Frankfurter Kranz und einen Ostfriesentee. »Ich hoffe, meine Wahl des Ortes empfinden Sie als angemessen?«

»Wie bitte? Äh, ja.«

Um sie herum klimperten Löffel auf Kuchentellern oder in Teetassen. Man saß in Ohrensesseln, führte in gedämpftem Ton Gespräche.

»Und Sie sind wirklich ein Detektiv? Ich hoffe, es ist in Ordnung, dass mein Freund Johann mitgekommen ist, wir haben gewettet, wie Sie wohl aussehen.« Sie gluckste amüsiert.

Johann nannte ihm nicht seinen Nachnamen, sondern nickte ihm lediglich zu. Er war athletisch, aber ein wenig gedrungen und wirkte deutlich älter als Janine Benson, nicht zuletzt wegen des nachlassenden Haupthaares.

Die Bedienung brachte ihre Bestellung. Janine Benson stach mit ihrer Gabel in den Kuchen, just in dem Moment, als er auf den Tisch gestellt wurde. »Geil. Megalecker, der Kuchen. Wusste ich's doch.«

»Wie oft sind Sie auf Norderney?«

»Immer wieder mal. Gerade habe ich echt keine Lust auf Uni, und da dachte ich mir, besuche mal wieder deine Eltern. Die haben mein ehemaliges Kinderzimmer nie umgebaut, echt süß, es ist jedes Mal so, als würde ich wieder zu Hause einziehen. Aber länger als drei Wochen halte ich es nicht mit ihnen aus, dann geht's wieder zurück nach Köln. Norderney ist toll, aber Köln ist halt ... eine Stadt.« Sie hob die Teetasse an und spreizte den kleinen Finger dabei unnatürlich weit ab.

»Sind Sie auch von hier?«, fragte Velten den schweigsamen Johann. Der Mann hatte schon richtige Geheimratsecken. Er stellte sich vor, wie die beiden in einem alten Kinderzimmer hausen würden.

»Nein«, antwortete Janine Benson an seiner statt. »Aber meine Eltern sind zurzeit auf Kur in Süddeutschland. Wir haben ausnahmsweise das ganze Haus für uns.« Sie schmiegte sich an Johann ran, der wirkte, als müsste er noch über die Frage nachdenken.

»Ich möchte gerne verstehen, was Felicitas für ein Mensch ist. Wie würden Sie sie einem Unbekannten beschreiben?«

»Also eigentlich gar nicht.« Janine kicherte. »Sie wissen ja, Fee ist eher der verschlossene Typ. Ihr wäre es sicherlich nicht recht, wenn man mit Unbekannten über sie plaudern würde.«

»So der Typ graue Maus?«

»Ne – hm, na ja, vielleicht ein wenig. Sie liest halt immer viel, und sie gibt nicht viel auf die Meinung anderer. Wir hatten ja in Esens das Zimmer zusammen, und ich sage Ihnen, sie hat sehr viel gelesen. Auch so ein Zeug, das alle anderen nicht mal angefasst haben, obwohl es abirelevant war. Dabei ist sie aber nicht schüchtern oder so. Sie weiß genau, was sie will. Und was sie nicht will. Sie ist sehr rational, wenn Sie verstehen, was ich meine? Ich habe eine sehr hohe Meinung von ihr.« Sie lachte schon wieder in sich hinein. »Mache ich das eigentlich gut, Herr Detektiv?«

Johann kicherte nun ebenfalls, und gemeinsam steigerten sich die beiden in einen nur mühsam unterdrückten Lachanfall hinein. Die ersten Gäste um sie herum begannen, sich zu ihnen umzudrehen.

»Nein, eher nicht«, sagte Velten resigniert. Inzwischen hatte er den Geruch erkannt, der die beiden umwehte. Die beiden waren bekifft, jetzt bemerkte er auch die geröteten Augen. Das hätte ihm nun wirklich früher auffallen können. Eine Fortsetzung der Befragung würde nicht mehr viel bringen.

»Haben Sie eigentlich auch einen Detektivausweis? So wie in den Micky-Maus-Heften? Kann ich den mal sehen?«

»Ich habe nur noch eine Frage«, sagte Velten nun, ohne auf sie einzugehen. »Wo waren Sie gestern Morgen zwischen acht und neun?«

»Im Bett. Aber fragen Sie jetzt bitte nicht…« Der Rest ging in einem weiteren Lachanfall der beiden unter.

Die Bedienung reagierte sofort, als er den Arm anhob. Sie freute sich über das üppige Trinkgeld, das eigentlich als Dankeschön für die Zeugen gedacht gewesen war.

10

BIS AUF WEITERES schien Mara die ergiebigste Quelle für mögliche Anhaltspunkte zu sein. Als Kindermädchen hatte sie sogar bei den Tobens gewohnt, wie eine große Schwester, so musste es der kleinen Felicitas doch vorgekommen sein. Erst Vorbild, vielleicht später auch eine Art beste Freundin? Mara würde am ehesten über die Geheimnisse der Familie Bescheid wissen. Vielleicht auch über solche der Tochter, die diese nicht einmal den Eltern erzählt hatte? Bei aller vorgeschützten Offenheit, Mara verbarg etwas, da war er sich sicher.

Vielleicht würde er dieses Mal etwas aus ihr herausbekommen. Sie nahm erst nach dem neunten Klingeln ab.

»Du brauchst wohl gar keinen Schlaf, oder?« Sie gähnte.

»Jetzt möchte ich gerne deinen Ex kennenlernen.«

»Das ist mal ein Satz, den man eher selten hört. Viertelstunde, okay?«

Mara parkte den Wagen in der letzten Kurve vor dem Campingplatz, direkt neben einer steilen Düne. Sie holte einen Feldstecher aus dem Handschuhfach. »Komm mit.«

Oben angekommen, blickten sie auf eine Vielzahl unterschiedlichster Wohnwagen und Mobilwohnheime. Zum Inselinneren hin, in der Nähe des Waschhauses, waren die besseren Stellplätze, dort boten flache Dünen Schutz vor dem Wind. Mara lehnte sich an ihn, er roch ihr süßliches Parfüm, sie deutete mit dem ausgestreckten Arm auf einen Wohnwagen am südlichen Ende des Geländes, unweit der dem Watt vorgelagerten Salzwiesen.

»Der mit dem gelben Streifen.« Sie reichte ihm das Fernglas. Er wusste sofort, welchen sie meinte. Kein Vorzelt, nur ein Windschutz, dahinter ein paar Gartenstühle aus Plastik und ein Campingtisch. Die Fenster des Wohnwagens waren geöffnet, aber die Vorhänge zugezogen, die Tür geschlossen.

»Wohnt er alleine?«

»Als ich ihn gesehen hatte, waren drei Männer bei ihm, die ich nicht kannte. Vielleicht hatte er auch nur Besuch. Hab ihn nur kurz aus der Ferne gesehen. Aber er hatte früher schon was fürs Camping übrig.«

»Warum habt ihr euch damals eigentlich getrennt?«

»Der Krieg hatte ihn verändert.«

»Wurde er gewalttätig?«

Sie schüttelte den Kopf, blickte nach rechts unten. Sie schien zu überlegen, ob sie ihm die Wahrheit erzählen sollte. »Nicht mir gegenüber. Aber er wurde so latent aggressiv. Kapselte sich immer mehr ab. Ich weiß, er hat einige miese Sachen erlebt. Anfangs erzählte er noch davon, später wurde er immer schweigsamer. Die Beziehung mit ihm tat mir nicht mehr gut. Also beendete ich sie.«

»Wie kam er damit klar?«

»Ich habe ihm gesagt, ich will ihn nie wieder sehen. Es wäre das Beste für uns beide. Ich habe mich dran gehalten, und er auch. Bis vor ein paar Wochen.«

Sie trauert der Beziehung noch immer nach, dachte Velten überrascht. Aber bei ihrer Geschichte fehlte etwas. Ein Detail stach immerhin heraus: Offenbar hatte es eine Abmachung gegeben. »Du hast ihm nicht mehr vertraut?«

»Nein«, sagte sie schließlich mit leiser Stimme. »Es ist anders. Kennst du das, wenn man jemandem vertraut, absolut vertraut? Tief, fest und richtig? Aber es nicht reicht. Dass trotzdem die feste Basis für mehr fehlt? So war es bei uns. Wir haben uns wehgetan. Nicht er mir, wir haben uns wehgetan. Aber das ist jetzt viele Jahre her. Alles gut.«

»Er ist gegangen, und du bist geblieben?«

»Alea hat mir geholfen. Und Fee war eine super Ablenkung.«

Es wurde Zeit, das Ganze zu unterbrechen, er wollte sie aushorchen, nicht verhören. »Soweit ich es der Liste von Felicitas' Kontakten entnehmen konnte, hatte sie bisher noch keinen festen Freund? Nur der Eintrag Jannik Schulz geht in die Richtung.«

Mara strich sich eine Strähne aus dem Gesicht. »Nein, sie hatte nichts Festes, von dem ich wüsste. Sie hatte da gewisse Schwierigkeiten, vielleicht fiel es ihr schwer, Vertrauen zu jemandem zu fassen. Vor einem halben Jahr hatte sie dann etwas mit diesem Jannik Schulz, sie waren ziemlich verknallt. Beide, er vielleicht noch mehr in sie als umgekehrt.

Die Sache hielt allerdings nur ein paar Monate, dann war Schluss, von einem Tag auf den anderen. Fee wollte danach nicht mehr über ihn reden. Ich habe gestern noch mit Alea über die Beziehung der beiden gesprochen. Wir denken, dass es die typische erste Liebe war, aber nichts wirklich Ernstes. Wir haben ihn eigentlich nur deshalb mit auf die Liste gesetzt, weil er auch noch hier auf der Insel wohnt.«

»Was ist denn der Schulz für ein Typ?«

»Zurückhaltend. Bleich, dünn, dünne Brille. Er jobbt in der Bibliothek im Conversationshaus und liest wohl auch privat recht viel, das passte natürlich zu Fee. Er hat eine kleine Wohnung in der Innenstadt, die seine Eltern früher an Touristen vermietet haben.« Sie verschränkte die Arme und wippte ein wenig auf und ab. »Seine Familie wohnt schon seit Urzeiten hier auf der Insel.«

»Anders kommt man hier auch nicht an bezahlbaren Wohnraum, oder?«, sagte Velten und begann, die Düne wieder hinabzusteigen.

Auf dem Campingplatz war noch nicht viel los, die Saison hatte gerade erst begonnen. Die meisten Plätze, die bereits belegt waren, gehörten den Dauermietern, die ihren Wohnwagen oder ihr Wohnmobil direkt für ein halbes Jahr abstellten, um spontan für verlängerte Wochenenden oder eben einen bezahlbaren längeren Sommerurlaub darauf zurückgreifen zu können.

Der flache Boden, auf dem der Wohnwagen mit dem auffälligen gelben Streifen stand, war vom Regen der letzten

Tage matschig geworden. Es sah aus, als wäre er Teil des natürlichen Übergangs vom festen Inselboden zur Salzwiese und zum Watt. Auf den letzten Metern quakte es saugend unter seinen Schuhen. Velten klopfte gegen die Wohnwagentür. Keine Reaktion. Er klopfte noch einmal.

»Ja!«, dröhnte es gereizt von drinnen. »Hab es schon beim ersten Mal gehört.«

Die Tür wurde aufgerissen. Ein Mann Ende vierzig stand da, T-Shirt, Jogginghose. Imposante Armmuskeln, akkurat geschnittener Vollbart. Hinter ihm, auf der rechten Seite, ein Tisch, auf dem eine Kaffeetasse und die Reste eines Frühstücks standen, auf der linken Seite ein Bett, Kopfkissen und Bettlaken bereits säuberlich zusammengefaltet. »Wie kann ich helfen?«

»Sie sind Herr Sebold?«

»Richtig.«

»Entschuldigen Sie bitte die Störung. Mein Name ist Tobias Velten. Ich bin auf der Suche nach einer jungen Frau, vielleicht können Sie mir helfen.«

»Ja, okay?« Der Mann machte einen interessierten Gesichtsausdruck. Beinahe wirkte es, als wollte er Velten hereinbitten.

»Vielleicht kennen Sie sie.« Velten zog das Smartphone aus der Tasche, wählte aus der Galerie eines der Fotos aus, die Mara ihm übermittelt hatte. Ein schönes Bild, eines der wenigen, auf denen Felicitas lachte. Liam Sebold beugte sich bereits neugierig nach vorne. »Ihr Name ist Felicitas Toben.«

»Ja.« Seine Haltung veränderte sich, er schien angespannt, fasste mit der linken Hand an die Tür, der Arm wirkte jetzt wie eine Absperrung zum Inneren. »Tut mir leid. Ich habe sie schon eine Ewigkeit nicht mehr gesehen«, ergänzte er und zuckte bedauernd mit den Achseln.

»Okay, trotzdem vielen Dank. Falls Ihnen doch noch etwas einfällt, dann rufen Sie mich bitte kurz an.« Velten überreichte ihm eine Visitenkarte. »Ich wünsche Ihnen noch einen guten Tag.«

»Ebenso.«

Die Tür war schon wieder verschlossen. Die Arglosigkeit, mit der der Mann sich das Foto angesehen hatte, sprach dafür, dass er mit der Sache nichts zu tun hatte. Oder er hatte hervorragend geschauspielert. Dagegen sprach seine Reaktion, als er Felicitas Tobens Namen gehört hatte. Er musste andere Gründe gehabt haben, so zu reagieren.

Als Velten wieder beim Auto ankam, hatte Mara die Rückenlehne nach hinten verstellt, ihr Kopf lehnte gegen die B-Säule, die Augen waren hinter einer Sonnenbrille versteckt. Sie schrak hoch, als er die Beifahrertür öffnete. Sie reckte sich. »Das war ja noch schneller als bei Rosenbrand. Und, was denkst du über Liam?«

Velten überlegte. Vielleicht war Liam ein Hebel, um mehr über Mara herauszufinden. »Er hat seltsam reagiert«, sagte er. »Ich denke zwar nicht, dass er Felicitas entführt hat oder etwas mit ihr zu tun hat. Aber vielleicht muss ich mich auch mal mit ihm zusammensetzen, um mehr zu erfahren.«

»Ich helfe dir da gerne«, antwortete Mara.

Auf dem Weg zurück in die Stadt steuerte sie ihren Wagen zu Veltens Überraschung auf den öffentlichen Parkplatz an der Nordhelmstraße. Sie stieg aus und drückte ihm den Autoschlüssel in die Hand. »Du kannst dir den Wagen einfach nehmen, wenn du ihn brauchst. Ich habe noch einen Zweitschlüssel zu Hause.«

Entweder es war nett gemeint, oder sie wollte doch etwas mehr Distanz wahren.

11

LIAM SEBOLD SAH dem Mann hinterher, der so unvermittelt aufgetaucht war und der nun fortging, ohne sich noch einmal umzudrehen. Velten wusste bestimmt, dass er ihn beobachtete. Sein Blick fiel auf die Karte, die er noch immer in der Hand hielt. Tobias Velten, dazu eine Mobilnummer, sonst nichts. Ein Detektiv?

Verdammt, was war er naiv gewesen. Er hatte tatsächlich nicht an Felicitas gedacht, als Velten hier aufgetaucht war. Ein Detektiv, der Felicitas suchte. Alea und Richard ließen sie suchen. Es war also doch passiert.

»Es hat keinen Zweck mehr, Liam.« Mara sah ihn mit traurigen Augen an. Der Streit am Abend zuvor hatte Kraft gekostet. Sie, Alea, Richard und ihn selbst wahrscheinlich am meisten. Er fühlte sich noch immer ganz ausgelaugt.

Behutsam umschloss er ihre Hände mit seinen. »Wir gehören zusammen, Mara.«

»Ja. Wir haben es miteinander probiert.« Aber sie schaute ihn nicht an, sondern an ihm vorbei, aus dem Fenster, in die Ferne, ganz melodramatisch, als ob es draußen irgendetwas

Wichtiges geben würde. »Es hat nicht funktioniert, okay? Und jetzt … ist es eine neue Situation. Du kannst hier nicht mehr bleiben. Das weißt du auch.«

Eine lange Stille war gefolgt. Er wusste, die Antwort auf seine Frage würde nicht nur ihm wehtun. »Du willst hierbleiben, oder?«

»Vielleicht tut uns eine Pause gut.« Ihre Stimme zitterte.

»Das glaubst du doch selbst nicht!«

»Doch. Das tue ich.«

Am gleichen Tag hatte Alea ihm ein Angebot gemacht, das er nicht hatte ablehnen können. Das alles war jetzt über zehn Jahre her.

12

AM KÜCHENTISCH SEINER Wohnung betrachtete Velten ein weiteres Mal die Aufzeichnungen der Überwachungskameras. Sie filmten nicht nonstop, sie wurden nur aktiviert, wenn die Bewegungsmelder anschlugen. Am Montag hatte die Kamera im Flur außer Felicitas beim Verlassen ihres Hauses und bei ihrer Rückkehr, jeweils in voller Laufkleidung, nur noch einmal den Eingangsbereich aufgenommen, weil eine Jacke an der Garderobe runtergefallen war. Die einzig relevanten Aufnahmen der Kamera in der Garage waren die von Felicitas' Entführung.

Ein breitschultriger Mann in einer Bomberjacke. Einer, alleine. Dabei konnte doch immer etwas schiefgehen. Auch wenn er bewaffnet und Felicitas ihm sicherlich an Kraft unterlegen war: was für eine waghalsige Aktion. Das war es, was ihn gestern gestört hatte. Würde man so etwas wirklich alleine planen und durchziehen?

Jetzt machte das Sinn, was ihm gestern schon aufgefallen war. Noch einmal studierte er das Video, in dem Felicitas den Text ihres Entführers hatte sprechen müssen. Zum Schluss, kurz bevor die Aufnahme endete, hatte sie nach links und nach rechts geschaut, ganz eindeutig. Genau so, als ob sie sich hatte versichern wollen, alles richtig gemacht zu haben. Dabei hatte sie zu mindestens zwei Personen geblickt, die offenbar zu beiden Seiten hinter der Kamera gesessen hatten. Es gab also mindestens zwei Entführer.

Zufrieden lehnte er sich zurück. Mindestens zwei Entführer, das entsprach durchaus dem üblichen Muster, Entführungen wurden meist gemeinschaftlich begangen. Zwei Millionen aufgeteilt auf mindestens zwei Personen. So richtig lohnen würde sich die Entführung nicht. Na ja, zumindest hätten sie, so wie er die Verhältnisse der Tobens einschätzte, wahrscheinlich mehr rausschlagen können. Vielleicht ein Hinweis? Wussten die Entführer doch nicht so genau um den Reichtum der Familie?

Er klappte den Laptop zu, stand vom Tisch auf und stieß mit dem Kopf gegen die Dachschräge. Wie immer, er hatte sich daran gewöhnt, ärgerte sich nur noch ein bisschen über seine eigene Schusseligkeit. Die Enge der Wohnung nahm er hin. Er mochte die Wohnung, er hatte hier alles, was er brauchte, außerdem war sie verdammt günstig. Na ja, für repräsentative Zwecke eignete sie sich eher nicht, das war ihm bei Maras Besuch besonders bitter aufgefallen.

Vor Mara hatte er hier oben überhaupt nur einmal Besuch empfangen – ganz so warm war er mit den Eingeborenen, wie er die Bewohner Norderneys für sich nannte, noch nicht geworden. Juna hatte sich nicht mehr gemeldet. Und auch für die alten Kollegen aus dem polizeilichen Staatsschutz des BKA schien der Weg aus Berlin zu einer Nordseeinsel schlicht zu weit zu sein. Überhaupt war der Kontakt zu ihnen ziemlich eingeschlafen. Na ja, das würde sich bald wieder ändern.

Der Besuch vor Mara war von einer Polizeipsychologin gewesen, er hatte sie gemäß dienstlicher Anordnung empfangen müssen, es war Teil des Prozedere bei geplanter Rückkehr ins Team. Ursprünglich hatte sie nur eine Übernachtung auf der Insel eingeplant gehabt. Dann aber war ein Sturm über die Nordseeküste hereingebrochen, Flug- und Schiffsverkehr zu den Inseln waren eingestellt worden. Und auf einmal hatten sie viel zu viel Zeit zum Reden gehabt. Es waren sehr viele Antworten gewesen, die er ihr hatte geben müssen. Erst am dritten Abend, nach zwei gemeinsam geleerten Flaschen Rum, hatte sie ihr Assessment abgeschlossen. »Die Kollegen werden schon irgendwie mit dir klarkommen«, hatte sie lachend gesagt. Seine etwas plumpen Annäherungsversuche hatte sie aber leider abgelehnt.

Gedankenverloren ging er zu dem Plastikeimer in der Küchenecke und hob den Deckel ab. In dem dicken Schaumteppich, unter Brauern »Kräusen« genannt, blubberte es vor sich hin. Laut der Anleitung, die er sich, wie die Zutaten, übers Internet besorgt hatte, sollte die Hauptgärung in zwei Tagen beendet sein. Dann musste er nur noch die Würze in Flaschen abfüllen, und fertig. Sein erstes selbst gebrautes Bier, hoffentlich. Er schloss den Deckel wieder. Die Hefe machte die Arbeit alleine, ganz ohne sein Zutun.

Sein Magen brummte. Wann hatte er das letzte Mal gegessen? Er verfiel schon wieder in sein altes Arbeitsmuster, dachte er etwas bitter, und blickte auf seine Armbanduhr. War das vielleicht schon gestern gewesen, bevor Mara ihn ...? Moment.

Felicitas' Armbanduhr. Sie hatte in der Ladestation im Wohnzimmer gelegen. Warum nicht bei den übrigen Sachen, die Felicitas im Badezimmer ausgezogen hatte? Sie hatte sie offensichtlich auch als Sportuhr genutzt, anders ließ sich der Stand des Tagesschrittzählers von über achttausend nicht erklären. Danach hatte sie die Uhr in die Ladestation gelegt und war unter die Dusche gegangen. Die modernen Akkus hielten mindestens einen Tag, normalerweise lud man Smartwatches erst über Nacht auf. Hatte sie das Nachladen in der Nacht vorher vergessen? Was kam sonst noch als Grund infrage?

Er erinnerte sich an die konzentrischen Kreise auf der Rückseite, die wie unleserliche Markierungen wirkten. In die Uhr war ein Pulsmessgerät eingebaut, aber damit hatten die abgewetzten Markierungen nichts zu tun. Er wusste genau, dass er ähnliche Zeichen schon oft gesehen hatte, nur nicht genau, wo. Ich frage mal das Internet, überlegte er, und beobachtete, wie das Smartphone sich mit dem WLAN verband. Ich Idiot, dachte er sofort.

Ein kleines Symbol auf dem Smartphone zeigte die Stärke des Empfangs an. Es ähnelte sehr den Markierungen auf der Rückseite von Felicitas' Smartwatch. Die Markierungen waren die Überreste eines Piktogramms. Eines Piktogramms für Funksignale. Ein Piktogramm, das nicht die Fähigkeit,

Funksignale zu empfangen, symbolisieren sollte, sondern die, selbst welche zu senden.

Langsam, Stück für Stück, formte sich eine Idee. Veltens Blick fiel auf die beiden weißen Plastikstäbe, die er in Felicitas Kleidung gefunden hatte. Und nun, im Zusammenhang mit der Smartwatch, dämmerte ihm, womit er es hier zu tun haben könnte.

RFID. Gut möglich, dass die Stäbe RFID-Tags waren. Wäschereien nutzten ähnliche Modelle, die zur eindeutigen Kennzeichnung von Kleidungsstücken dienten. RFID, *radiofrequency identification*, eine Technologie, eingesetzt zur Identifikation und Standortbestimmung. RFID-Systeme bestanden aus sogenannten *Tags*, mit denen ein Objekt gekennzeichnet wurde, sowie Lesegeräten zum Auslesen dieser Kennzeichnungen. Jedes Mal, wenn ein Tag ein Lesegerät passierte, konnte das zugehörige Objekt durch das Tag identifiziert und anhand des Lesegerätes lokalisiert werden. Soweit er sich erinnerte, war rund um RFID in den Jahren nach der Jahrtausendwende ein kurzer Hype entstanden, vor allem in der Logistikbranche hatte man sich große Vorteile erhofft.

Velten setzte sich auf die Kante seiner Couch. Die Stäbe waren passive Tags, also ohne eigene Energieversorgung. Doch in dieser Größe mussten sie, vermutete er, für eine Lesereichweite von bis zu fünf Metern geeignet sein. Ein System zur Standortbestimmung. Eine Uhr, die Funksignale senden konnte. Die Fähigkeit seiner Auftraggeber, ad hoc eine Liste von Felicitas' sozialen Kontakten zu erstellen.

Seine Idee war abenteuerlich, aber sie passte zu den Indizien. Es war eine Theorie, mit der sich einiges erklären ließ. Wenn sie denn stimmte. Vertrauen gegen Vertrauen. Wie lächerlich.

Er brauchte noch mehr Informationen. Eigentlich, stellte er fest, musste er gegen seine eigenen Auftraggeber ermitteln.

13

FRISCHE LUFT. ZUERST musste Velten den Kopf freibekommen, um seine Schlussfolgerungen zu sortieren. Die Sonne schien hoch am wolkenlosen Himmel, und im Windschutz der Häuser wurde es angenehm warm. Er lief am Wappenzeichen Norderneys vorbei, dem Kap, ein auf dem Kopf stehendes Dreieck aus Holz, das auf einer sechsbeinigen Steinkonstruktion thronte, und weiter zum Wasserturm.

Als er beim Parkplatz des Discounters vorbeikam, beobachtete er eine Frau, die gerade den Wocheneinkauf für ihre Familie in den Kofferraum ihres SUV hievte. »Die Dose Ravioli kostet das Doppelte wie bei uns«, beschwerte sie sich im rheinischen Singsang bei ihrem Mann. Der achtete nicht auf sie, sondern ermahnte die beiden Jungen im Kindergartenalter, die gerade ihre Taschendrachen steigen ließen, vorsichtig auf dem Parkplatz zu sein. »Fang uns doch, du Eierloch«, antworteten die beiden und rannten weg, der Vater schimpfend hinterher.

Familie. Velten wusste, dass er da eine Erfahrungslücke hatte. Er hatte nie den Impuls gehabt, selbst eine zu gründen. Und die Erinnerung an die eigene hatte er verdrängt.

Eher unbewusst schlug er den Weg zum Park mit der Napoleonschanze ein. Dort sah er Rentnern dabei zu, wie sie die Schwäne beobachteten, die in dem zu einem Teich umgebauten alten Befestigungsgraben vor sich hertrieben. Eine Entenfamilie kraxelte schnatternd die Böschung hoch. Jemand warf ihnen Brotkrumen zu.

Es gab genug Ermittlungsansätze. Er musste sich mehr mit dem Entführungsopfer auseinandersetzen. Wer war die Frau, wie tickte Felicitas? Warum hatte sie zweitausend Follower in sozialen Netzwerken, aber so gut wie keinen Kontakt zu Menschen außerhalb ihrer Familie?

Es gab jemanden, der ihm das vielleicht erklären konnte. Und weil er ihn immer noch nicht am Telefon erreicht hatte, wollte er ihm einfach direkt einen Besuch abstatten. Er arbeitete gar nicht weit weg von hier.

Velten lief durch ein schattiges kleines Wäldchen in Richtung Innenstadt. Zu beiden Seiten schimmerten die Fassaden vornehmer Häuser zwischen den Baumstämmen durch. Diese Insel ... sie verbarg mehr hinter ihrer Oberfläche als typische Nordseeidylle. Eine eigene Idee. Ihm kam das Wort *aristokratisch* in den Sinn. Mehr zu sein als gewöhnlich, ohne es anderen direkt unter die Nase zu reiben, aber sich dennoch eines besseren Standes bewusst. Eine Familie kam ihm auf Fahrrädern entgegengerast. »Erster!«, schrie einer der beiden Jungs, als sie ihn passiert hatten. Die Familie fuhr weiter, es kehrte wieder Ruhe ein. Drei Rehe, die sich zwischen den dünnen Stämmen versteckten, knabberten die jungen Triebe an Büschen und Bäumen ab.

Kurz vor dem Kurplatz machte Velten einen Zwischenstopp bei seiner Eisdiele. Das Trödeln der Kunden vor ihm in der Reihe war allerdings kaum auszuhalten. So kompliziert konnte das doch nicht sein: Auf zwei Tafeln links und rechts des Eingangs waren die Eissorten aufgeführt, genau vier, sowie die jeweils drei Streusel und Soßen, aus denen man sich die Eistüte zusammenstellen lassen konnte. Trotzdem schien die Hälfte der Leute überrascht, dass sie, vorne an der Theke angelangt, auf einmal etwas auswählen sollten. Urlauber, dachte er verächtlich. Der Ärger verflog erst, als er endlich sein Schokoladeneis in der Hand hatte. Mit salziger Karamellsoße. Und Krokant.

Er schlenderte weiter, am Conversationshaus entlang, dem unbestrittenen Zentrum der Insel. Der weiße, klassisch inspirierte Bau mit den Arkaden links und rechts des Eingangs beherrschte die gesamte Längsseite des Kurplatzes. Auf einem Hinweisschild konnte man lesen, dass es ab Mitte des 19. Jahrhunderts dem hannoverschen Königshaus als Sommerresidenz gedient hatte, als dieses nicht mehr mit dem britischen Königshaus in Personalunion verbunden und wieder eigenständig geworden war. Zusammen mit dem benachbarten, *Badehaus* genannten Schwimmbad und dem Thalasso-Hotel Nordseehaus prägte es mit seiner weißen, klar gegliederten Fassade das Bild des Stadtzentrums.

Historischer Charme, Kleinstadtflair im besten Sinne, Nordseeidylle. Dazu eine tidenunabhängige Fährverbindung zum Festland und die große Anzahl an Restaurants, kein Wunder, dass die Touristen nur so über die Insel hereinbrachen, sobald das Wetter etwas freundlicher wurde. Wie hatte Alea Toben sich ausgedrückt? Eine kleine, aber feine heile Welt. Eine übersichtliche, sichere Insel. Auf der vor allem Alea Toben alles unter Kontrolle zu haben schien.

Mit einem Papiertaschentuch wischte sich Velten die Eisreste vom Mund und stieg die Stufen zum Conversationshaus empor. Der rechte Torflügel öffnete sich, und er betrat eine sehr breite Halle, Orangerie genannt, vielleicht wegen des Glasdachs, das helles Tageslicht hereinfluten ließ. Lautes Gemurmel ineinander übergehender Gespräche empfing ihn. Überall standen Leute und besahen sich die ausgestellten Kunstwerke mit maritimen Motiven, suchten auf Flyern oder in Broschüren nach Freizeitangeboten, saßen auf den zahlreichen Stühlen und Bänken und entspannten bei einer Tasse Tee oder Kaffee. Einige spielten sogar Gesellschaftsspiele. Ein großes Plakat kündigte für den kommenden Tag die Saisoneröffnungsfeier im *Nordblick* an, dem angeblich exklusivsten Restaurant der Insel. Auf der rechten Seite, hinter dem Schalter der Touristeninformation, fand er die Bibliothek.

Helles Parkett, dunkle Holzregale, an denen einige wenige Besucher entlangspazierten. Mit schwarzem Leder bezogene Stühle und Sessel luden zum Verweilen ein. Durch die Fenster in der Tür konnte Velten den benachbarten Lesesaal erkennen. Eine Dame mit kurzen blonden Haaren sortierte in der Nähe des Eingangs Bücher auf einem kleinen Wagen, sie trug ein Namensschildchen an ihrer roten Bluse. Luise Scheurer.

»Entschuldigen Sie, vielleicht können Sie mir weiterhelfen?«

Sie sah zu ihm auf. Sommersprossen, ein nettes Lächeln, für einen kurzen Moment erinnerte sie ihn trotz ihrer Brille an Juna. »Lassen Sie mich raten – Sie hätten gerne einen Krimi, oder?«

»Kein Buch. Ich suche eigentlich Herrn Jannik Schulz. Ich dachte, ich würde ihn hier antreffen.«

»Das tut mir leid, heute bin ich alleine hier. Sie müssten mit mir vorliebnehmen.« Fishing for Compliments. Das lag ihm nicht so.

Dennoch lächelte er so charmant wie möglich. »Er ist aber nicht krank, oder?«

»Nein, Herr Schulz hat sich einfach nur einen Tag Urlaub genommen. Kann ich ihm irgendetwas ausrichten?«

»Ach, das ist nicht notwendig, ich wollte ihn eigentlich überraschen. Aber ich bleibe noch ein paar Tage. Ist er denn morgen wieder da?«

»Wie jeden Tag um Punkt neun Uhr. Wahrscheinlich sogar schon um fünf vor«, fügte sie lachend hinzu. »Wenn Sie ihn überraschen wollen, ich verrate auch nichts.«

Velten verabschiedete sich. Hatte es etwas zu bedeuten, dass Jannik Schulz gerade heute nicht da war? Jede Abweichung von der Normalität konnte ein Ansatz sein. Er beschloss, Schulz zu Hause zu besuchen. Mara hatte Schulz' Adresse ja freundlicherweise in der Liste der Kontakte angegeben.

Er lief über den Kurplatz, auf den kreisrunden Brunnen

zu, den heimlichen Mittelpunkt der Stadt. Gemütlich sprudelte das Wasser über die oberste der drei runden Steinplatten, eine Möwe hatte sich dort niedergelassen, ein erbeutetes Fischbrötchen im Schnabel. Die Leute auf den Bänken um den Brunnen lachten, während eine Dame im mittleren Alter im unvorteilhaft geschnittenen Matrosenkleid dem Vogel und ihrem entwendeten Imbiss nachschaute.

Das war ihm auch einmal passiert. Ein Anfängerfehler. Inzwischen hatte er gelernt, die so possierlich über dem Fischbrötchenstand lauernden Möwen im Blick zu haben.

Schulz' Wohnung befand sich in der ersten Etage eines Hauses in der Mittelstraße – die bestmögliche Lage, ganz in der Nähe der Strandstraße, einer der Hauptflaniermeilen der Insel. Velten klingelte. Nichts passierte. Noch einmal. Wieder nichts. Er machte ein paar Schritte zurück. Hinter den Fenstern brannte kein Licht. Kurz entschlossen holte er das Handy heraus und wählte Schulz' Nummer. Nach mehrmaligem Klingeln meldete sich die Mailbox. Er legte auf.

Dann eben später noch mal. Nachdenklich lief Velten durch die Fußgängerzone. Die meisten der Passanten waren Touristen, viele Pärchen, dazwischen einige wenige Familien mit Kindern, die noch nicht schulpflichtig waren. In der Strandstraße stieg ihm der Duft von frisch gebackenen Waffeln in die Nase. Zucker hilft ja beim Denken, dachte er und ließ sich mit seiner Beute, nach dem Eis schon die zweite Sünde des Tages, auf einen Korbstuhl auf dem kleinen Platz nieder.

Die Fassade der gegenüberliegenden Bank war noch immer teilweise verrußt, dort, wo Unbekannte zu Ostern einen Molotowcocktail gegen die Wand geschleudert hatten. Nur der Schriftzug *Banker sind Mörder* war entfernt worden. Angeblich wollte die Bank erst die üblichen Ausschreitungen zum 1. Mai abwarten, bevor sie die Spuren vollständig beseitigen ließ. Ein hässliches Mal auf diesem ansonsten so netten Platz. Als er die Waffel aufgegessen hatte, widerstand er der Versuchung, sich eine zweite zu kaufen.

Die Sonne lockte ihn zum Weststrand. Es war noch deutlich zu früh im Jahr, die Nordsee noch viel zu kalt, auf den weiten Sandflächen waren so gut wie keine Badetouristen. Nur ein junger Familienvater schichtete mit einer Schaufel Sand zu einer Burg auf, während Mutter und Kindergartenkind ihm aus dem Windschutz heraus interessiert zuschauten. Ein Stück weiter links, auf dem breiten Strandabschnitt in der Nähe des Spielplatzes, wurden neue, blau-weiß gestreifte Strandkörbe aufgestellt.

Velten wandte sich nach rechts und folgte der Promenade um die Nordwestecke der Insel. Die Türen der Milchbar standen offen, leise tönte Chill-out-Musik zu ihm herüber. Trotz des Westwinds standen Leute in kleinen und großen Gruppen beieinander, hielten sich an Kaffeebechern oder langstieligen Gläsern fest, Weißweinschorlen und Aperol Spritz glitzerten in der Sonne. Er entschied sich für einen Weißwein und fand einen freien Sessel mit Blick auf den Nordstrand.

Durch die Panoramascheiben beobachtete Velten das

Treiben von Hundebesitzern und Lenkdrachenfliegern vor dem Hintergrund des Meeres. Er nahm den Gedanken von vorhin wieder auf. Es war nett hier auf der Insel, keine Frage. Aber würde eine Neunzehnjährige, der nach bestandenem Abitur und mit ausreichender finanzieller Unterstützung durch die Familie alle Möglichkeiten offenstehen mussten, das auch so sehen? Warum wohnte sie hier, an diesem Ort, führte einen kleinen Buchladen und war nicht losgezogen, um die Welt zu erobern oder sie wenigstens kennenzulernen?

Inzwischen hatte er keinen Zweifel mehr, dass seine Theorie stimmte. Alea Toben hatte ihn nicht direkt angelogen. Es war eher so, dass sie ihm einiges verschwiegen hatte, er wusste nur noch nicht, wie viel genau.

Er dachte an die Spuren in Felicitas' Haus zurück. Wenn die Entführung sich genauso zugetragen hatte, wie er vermutete, galt es jetzt, die weiteren Befragungen mit besonderem Bedacht durchzuführen.

14

»SCHADE, DASS ES so weit kommen musste.«

Felicitas saß auf dem Boden und verzichtete auf eine Antwort, das machte es erträglicher. Sie blinzelte, das grelle Licht der Lampe war direkt auf ihr Gesicht gerichtet und brennend heiß, vor allem im Gegensatz zu der kalten Temperatur in diesem Keller. Ein Schweißtropfen lief an ihrem Haaransatz herunter, langsam, stoppte einen Moment, bevor er ungebremst über die rechte Wange raste. Sie fühlte, wie er noch einmal kurz an ihrem Unterkiefer verharrte, um dann weiter seinen Weg nach unten fortzusetzen, mal streichelnd, mal kitzelnd, bis er von dem dicken Seil aufgefangen wurde, mit dem sie am Hals an einen Betonpfosten gefesselt war und das ihr das Atmen erschwerte. So ähnlich hatte sie es in ihrer Vorstellung schon tausendmal durchlebt. Mühsam sog sie Luft ein.

»Ein Privatdetektiv. Deine Mutter denkt wohl wirklich, das hier sei eine Art Spiel, bei dem sie die Regeln beliebig dehnen kann.« Die Stimme klang fröhlich, sogar ein kurzes Lachen, dann hörte Felicitas, wie hinter ihr Schritte über den unebenen Boden schabten, sich jemand offenbar entfernte. Er kennt meine Mutter doch, dachte sie. Es war doch klar gewesen, dass sie nicht einfach die Hände in den Schoß legen und Aufforderungen befolgen würde. Sie war sich sicher, Alea würde um sie kämpfen, aber nicht um sie bitten. Nein, ab jetzt war dieser Privatdetektiv auf der Jagd. Und je erfolgreicher er sein würde, desto mehr würde die Lage eskalieren.

Die Schritte kehrten zurück. »Ich zähle bis drei, dann fängst du an!« Es musste sein, es war ja nötig, diese Videos zu drehen. Aber ihre Mutter hatte bereits ihre Entscheidung getroffen. Felicitas bezweifelte, dass sie noch umgestimmt werden konnte.

Er zückte das Handy. Während sie den vorbereiteten Text aufsagte, umspielte ein schmieriges Lächeln seine Lippen. Es macht ihn an, dachte sie. Er beendete die Aufnahme, kam auf sie zu, zwängte einen Finger zwischen Hals und Fessel, das Seil schnitt ihr brennend in die Haut. Schnürte ihr den Atem ab. Lange. Sie wollte röcheln, es ging nicht.

»Sehr gut.« Er ließ wieder los, sie konnte vorsichtig nach Luft schnappen. »Ein wenig müssen wir noch warten. Wir machen nachher weiter.«

15

»ES WÄRE WEIT einfacher gewesen, sie während des Laufens zu überfallen«, stellte Velten fest. Alea Toben und Mara hatten beide in den Sesseln der Suite Platz genommen, er war stehen geblieben. »Felicitas war regelmäßig auch bei schlechtem Wetter auf relativ einsamen Wanderwegen unterwegs. Es wäre ein Leichtes gewesen, dort in einem Hinterhalt auf sie zu warten. Warum weisen die Indizien trotzdem auf einen ganz anderen Ablauf hin?«

»Sie meinen, Felicitas wurde nicht zu Hause überfallen?«, fragte Alea Toben.

»Nein. Ich meine, dass die Tatsache, dass sie zu Hause überfallen wurde, und vor allem der gesamte Ablauf einige Schlüsse zulässt.« Vorsichtig wählte er seine nächsten Worte. »Felicitas' Uhr. Sie hat sie während ihres morgendlichen Laufes getragen und anschließend, vor dem Duschen, ausgezogen. Das Modell kenne ich nicht, aber es dürfte eine Smartwatch mit Emergency-Funktionen sein, oder?«

Mara wartete, bis Alea Toben ihr durch ein Nicken die Erlaubnis erteilte, Veltens Frage zu beantworten. »Ja. Der Standort des Trägers wird fortlaufend an ein Satelliten-

Ortungssystem weitergegeben. Sobald die Uhr kein Signal mehr sendet oder keinen Puls mehr registriert und nicht innerhalb einer Minute an das Ladegerät angeschlossen wird, schlägt das System Alarm. Das Notrufsignal lässt sich auch über einen Schalter an der Uhr auslösen. Fee trägt diese Uhr immer, wenn sie das Haus verlässt. Herr und Frau Toben nutzen übrigens ganz ähnliche Modelle. Es ist ein etabliertes System.«

Nun wandte sich Velten direkt an Mara. »Sag mal, woher weißt du eigentlich, dass Felicitas die Angewohnheit hat, gelegentlich die Terrassentür offen zu lassen, auch dann, wenn sie alleine im Haus ist?«

Alea Toben kam Mara zuvor. »Es ist Teil ihres Jobs, das zu wissen. Mara ist nicht nur unsere Assistentin, sie ist, wie Sie wissen, auch unsere Sicherheitsberaterin. Sie berät uns seit fast zwanzig Jahren, und ich möchte anmerken, dass sie beinahe ein Teil unserer Familie ist. Korrigieren Sie mich, wenn ich etwas Falsches sage, Mara, aber ich glaube, dass Fee nur zu sehr wenigen Menschen eine Vertrauensbeziehung aufgebaut hat. Mara gehört auf jeden Fall dazu.«

»Ja. Aber trotzdem, Mara, woher weißt du das mit Felicitas' Angewohnheit, die Terrassentür auch dann manchmal offen zu lassen, wenn sie alleine ist?«, wiederholte Velten seine Frage. Es war offensichtlich, dass seine Auftraggeber ihm Informationen vorenthielten. Hier passte so einiges noch nicht zusammen. »Wenn ich Ihnen helfen soll, dann müssen Sie mir auch vertrauen. Vertrauen gegen Vertrauen.«

Stille. Alea kratzte mit den Fingernägeln der linken Hand über ihren Unterarm, sie zogen eine dünne rote Spur auf der Haut. Ihr Gesicht zeigte keine Regung. Dann, nach und nach, lösten sich ihre Züge. »In Ordnung«, bemerkte sie knapp.

»Sämtliche Sensordaten der Alarmanlage werden an mich übertragen«, übernahm nun Mara. »Genauer gesagt, verfügen wir via Internet über einen Fernzugriff auf die Alarmanlage. Die Verbindung ist aufwendig gesichert. Wir können die Sensordaten der Alarmanlage mit den Standortdaten von Fee kombinieren. Wir haben bestimmte Konstellationen vordefiniert, bei denen ich eine Alarmmeldung auf das Handy erhalte. Wenn die Terrassentür geöffnet war, aber Fee gemäß der Bewegungsdaten der Uhr das Haus durch den Vordereingang verließ, erhielt ich zum Beispiel jedes Mal einen Alarm.«

»Wer hat denn alles Zugriff auf diese ganzen Daten?«

»Nur Frau und Herr Toben sind berechtigt, sowie, seit etwa einem Jahr, auch Fee. Und ich, natürlich.«

»Die Bewegungsdaten von Felicitas, sind da nur die Standortdaten der Uhr enthalten oder auch die der RFID-Tags?«, fragte Velten, so unbekümmert wie möglich. Er holte das dünne Plastikstäbchen hervor, das er in Felicitas' abgelegter Kleidung gefunden hatte.

»Beeindruckend. Aber ich hoffe, Sie vergessen bei Ihren Ermittlungen nicht den Grund, weshalb wir Sie engagiert haben.« Alea Toben taxierte ihn. »Vertrauen gegen Vertrauen. Wir gehen davon aus, dass Sie diese Informationen auch nach dem Einsatz für sich behalten.« Sie erklärte, dass in den Eingängen der Stadtvilla, von Felicitas' Haus und Felicitas' Buchladen RFID-Lesestationen installiert waren. »Anhand der in die Kleidung eingenähten Tags wird festgestellt, ob sich jemand in einer geschützten Umgebung aufhält oder nicht. So können die Akkus der Emergency-Uhren aufgeladen werden. Außerdem waren die Signale der Uhren aufgrund der massiven Bauweise unserer Häuser teilweise nicht korrekt empfangen worden und hatten Fehlalarme ausgelöst. Diese Schwachstelle unseres Sicherheitssystems haben wir so zu umgehen versucht.«

»Sie sagen damit, dass nicht nur in Felicitas' Uhr Überwachungsfunktionen enthalten waren, sondern auch in ihrer Kleidung. Eigentlich haben Sie sie total überwacht, oder?«

Das war Velten rausgerutscht. Unglaublich, mit welcher Selbstverständlichkeit Alea Toben das Leben ihres Kindes kontrolliert hatte.

Mara blickte zu ihrer Chefin. Diese saß da, schlug die Beine übereinander. Stützte ihren rechten Arm auf dem Knie ab. Vergrub den Kopf in der Handfläche. Verharrte für einige Sekunden, schwer atmend. Als sie wieder aufblickte, bemerkte Velten die roten Ränder unter ihren Augen.

»Denken Sie jetzt bitte nichts Falsches«, antwortete sie schließlich. »Wir haben Felicitas überwacht, ja. Aber wir haben es auf ihren eigenen Wunsch getan. Wir haben sie in das gleiche Sicherheitssystem eingebunden, das wir auch selbst nutzen. Wir haben das getan, weil sie es so wollte, sie hätte jederzeit all das hier abbrechen können. Das Gegenteil passierte. Sie wurde immer unsicherer, fragte selbst nach immer mehr Sicherheitsmaßnahmen.«

»Fee hatte schon immer Angst davor gehabt, entführt zu werden, oder dass man ihr etwas antun könnte«, sagte Mara leise. »Panische Angst! Irgendwie hat sie sich da immer weiter hineingesteigert. Es wurde in dem letzten Jahr immer extremer. Es ist mir ein Rätsel, wieso sie eine solche Furcht entwickelt hat.«

»Wir wollten sie schützen, nicht überwachen, Herr Velten.« Alea Toben hatte wieder übernommen. »Fee ist nach der Schule nach Norderney zurückgekehrt, weil sie dachte, dass sie hier in Sicherheit wäre. Nichts hier ist gegen ihren Willen geschehen. Ganz im Gegenteil.«

Die beiden Frauen standen ihm gegenüber, ein eingespieltes Team, sie unterstützten sich gegenseitig. Und sie waren seine Auftraggeber.

»Ist denn in den letzten Wochen etwas Besonderes passiert? Haben Sie eine Veränderung in Felicitas' Umfeld bemerkt? Neue Bekannte, Freunde, eine Liebschaft? Ungewöhnliche Kunden? Gab es mit jemandem Streit? Irgendetwas?«

Alea Toben und Mara tauschten Blicke aus. »Nein, nicht, dass wir wüssten, nichts, das wir Ihnen noch nicht erzählt hätten«, antwortete Alea Toben schließlich.

Velten hatte das Gefühl, dass Mara auch etwas hatte sagen wollen.

»Fällt dir noch was ein, Mara? Du weißt ja, auch Kleinigkeiten können …«

»Nein, nichts.«

Vielleicht hatte er sich getäuscht. Zurück zum Tathergang. »Haben denn die RFID-Lesestationen erfasst, dass Felicitas das Haus verlassen hat?«

Mara verneinte.

»Also ein perfekter Zufall für die Täter. Felicitas unter der Dusche. Nicht nur, dass sie die Uhr abgelegt hatte und darum nicht geschützt war – es war auch der Moment, in dem sie keine Kleidung trug, die einen Entführungsversuch ebenfalls aufgedeckt hätte.«

Velten beobachtete seine Zuhörer. Ob sie die Tragweite des letzten Satzes in seiner Gänze erfasst hatten? Mara hatte es sofort getan, feindselig blitzte sie ihn an. Auch Alea Toben ahnte, worauf er hinauswollte, weigerte sich aber offenbar noch, die Schlussfolgerung zu akzeptieren. »Ich möchte das nicht glauben«, sagte sie.

»Die Wohnung ist außerordentlich gut gesichert«, fasste Velten noch einmal zusammen. »Jeder normale Einbruchsversuch wäre bei den Sicherheitsmaßnahmen zumindest entdeckt, wenn nicht verhindert worden. Trotzdem entscheiden sich die Täter, genau dort zuzuschlagen. Es ist also davon auszugehen, dass sie das Sicherheitskonzept mit Uhr und RFID-Chips kannten. Sie wussten um Felicitas' Angewohnheit, joggen zu gehen, und wahrscheinlich auch von ihrer Angewohnheit, nach dem Joggen auf der Terrasse noch einmal durchzuschnaufen, vielleicht sogar, die Terrassentür offen zu lassen. Sie wussten quasi um die einzig mögliche Gelegenheit, das Sicherheitskonzept auszuhebeln und Felicitas unbemerkt zu entführen.«

»Sprechen Sie aus, was Sie uns sagen wollen.« Alea Tobens Stimme war kalt.

»Ich denke nicht, dass man von außen eine Person so gut und unerkannt observieren kann, um genau diese Situation als den günstigen Zeitpunkt zu ermitteln.«

Alea Toben erschrak offenbar bei dem Gedanken, dass die Täter in Felicitas' nächstem Umfeld einzuordnen waren. In ihren Kreis des Vertrauens. Mara dagegen hatte die implizite Anschuldigung verstanden. Sie wusste, dass er sie verdächtigte, in die Entführung Felicitas' verwickelt zu sein. Ein wütender Blick schoss zu ihm hoch. Aber noch etwas schwang klar spürbar mit: Enttäuschung.

»Felicitas hat etwas geahnt«, sagte Alea Toben auf einmal. »Schulz. Jannik Schulz. Nach der Trennung von ihm fing es an. Die Uhr. Die Kameras. Das alles passt zeitlich. Vielleicht hatte sie ihm etwas erzählt. Sie war sehr verliebt damals.«

»Ja, das könnte ungefähr hinkommen«, unterstützte Mara sie bereitwillig.

»Sie meinen, dass Felicitas nach ihrer Beziehung mit Schulz die …«, er suchte nach einer diplomatischen Formulierung, »Sicherheitsmaßnahmen eingefordert hat?«

Mara nickte. »Vielleicht ist etwas passiert, was wir damals nicht mitbekommen haben. Wir hatten Herrn Schulz damals ein wenig näher unter die Lupe genommen, haben ihn aber nicht als potenzielle Gefahr eingeschätzt. Eventuell ein wenig unzuverlässig, aber harmlos.«

»Herr Velten, ermitteln Sie in diese Richtung weiter.

Mara, wir haben damals doch ein kleines Dossier über Herrn Schulz erstellt. Bitte leiten Sie es Herrn Velten weiter. Vielleicht fällt Ihnen ja etwas auf, wir hielten ihn für absolut harmlos.«

Die Angesprochene nickte nur.

16

»ICH KOMME NOCH ein paar Meter mit.« Mara schloss hinter ihnen die Tür zur Suite. »Zum Fahrstuhl. Gehen wir«, sagte sie in energischem Ton.

Velten folgte ihr, es kam ihm so vor, als wolle sie ihm absichtlich einen halben Schritt voraus sein. Er hatte erwartet, dass sie gleich mit etwas loslegen würde, aber den Gefallen tat sie ihm nicht. Es wurde Zeit, mit etwas Unverfänglichem anzufangen. »Du glaubst nicht an die Theorie, dass Jannik Schulz etwas mit der Sache zu tun hat, oder?«

»Hör auf, okay?« Sie drückte auf den Knopf für Fahrt nach unten.

»Was ist los, Mara?« Mal sehen, wie offen sie sprechen würde. »Hab ich etwas Falsches gesagt?«

Der Fahrstuhl kam, die Türen glitten auseinander. Sie gingen hinein, die Türen schlossen sich. Kaum dass die Kabine losgefahren war, drückte Mara auf Not-Halt.

»Für wie blöd hältst du mich eigentlich? Meinst du, ich merke nicht, wie du versucht hast, mich auszuhorchen? Wie arrogant bist du eigentlich? Und ich Idiot denke noch, okay, kann er ruhig wissen, hab ja nichts zu verbergen. Und dann konstruierst du, dass ich, ICH etwas mit Fees Entführung zu tun hätte? Echt jetzt?«

»Das habe ich nicht gesagt.«

»Doch, natürlich. Hör einfach auf, halt die Klappe.« Sie wendete sich wieder von ihm ab.

»Dann habe ich mich falsch ausgedrückt. Bitte, Mara. Ohne dich komme ich in diesem Fall nicht weiter.« Er machte einen winzigen Schritt auf sie zu. »Du musst mir einfach glauben.«

»Du hast noch bis zum Ende der Fahrt Zeit, dir etwas Besseres einfallen zu lassen.« Sie drückte auf Erdgeschoss, der Fahrstuhl fuhr wieder los. Überzeugend, Mara. Einen Augenblick lang war er versucht, ihr zu glauben. Nein, sie wusste auf jeden Fall mehr, als sie bisher zugegeben hatte. Vielleicht war ihr auch nur ein Fehler bewusst geworden, den sie ihm gegenüber nicht offenbaren wollte. Er musste jedenfalls dranbleiben, so durfte die Situation nicht enden.

»Okay, du hast gewonnen.« Dieses Mal drückte er auf Not-Halt. Die Kabine bremste heftig ab, wackelte in der Führungsschiene hin und her.

»Was?« Sie drehte langsam den Kopf zu ihm.

»Ja. Du hast recht. Ich bin ein Idiot. Können wir bitte wieder normal miteinander reden?«

»Wie charmant.« Sie schüttelte den Kopf.

»Es wäre doch fahrlässig von mir, dich von jedem Verdacht auszunehmen, oder?« Bleib nah an der Wahrheit, sonst nimmt sie es dir eh nicht ab. »Ich will dich nicht anlügen.

Versetz dich doch mal in meine Lage. Es bleibt mir doch gar nichts anderes übrig, verdammt noch mal.«

»Versuch es doch erst einmal, bevor du so was behauptest!«

»Ich glaube ja gar nicht, dass du etwas zu verbergen hast. Aber ich weiß es eben nicht. Damit musst du jetzt klarkommen.« Geh nicht zu sehr auf sie zu, sonst glaubt sie dir nicht. »Mehr kann ich dir nicht anbieten. Nur Ehrlichkeit.«

»Aha.« Sie atmete ein, sah zu Boden, pustete durch, sah ihn dann ruhig an. »Ehrlichkeit. Wo wir gerade dabei sind: Du hast echt Paranoia, Tobias. Und Feingefühl wie – nein, du hast überhaupt kein Feingefühl. Du bist arrogant. Selbstherrlich. Es hat einen Grund, warum keiner etwas mit dir zu tun haben will.«

Er sagte nichts. Nicht, weil er es nicht wollte, sondern weil ihm kurz der Atem stockte. Das Problem war, dass es stimmte. Ihre Worte hatten getroffen, vielleicht besser, als sie es selbst wissen konnte.

»Bitte, versuch mir einfach zu glauben«, sprach sie weiter. »Ich bin Fee gegenüber zu hundert Prozent loyal. Und ich würde alles tun, um sie da rauszuholen. Wenn es irgendetwas gäbe, wenn mir irgendetwas einfallen würde, wo ich einen Fehler gemacht habe, ich würde es sofort sagen.«

Sie schien sehr gut über ihn informiert zu sein. Sie schien zu wissen, welche Knöpfe sie bei ihm drücken musste, um ihn zu verunsichern. Ja, er wollte ihr glauben, konnte es nur nicht. Aber das spielte jetzt erst einmal keine Rolle. Hier ging es um Fee, nicht um ihn. Er berührte ihren Arm. »Versuchen wir es noch einmal zusammen?«

Maras Handy klingelte. »Das ist Alea«, sagte sie, als sie in ihre Handtasche griff. Sie tippte auf Gesprächsannahme und hielt das Smartphone an ihr Ohr.

»Okay. Wir sind gleich wieder bei dir.«

»Was ist los?« Velten ahnte bereits, was passiert war.

»Alea. Es kam gerade per Mail: ein neues Video von Fee.«

17

MAN KONNTE ALEA Toben deutlich anmerken, wie sehr ihr das Gesehene zu schaffen machte. Sie erwartete Velten und Mara wortlos auf dem Sofa sitzend. Auf dem Couchtisch vor ihr lag ein flaches Notebook. Sie reichte es Mara, Velten trat neben sie, schaute ihr über die Schulter.

Felicitas. Am unteren Bildrand sichtbar, spannte sich ein dickes rotes Seil oberhalb der nackten Schulterpartie um ihren Hals und um den grauen Betonpfosten hinter ihr. Offensichtlich erschwerte es das Sprechen, mehrfach musste sie nach Luft schnappen, obwohl sie nur drei Sätze sagte. Ihre Haare waren strähnig und verschwitzt. Sie musste sich strecken, um nach oben in die Kamera blicken zu können.

»Mama, bitte, halt dich an die Vorgaben der Entführer. Keine Nachforschungen. Tue, was sie wollen, dann wird mir nichts passieren.« Die letzten Worte waren kaum zu vernehmen, so dünn war ihre Stimme. Das Video endete.

»Was sagen Sie dazu?« Alea Tobens Stimme zitterte vor Wut. »Erklären Sie mir das. Was ist passiert?«

»Es tut mir leid.« Velten sagte das, ohne es wirklich zu realisieren, in Gedanken war er längst weiter. Das Video war so voller Botschaften, dass er gar nicht wusste, wo er anfangen sollte. »Es ist so unkonkret.«

»Hallo? Meine Tochter ist da beinahe erstickt. Das war verdammt noch mal ziemlich konkret! Was gibt es daran nicht zu verstehen? Und warum diese explizite Warnung davor, Nachforschungen anzustellen, während Sie noch keinen konkreten halben Millimeter vorangekommen sind? Außer dass Sie sich hier in irgendwelche unkonkreten haltlosen Anschuldigungen gegen meine engsten Vertrauten verzetteln? Können Sie das bitte mal ganz konkret erklären?« Die letzten Sätze hatte sie beinahe geschrien.

»Das Video ist anders als das vorherige. Felicitas hat Sie direkt angesprochen, und nicht im Namen der Entführer. Alles ist darauf angelegt zu manipulieren.«

»Ich werde Sie gleich mal manipulieren, Sie Dummschwätzer«, zischte Alea Toben. »Ich habe Sie engagiert, damit Sie meine Tochter retten, und nicht, damit Sie sie in Gefahr bringen, verdammt noch mal!«

Velten hob abwehrend die Hände. Jetzt keine Phrasen mehr, er wusste, er musste etwas anbieten. »Ich habe eine Idee. Ich meine, etwas gesehen zu haben. Darf ich kurz?« Er nahm das Notebook, scrollte zum Beginn des Videos, wo das um Felicitas' Hals geführte Seil besonders gut zu erkennen war. Er vergrößerte den Bildausschnitt. Deutlich war zu erkennen, wie das Seil um die Haut spannte. Er zoomte noch ein wenig näher heran. Dann sprang er zum Ende des Videos und begutachtete die gleiche Stelle. Er wartete noch einen Moment, bis er sich seiner Beobachtung sicher war.

»Keine Druckstellen«, erkannte auch Mara.

»Und das bedeutet, dass Fee, äh, also hat sie noch nicht so lange – was bedeutet das genau?«, fragte Alea Toben.

»Das Video verstört. Es schockiert, und das soll es auch«, erklärte Velten. »Aber mit Sicherheit war Ihre Tochter noch nicht lange an diesen Pfosten gefesselt. Jedenfalls nicht mit diesem Seil. Bei Bewegungen, zum Beispiel beim Sprechen, verrutscht es, wenn auch nur minimal. Aber die Druckstellen sind kaum zu sehen, nur eine kleine Rötung. Wäre Felicitas schon länger so gefesselt gewesen, hätten wir bestimmt ganz andere Spuren entdeckt.«

Ein Hoffnungsschimmer huschte über Alea Tobens Gesicht. »Was folgern Sie daraus?«

»Das Video soll genau einen Zweck erfüllen: Sie von eventuellen Ermittlungen abhalten beziehungsweise davon, die Polizei einzuschalten«, begann Velten. »Wie auch schon im ersten Video gefordert.«

»Ja, das habe ich auch verstanden«, gab Alea Toben schroff zurück.

»Ihre Tochter hat mit Sicherheit nicht frei gesprochen, auch wenn das jetzt durch die direkte Ansprache so wirkt. Es wird ebenso wie in der ersten Nachricht ein Text gewesen sein, den ihr die Entführer diktiert hatten. Und dieser Text ist unkonkret, das war das, was ich eben hatte sagen wollen. Es wird nicht gesagt, dass Sie mich angeheuert hätten oder dass Sie mich wieder von den Ermittlungen abziehen sollen. Es wird nicht angesprochen, dass Sie bisher den Anweisungen der Täter nicht nachgekommen wären. Nein, die Entführer bleiben absolut im Allgemeinen. Das Video soll den Anschein erwecken, als ob Felicitas für ein Fehlverhalten Ihrerseits bestraft wird, es wird aber kein konkreter Anlass genannt.«

Alea Toben atmete schwer. »Haben Sie weitere Indizien für diese Theorie?«

»Die Fesseln waren frisch angelegt, vielleicht nur für dieses Video. Wir sehen auch, zum Glück, keine Verletzungen oder Spuren von vorherigen Misshandlungen. Den Entführern geht es um das Geld. Solange sie damit rechnen können, dass ihr Plan aufgeht und Sie die Lösegeldforderung erfüllen, gibt es für sie keinen Grund, Ihrer Tochter etwas anzutun. Das würde, falls sie gefasst und vor Gericht gestellt werden, nur eine mögliche Strafe erhöhen. Eigentlich sehen wir nur eine Drohung. Eine Art …«, Velten suchte nach dem richtigen Wort, »Motivation, eine zugegebenermaßen widerwärtige Motivation, dass Sie den Forderungen nachkommen.«

Alea Toben hatte seinen Ausführungen mit zunehmender Konzentration zugehört. Sie stand auf, wendete den Blick ab, machte ein paar Schritte zu den Fenstern, blickte hinaus, kam wieder zurück. »Nehmen wir für einen Moment an, Sie haben recht. Was folgt daraus für Sie?« Sie ist Situationen wie diese gewohnt, erkannte Velten. Wie ein Chef, der in einem Meeting den Erklärungen seiner Mitarbeiter folgt. Sie stellte Fragen, wie sie eben eine Führungskraft stellte.

»Vielleicht wissen die Entführer doch nicht, dass ich für Sie arbeite, obwohl das Video etwas anderes suggeriert.

Vielleicht reichen ihre Informationen doch nicht so weit, wie wir erst dachten.« Aus den Augenwinkeln beobachtete er Mara. Sie tat, als habe sie noch nicht bemerkt, dass er sie gerade entlastet hatte, wenn auch auf recht konstruierte Art und Weise. »Wir sollten weitermachen. Lassen Sie mich trotz dieser Warnung weiter nach Ihrer Tochter suchen.«

»Wie sehr sind Sie sich bei Ihrer Analyse sicher? Es geht um meine Tochter. Ich möchte nicht Vermutungen als Tatsachen verkauft bekommen.« Alea hatte keine Zweifel geäußert, er wusste, dass sie seiner Meinung gefolgt war. Das war nur ein letzter Test, ob er auch bei seiner Meinung bleiben würde.

»Ich bin von dem, was ich gesagt habe, überzeugt. Ich habe Ihnen keine Indizien vorenthalten, die gegen diese Theorie oder für eine andere Auslegung der Indizien sprechen würden.« In Gedanken lobte sich Velten bereits für seinen souveränen Auftritt.

Mara stand auf. »Das klingt ja alles ganz wunderbar, ganz schlüssig. Wenn es nur um ein harmloses Puzzle gehen würde, wäre ich ganz bei dir. Wenn es ohne Risiko wäre. Aber das ist es nicht.« Sie sah ihn an. Nicht feindselig, aber kalt. »Du hast durchaus ein finanzielles Eigeninteresse, diesen Auftrag zu behalten. Kannst du mehr als diese zugegebenermaßen nachvollziehbaren, aber nicht beweisbaren Vermutungen anbieten?«

Damit hatte er nicht gerechnet. Sein Blick wanderte von ihr zu Alea Toben, der das Lächeln auf dem Gesicht gefror. Ernst sah sie erst Mara, dann ihn an. Wie eine Chefin, die bemerkte, dass ihre Mitarbeiter sich gegenseitig auszubooten versuchten.

Mara nutzte Veltens Schrecksekunde. »Zuallererst geht es uns ja darum, Felicitas zu retten. Und es spricht einiges dafür, dass es die Entführer nur auf das Geld abgesehen haben und dass Fee wohlbehalten aus der Situation herauskommt, das hast du selbst gesagt. Sobald Fee wieder frei ist, können wir unbeschadet die Polizei einschalten, die dann mit ihrer ganzen Macht die Täter jagen und finden wird. Und wir umgehen das Risiko, dass die Entführer vielleicht doch von deiner Beauftragung Wind bekommen und Fee aufgrund deiner Ermittlungen etwas antun!«

Mara war laut geworden. Sie hat zwar mich angesprochen, aber eigentlich hat sie Alea gemeint, dachte Velten. Sie will, dass Alea Toben mir den Auftrag entzieht. Sie will mich raushaben.

»Bisher hast du ja kaum nach möglichen Entführern, sondern hauptsächlich gegen unser Sicherheitssystem ermittelt«, fuhr Mara nun leise fort. »Also mehr gegen uns als gegen die Entführer.«

Die Anspannung war mit den Händen zu greifen. Sie hat sich sehr weit aus dem Fenster gelehnt. Zu weit? Sein Herz raste. Aus Wut, aber nicht nur. Velten presste seine Fingernägel in die Handinnenflächen. Der Schmerz beruhigte. Mara will, dass ich die Ermittlungen einstelle. Warum? Aus Trotz, weil ich sie verdächtigt habe, oder um sich zu schützen? Hatte Mara gerade die Maske fallen gelassen, oder sah er wieder nur Gespenster, hatte wieder seine Paranoia

Oberhand über seine Gedanken gewonnen? Er zwang sich zu schweigen, entgegen allen Reflexen, sich zu verteidigen. Nutze die Situation jetzt für dich, jetzt hatte er die Chance, etwas über die Beziehung zwischen den Akteuren hier zu erfahren. Wie würde sich Alea Toben jetzt positionieren?

»Danke, Mara.« Alea Toben lächelte sie an. »Aber es ist ja nicht so, dass Herr Velten bisher gar keine Ergebnisse geliefert hätte.« Dann wandte sie sich an ihn. »Was schlagen Sie denn als nächste Schritte vor?«

Schade. Alea Toben hatte sich nicht in die Karten gucken lassen, stattdessen wollte sie seine sehen. Aber ich habe nichts, dachte er. Und selbst wenn, ich könnte nicht einmal verraten, was ich vorhabe, nicht vor Mara. Die Gefahr ist zu groß, dass sie tatsächlich aktiv mit den Entführern zusammenarbeitet.

»Vertrauen Sie mir, bitte. Ich habe einen Ansatz. Ich weiß, was ich tue«, sagte er. Er musste bluffen.

»Das ist mir zu wenig«, entgegnete Alea Toben sofort. Velten ärgerte sich über sich selbst, er hätte wissen müssen, dass sie sich nicht damit abspeisen lassen würde.

»Zuerst will ich mir dieses Video noch einmal in Ruhe ansehen. Vielleicht finden sich weitere Hinweise oder Ansätze für die Ermittlungsarbeit.« Während er sprach, suchte er in Gedanken nach anderen offenen Anknüpfungspunkten. »Und außerdem möchte ich mir diesen Jannik Schulz gerne genauer anschauen. Es scheint ja so, als ob durch ihn oder sein Umfeld Felicitas' Furcht vor einer Entführung ausgelöst oder verstärkt wurde. Bevor das neue Video kam, hatten wir die Theorie entwickelt, dass der Täter über enormes Insiderwissen verfügt. Anders konnten wir uns nicht erklären, dass die Entführer von der idealen Gelegenheit wussten, Felicitas zu überfallen. Aber die eher unspezifische Drohung jetzt deutet ja darauf hin, dass die Täter doch nicht so nah an uns dran sind.«

Alea Toben klopfte mit dem Fingernagel ihres Zeigefingers auf die gläserne Tischplatte. »In Ordnung. Nehmen Sie sich das Video vor, aber halten Sie von Schulz erst einmal Abstand. Ich möchte vermeiden, dass die Entführer doch von Ihren Ermittlungen erfahren und wir Fee so in Gefahr bringen. Wir treffen uns morgen um 07:30 Uhr hier. Bringen Sie uns Lösungsvorschläge. Dann entscheiden wir, wie wir weiter vorgehen. Sie unternehmen nichts in dieser Sache, ohne dass ich das ausdrücklich gebilligt habe. Verstanden?«

Einmal mehr bereute Velten es, diese Ermittlung nicht als Polizist führen zu können. Am liebsten hätte er alles hingeschmissen. »In Ordnung.«

18

»MARA?«

»Ja?«

»Es tut gut, dass Sie wieder bei uns sind.«

»Sehr gerne.«

»Gute Nacht.«

»Gute Nacht, Alea!«

Sie brauchte Mara in dieser Situation hier. Trotz all der modernen Sicherheitssysteme ging letzten Endes nichts über den direkten Schutz durch geschultes Personal. Fee hatte nicht mehr über diesen Schutz verfügt. Alea wusste, sie hätte das nicht zulassen dürfen. Es war ihre Schuld, sie hatte die Führung der Familie übernommen. Und sie war nachlässig geworden.

Sie nahm dieses Mal den Fahrstuhl, um in die oberste Etage der Stadtvilla zu gelangen. Sie lief zum Südflügel und öffnete die Doppelflügeltür. Kopf hoch. Es wird nur eine vorübergehende Niederlage sein. Eigentlich musste sie nicht hierherkommen, sie hätte den Mann jederzeit von jedem beliebigen Ort mit dem Smartphone anrufen können, aber sie wahrte die Tradition, wichtige Transaktionen vom Büro aus anzuweisen.

Das Büro abhörsicher zu machen hatte damals eine ganz schöne Stange Geld gekostet. Richard hatte darauf bestanden. Die Betonmauern, der Fußboden und die Decken waren einen halben Meter dick und mit mehrfachen Stahlgittern versehen, zur elektromagnetischen Abschirmung des Raumes. Normale Handys hatten hier keinen Empfang, Gespräche nach außen konnten nur über die besonders abgesicherten Leitungen des Festnetzes geführt werden.

In der Mitte des Büros standen zwei eichene Schreibtische, Tischplatte an Tischplatte. Auf ihrem, dem linken, lag ein Notebook in einer Dockingstation, über die ein Bildschirm sowie eine Tastatur samt Maus angeschlossen waren, daneben stand eine Schreibtischleuchte. Sie mochte es, wenn der Arbeitsplatz aufgeräumt war. Es vermittelte das Gefühl, dass die wichtigen Dinge erledigt waren.

Richards Schreibtisch war der rechte und ebenfalls leer geräumt. Es war seltsam ohne ihn. Er war es gewesen, der die mutigen Entscheidungen getroffen und das übernommene Geschäft ausgebaut hatte. Er hatte die Kontakte ins Ausland geknüpft, die gefährlichen Reisen unternommen. Und mit Härte und Willenskraft aus dem mittelständischen Betrieb ein Imperium geformt. Und solange dieser Schreibtisch dort noch stand, war er weiterhin der wichtigste Mann im gemeinsamen Unternehmen.

Über den Schreibtischen befanden sich im Giebeldach zwei große Fenster, die bei Tageslicht den gesamten

Raum erhellten. Früher hatte Richard, wenn sie besonders vertrauliche Aufträge besprachen, aus Sorge vor Spionagetätigkeiten sogar die Rollläden heruntergelassen, um sie selbst noch vor Lasermikrofonen zu schützen, die von Gesprächen erzeugte Schwingungen auf Fensterscheiben auswerten.

Rechts an der Wand standen die großen Tresore mit den wichtigsten gesellschaftsrechtlichen Unterlagen und Dokumenten des Konzerns. Die Verbriefung ihrer Macht, auch wenn sie sich schon seit Langem aus der Führung des Konzerns heraushielten. Solange die Zahlen stimmten, billigten sie den Geschäftsführern der einzelnen strategischen Geschäftseinheiten in operativen Fragen schon lange weitgehende Autonomie zu. Richard hatte über einen Verkauf der Unternehmensgruppe nachgedacht, als damals die Freysenberg AG ein äußerst attraktives Angebot gemacht hatte, aber sie hatte sich dagegen ausgesprochen. Es hatte sich für sie einfach nicht richtig angefühlt. Genauso wie sie es abgelehnt hatte, sich von dem Posten der Aufsichtsratsvorsitzenden zurückzuziehen. Warum sollte sie? Warum aus Bequemlichkeit Macht abgeben?

Sie setzte sich in den Drehstuhl aus feinstem Kalbsleder, sah nach Osten, über die Lichter der Stadt hinweg. Es war damals eine gute Idee gewesen, auf die Insel zurückzukehren. Ein guter Ort, es hatte so lange funktioniert. Aber die Furcht, gestand sie sich ein, war immer geblieben.

Sie bemerkte den Schmerz am Unterarm, sie hatte es

schon wieder getan. Dieses Kratzen, es passierte ungewollt. Sie hatte es sich früher einmal angewöhnt, um wieder in die Realität zurückzufinden, wenn sie sich in ihren Gedanken zu verlieren drohte. Wenn sie mit sich haderte. Und jetzt wurde sie diese Angewohnheit nicht mehr los. Verärgert wählte sie die Kurzwahl vom CFO, er ging bereits nach dem zweiten Klingeln dran. Ein guter Mann, zumindest ehrgeizig. Kein Small Talk.

»Ich brauche am Donnerstagmorgen zwei Millionen Euro in bar, lose Stückelung, transportfertig, hier bei mir auf Norderney. Veranlassen Sie das Nötige.«

Der Finanzchef bestätigte die Anweisung ohne Nachfragen. Einen schönen Abend noch. Ebenso.

Das Gerät zeigte an, dass der Anruf beendet war. Trotzdem hielt sie es weiter in der Hand, den Ellenbogen aufgestützt. Das Display wurde schwarz, zeigte nur die Uhrzeit an. Eine Niederlage. Sie konnte damit nicht umgehen, das war ihr bewusst. Hatte Richard je Niederlagen erlebt? Nein. Vielleicht Rückschläge. Aber eine Niederlage – nein, die hätte er nie akzeptiert.

Alea verharrte in ihrer Position, auf einmal angenehm leer von störenden Gedanken, und betrachtete die Nacht. Schwarz, unscharf und dabei so herrlich ruhig und mächtig, ein schönes Bild. Sie wusste, dass sie müde wurde, wollte nicht aufstehen. Doch nach und nach kamen sie wieder, die Gedankenfetzen, die Bilder, die Angst, immer mehr, bis sie irgendwann drohten, übermächtig zu werden. Da wusste sie, dass es Zeit wurde, schlafen zu gehen.

Sie stand auf, schleppte sich in den kleinen Salon und gab dem schlafenden Richard einen Kuss. Sie hatten sich heute kaum gesehen. Wie sein Tag wohl gewesen war? Na ja, wie wohl. Sie schaltete den Fernseher aus.

19

VELTEN KONNTE ALEA Toben nicht erreichen. Das Video dauerte nur fünfzehn Sekunden, doch inzwischen hatte Velten bestimmt Stunden damit verbracht. Hatte jede Unregelmäßigkeit, jede technische Schwäche, jedes Flimmern untersucht. Hatte Felicitas' Stimme mit und ohne die bewegten Bilder gelauscht. Jedes Kratzen, jedes Luftholen kannte er, als hätte er es auswendig gelernt.

Der erste Eindruck hatte sich bestätigt. Alles an diesem Video war auf Schock ausgerichtet: Felicitas' direkte Ansprache an ihre Mutter. Die Perspektive der Kamera, die bedrohlich über der hilflosen Felicitas schwebte. Felicitas' Position an sich, offensichtlich auf dem Fußboden. Das Seil um ihren Hals, unnötig, aber herabwürdigend und verstörend. Und wie im ersten Video war der Bildausschnitt sehr klein gewählt, es waren lediglich ihr Gesicht und der bloße Hals zu sehen gewesen, dazu dieses Mal etwas von der Schulterpartie. Die nach Luft ringende Stimme unterstrich die ausgesprochene Drohung. *… dann wird mir nichts passieren*, hatte Felicitas gesagt.

Der Horror entstand im Kopf. Weil jeder, der die Bilder

sah, sofort wusste, wie sehr Felicitas litt, versuchte das Gehirn, die mögliche Fortsetzung dazu zu liefern. Das konnte weit schlimmer sein, als Blut oder plumpe Gewalt zu sehen. Es schlich sich ein, infizierte unbemerkt das Denken – und damit das Handeln.

Ihm machte es nichts aus. Er stand am Fenster, beobachtete die See, die Wolken, die am Mond vorbeizogen, die ihn gelegentlich freigaben, sodass dessen gelbes Licht sich auf den Wellen widerspiegelte. Er klopfte die Asche von der Spitze seiner Zigarette ab.

Was sagte das über ihn aus, dass ihm das Video nichts ausmachte? War er nur abgehärtet, oder war es etwas anderes? War er vielleicht wirklich irgendwie abgestumpft, keiner normalen menschlichen Regung mehr fähig? Er hätte kein Feingefühl, hatte Mara gesagt. Ließ er niemanden an sich heran, oder wollte niemand etwas mit ihm zu tun haben? Es war ihm eigentlich egal. Freunde waren nicht wichtig gewesen. Die Kollegen, sein Job, beides hatte genug Abwechslung und Ablenkung mit sich gebracht.

Reduktion auf das Wesentliche. War das denn ausreichend? Oder fehlte ihm etwas? Deshalb ja die Auszeit, ein Selbstfindungstrip. Und, was hast du über dich herausgefunden, du Grübler, fragte er sich selbst in Gedanken? Nichts Neues. Wie auch, er hatte ja gar nicht so viel nachgedacht.

Er stand zu dem, was er getan hatte. Seine Entscheidungen waren richtig gewesen, er stand nicht nur zu ihnen, sie machten ihn aus, seitdem er sich damals endlich von seiner

Familie befreit hatte. Mit sechzehn hatte er herausgefunden, dass sein Großvater ein Nazi war. Nicht nur damals. Noch immer, aus Überzeugung. »Du weißt nicht alles«, hatte sein Vater gesagt. »Urteile nicht zu schnell.«

»Er ist ein verdammter Nazi!«

»Du hast keine Ahnung!« Die Ohrfeige kam schnell und unerwartet, seine Wange brannte. Ich weiß genug, hatte er gedacht.

Es hatte ihn zwei weitere Jahre gekostet, eine Entscheidung zu fällen. Es war die beste, die er jemals getroffen hatte. Jahrzehnte war das nun her, und es war immer alles gut gewesen. Ein paar Konzentrationsschwierigkeiten im letzten Jahr, okay, eine Schwächephase. Er hatte beschlossen, das als einen der üblichen Durchhänger abzuheften.

Als er das Video untersucht hatte, war ihm tatsächlich etwas aufgefallen. Eine neue Spur, vielleicht. Etwas war dicht unterhalb des Seils aufgeblitzt, es war erst in den letzten Sekundenbruchteilen der Aufnahme zu sehen, als das Bild wackelte. Es musste der Betonfußboden gewesen sein, grell angeleuchtet vom Scheinwerfer. Linien. Schattenlinien, parallel verlaufende Schattenlinien.

Diese Schattenlinien waren Furchen im Boden, da war er sich inzwischen sicher. Parallel verlaufende Furchen, als ob sie in den Boden hineingefräst worden waren. Erst mithilfe einer extremen Vergrößerung war er darauf gekommen, was diese Furchen bedeuten konnten. Und dass sie, mit ein wenig Glück, ein Ansatz waren, Felicitas' Versteck zu finden.

Ich muss mit Alea Toben sprechen, dachte Velten. Es wäre fahrlässig, Zeit zu verlieren. Er wählte noch einmal ihre Nummer und ließ es klingeln, bis sich die Mailbox meldete. Erst wollte er auflegen, dann hinterließ er doch eine kurze Nachricht, bat um einen Rückruf, so schnell wie möglich. Einen Moment lang erwog er, es auch bei Mara zu versuchen, unterließ es aber. Er wollte, durfte aber nicht. Er durfte ihr nicht vertrauen.

Er schaute auf die Uhr auf dem Handydisplay. Eine weitere Minute brach an, lief ab, ohne dass etwas passierte. Nein, er konnte nicht noch mehr Zeit verstreichen lassen. Kurz entschlossen wählte er wieder Alea Tobens Nummer. Ließ es klingeln, wartete. Wieder die Mailbox. Er bemühte sich, möglichst ruhig zu sprechen.

»Das Video enthält vielleicht einen neuen Hinweis, wo Ihre Tochter versteckt sein könnte.« Wie offen konnte er am Telefon Ermittlungsergebnisse preisgeben? Es war davon auszugehen, dass nur Alea Toben seine Nachricht abhören konnte. Er schilderte, was er gefunden hatte. »Ich glaube, ich habe da was im Hintergrund ausgemacht: Es könnten in einen Fußboden gefräste Furchen sein. Frische Furchen, in die sehr wahrscheinlich Rohre verlegt werden sollen – jemand lässt dort eine Fußbodenheizung einbauen. Und zwar nachträglich in einen bestehenden Fußboden. Bei Neubauten werden die Rohrsysteme einer Fußbodenheizung normalerweise einfach vom flüssigen Estrich bedeckt, dagegen ist der nachträgliche Einbau ziemlich aufwendig und wird normalerweise nur im Rahmen einer umfangreichen Sanierung gemacht. Dieses Video wurde also auf einer Baustelle aufgenommen. Auf der Baustelle eines älteren Gebäudes, das vielleicht gerade kernsaniert wird.«

Er wartete einen Moment, überlegte, wie er es formulieren sollte. »Bitte geben Sie die Information aus ermittlungstaktischen Gründen vorerst nicht weiter.« Er wollte nicht aussprechen, wer genau gemeint war. »Ich beginne jetzt mit der Suche. Ich bin überzeugt, ich werde Felicitas auf einer der Baustellen auf der Insel finden. Keine Sorge, ich werde nichts tun, das sie in Gefahr bringt.«

Hoffentlich irrte er sich nicht. Nein, das tue ich nicht, beruhigte er sich. Er musste auf seine Fähigkeiten vertrauen, ansonsten hätte er den Auftrag gleich sein lassen können. Er schloss das Fenster, zog seine Jacke an und ging los.

Die Tatsache, dass es den Entführern so wichtig war, die Polizei außen vor zu lassen, machte ihn nervös. Da war aber noch etwas anderes. Mara und Alea Toben hatte er erklärt, dass die Warnung unspezifisch wirkte, die Entführer nicht wussten, dass die Tobens ihn beauftragt hatten.

Daraus ergab sich aber auch, dass das Video auf Vorrat aufgenommen worden sein konnte. Sozusagen Lebenszeichen aus der Konserve. Im Interesse seines Auftrages hatte er das bisher verschwiegen. Im Interesse von Felicitas galt es, keine Zeit zu verlieren.

20

MIT MARAS WAGEN fuhr Velten langsam durch die menschenleeren Straßen der äußeren Teile der Stadt, durch die Gegend beim Ruppertsburger Wäldchen und die Lippestraße. Er suchte nach einer Baustelle oder Anzeichen von Bauarbeiten bei einem bestehenden Gebäude, das nicht direkt einsehbar war oder nicht benachbart zu anderen Häusern lag. Eine Baustelle, bei der die Arbeiten schon relativ weit vorangeschritten sein mussten, damit das Gebäude gegen unbefugten Zutritt geschützt war, aber gleichzeitig aus irgendeinem Grund unterbrochen worden waren, sodass auf absehbare Zeit keine Arbeiter zu erwarten wären.

Je länger er durch die Straßen kurvte, desto mehr nahm die Euphorie über den gefundenen Hinweis ab. Dass die Furchen ein Zeichen für Bauarbeiten waren, hielt er nach wie vor für wahrscheinlich, sicher war er sich damit aber nicht mehr. Und selbst wenn er mit seiner Annahme richtiglag, hieß das noch lange nicht, dass die Bauarbeiten von außen sichtbar waren. Sie konnten ebenso gut auf einen Teil des Hauses beschränkt sein, der nicht einsehbar war – einen Keller zum Beispiel.

So gesehen, schlug er sich die Nacht wahrscheinlich gerade vergebens um die Ohren. Und alles nur, weil er allein ermittelte. Weil er nicht Polizist und Teil eines Teams war, sondern privat angeheuertes Personal. Weil er sich tatsächlich unter Druck gesetzt fühlte. Weil er Mara nicht vertraute.

Wenn er ein Entführer wäre, würde er das Entführungsopfer bei sich zu Hause verstecken? Das hätte den Vorteil, dass er für die Zeit der Entführung die volle Kontrolle über die Situation hätte. Andererseits, wäre die Gefahr nicht viel zu groß, dass spätestens nach einer Freilassung die Tat zu ihm zurückverfolgt werden konnte? Die Ausgestaltung des Gefängnisses, etwaige Gerüche oder Geräusche, es ließ sich ja nicht verhindern, dass das Opfer den Ermittlern Hinweise auf den Ort des Versteckes liefern konnte. Sofern eine Freilassung überhaupt geplant war. Rein rational betrachtet, bedeutete es ein zu hohes Risiko. Er musste unwillkürlich schlucken.

Die Fassaden zogen grau an ihm vorbei. Ein paarmal war er bereits an nicht einsehbaren Grundstücken stehen geblieben. Aber dann hatte er doch keine Anzeichen von Bau- oder Sanierungstätigkeiten entdecken können und war weitergefahren. Die Sommersaison stand kurz bevor, nach Möglichkeit hatten die Vermieter ihre Wohnungen bereits über den Winter herrichten lassen. Tatsächlich gab es hier keine größeren Baustellen mehr.

Velten näherte sich dem Gewerbegebiet, hatte es schon fast erreicht. Nein, hier war er falsch. Hier war er viel zu nah am Fundort von Felicitas' Auto. Er rief sich den Stadtplan ins Gedächtnis. Wenn nicht hier, dann am ehesten bei der Leuchtturmsiedlung. Außerdem gab es noch ein paar in den Dünen verstreute Häuser. Und bestimmt noch Hunderte weiterer guter Möglichkeiten, die ihm jetzt alle noch nicht eingefallen waren. Zu viel für ihn, zu viel für ihn alleine. Er verschwendete hier Zeit. Er musste jemanden ins Boot holen, alleine war das nicht zu stemmen. Erst recht nicht jetzt in der Nacht. Er ärgerte sich über seinen überstürzten Aufbruch. Es wurde Zeit, zurückzufahren und wenigstens noch eine Stunde Schlaf mitzunehmen, bevor er seiner Auftraggeberin Bericht erstattete.

Müde steuerte er den Wagen in Richtung Hafen. Zu seiner Rechten lag eine riesige Kleingartenanlage. Warum ging er eigentlich davon aus, dass Felicitas' Versteck in einem Wohnhaus war? Die Ernüchterung wich der Resignation. Arbeite nicht mehr alleine, sagte er sich. Mach es im Team. Versuch einfach, Mara zu vertrauen. Alea Toben tat es doch auch. Und die beiden kannten sich bestens aus, waren bestens in Norderney vernetzt. Bestimmt würden sie die Suche nach Felicitas' Versteck sinnvoll eingrenzen können. Das sind die Bedingungen, unter denen du hier nun einmal arbeiten musst. Du bist hier kein Polizist.

Er fuhr an einem überdimensionierten Schild vorbei, das auf ein neues Baugebiet verwies. Eine der wenigen freien Flächen im Stadtgebiet Norderneys, zwischen Hafen und Innenstadt, sollte nun vollständig erschlossen werden. Er hatte zwar eigentlich nicht nach einem Neubaugebiet gesucht, aber eine Stippvisite konnte ja nicht schaden. Er wendete den Wagen und bog in die Straße ein, die zum Baugebiet führte. Windjammerkai.

Die Scheinwerferkegel huschten an den Bauzäunen entlang. Hinter ihnen ragten die noch dachlosen Rohbauten in den dunkelgrauen Himmel, erinnerten eher an Ruinen denn an »Premiumhäuser«, als die sie auf den Schildern angepriesen wurden. Das Bild änderte sich auch kaum, als Velten seinen Weg fortsetzte. War ein Neubau als Versteck grundsätzlich eher ungeeignet, galt das natürlich umso mehr für solche ohne Dach. Soweit er erkennen konnte, schien auf einigen Baustellen vor Kurzem noch gearbeitet worden zu sein.

Er wollte gerade die Suche abbrechen, als etwas seinen Puls beschleunigen ließ. Im Licht seiner Scheinwerfer stand neben dem letzten, nicht einmal zur Hälfte fertiggestellten Rohbau ein älteres Haus, teilweise eingerüstet und mit Planen verhangen. Kein Licht in den Fenstern, und an der Straße parkten keine Autos. Er fuhr zunächst im gleichen Tempo weiter, hielt dann aber nach der nächsten Straßenecke.

Das Gebäude entsprach ungefähr dem, was sich Velten als mögliches Versteck der Entführer vorgestellt hatte. Ein großes Grundstück genau am Ende der Bebauungsgrenze, schlecht von der Straße aus einsehbar, noch keine direkten Nachbarn. Zumindest einen zweiten Blick war es wert. Er öffnete das Handschuhfach und griff nach seiner Pistole, kontrollierte das Magazin und ließ es in den Magazinschacht einrasten.

Eine mannshohe Hecke umgab das frei stehende Haus. Zwischen zwei Säulen versperrte ein Rollgitter den Weg in die Einfahrt. Namensschild und Briefkasten, die offensichtlich an der rechten Säule befestigt gewesen waren, fehlten. Mit beiden Händen umfasste Velten das Gitter. Nirgends jemand zu sehen. Das ist zu leichtsinnig, dachte er. Er hatte keine Ahnung, was ihn da drin erwartete. Dann schwang er sich hoch, wuchtete seinen Körper über die Querstange und landete auf der anderen Seite.

Er wartete einen Moment im Schatten, bis sich seine Augen an die Dunkelheit gewöhnt hatten. Alles blieb ruhig, keine Anzeichen darauf, dass ihn jemand bemerkt hatte. Mit schnellen Schritten überwand er die schmale Freifläche zwischen Hecke und Haus, die früher einmal ein Rasen gewesen sein mochte. Das Haus, eher ein kleines Anwesen, wurde offenbar saniert. Auf die alte Fassade waren dicke Styroporplatten zur Wärmedämmung montiert worden, die auch bereits verputzt waren. Das Baugerüst stand jedoch noch, oben teilweise durch Planen verhangen.

Die massive weiße Haustüre war geschlossen. Rechts davon befand sich ein breites Fenster, es war aber zu dunkel, als dass man etwas im Inneren hätte erkennen können. Velten leuchtete mit der Taschenlampe hinein. Ein schmaler Raum, nackte Wände, keine Tapeten, keine Möbel, nur ein Wasseranschluss und Steckdosen auf verschiedenen Höhen. Die ehemalige Küche des Hauses. Als er nach unten blickte, wusste er, dass er hier richtig war: ein grauer Betonboden, mit gefrästen Furchen.

Kurz dachte er daran, dass er Alea Toben zugesagt hatte, die weitere Vorgehensweise genau mit ihr abzusprechen. Aber die Gelegenheit war einfach zu günstig. Es herrschte absolute Stille, wer auch immer hier sein mochte, schlief gerade tief und fest. Er bog um die Hausecke.

Plötzlich trat Velten ins Leere, er fiel kopfüber nach vorne, hielt sich mit der linken Hand an der Hausecke fest, prallte mit der Wange gegen die Wand. Er unterdrückte einen Schmerzensschrei und ruderte zurück. Sand rieselte nach unten.

Das war knapp gewesen. Vor seinen Füßen lag ein breiter, schwarzer Schatten. Ein Loch? Er erlaubte sich, wieder auszuatmen. Das Knie schmerzte, es hatte einen Stoß abbekommen. Tastend setzte er sich hin, befühlte den abschüssigen Boden. Ranken und festes Gestrüpp, die aus Pflanzensteinen wucherten. Vorsichtig leuchtete er mit der Taschenlampe auf den Bereich direkt vor sich. Vor ihm tat sich eine Art Trichter auf, der nach unten führte. Da waren Fenster, mit heruntergelassenen Rollläden. Wahrscheinlich eine Kellerwohnung, in deren Lichtschacht er beinahe gestürzt war.

Weiter. Vorsichtig umrundete er das Loch. Nach ein paar Schritten kam er an ein bodentiefes Fenster, das, so schätzte Velten, zu dem auf die Küche folgenden Zimmer gehören musste, vielleicht ein Esszimmer. Er drückte gegen den Rahmen, beinahe widerstandslos, wenngleich mit einem leisen Quietschen, schwang das Fenster auf.

Als etwas hinter ihm raschelte, hielt er unwillkürlich den

Atem an. Schnell drehte er sich um. Dunkel bewegte sich die Hecke im leichten Wind. Nichts zu erkennen. Das Geräusch war vom Boden gekommen, vielleicht eine Maus.

Durchatmen. Das Haus war eine Baustelle, aber einzelne Räume mochten bewohnbar sein. Falls er wirklich Felicitas' Versteck betreten hatte, würde er mit großer Wahrscheinlichkeit auch auf ihre Entführer treffen. Behutsam und so leise wie möglich lud er die Waffe durch. Langsam zählte er in Gedanken bis zehn, dann betrat er vorsichtig den Raum. Er zog das Fenster hinter sich zu und ließ den Lichtkegel seiner Taschenlampe durch den überraschend großen, aber leeren Raum wandern. Über den gesamten Boden zog sich das Muster der eingefrästen Furchen. Er sah zwei Türen, beide verschlossen. Er steuerte die linke an, die zur Mitte des Hauses führen musste, schaltete die Taschenlampe aus und durchquerte den Raum, die Waffe in der Hand.

Keine Geräusche im Haus. Mit der linken Hand drückte er die Klinke nach unten. Die Tür öffnete sich mit einem Knarzen. Der Hausflur, hier war es deutlich dunkler als in dem vorherigen Zimmer, es dauerte einen Moment, bis Velten erste Umrisse erkennen konnte. Am gegenüberliegenden Ende schimmerte ein Lichtstreifen unter der Haustür. Keinerlei Möbel oder Einrichtungsgegenstände. Rechts von ihm führten Stufen sowohl nach unten als auch nach oben. Wenn Felicitas in diesem Haus versteckt wurde, dann bestimmt im Keller.

Die Vorsicht gebot es, trotzdem zuerst einen Blick in die obere Etage zu werfen, um den Rücken frei zu haben.

Behutsam stieg er nach oben. Sand knirschte unter seinen Sohlen. Er erreichte den Flur im ersten Stock. Die Konturen waren etwas besser sichtbar, seine Augen hatten sich mittlerweile an das mickrige Licht der Nacht gewöhnt. Die Türen zu den Zimmern waren ausgehängt, alles war leer und verlassen. Dunkelgrau hoben sich die Fenster von den Wänden ab.

Ebenso sah es im Dachgeschoss aus. Gerade als er gehen wollte, spürte er einen kalten Luftzug. Moment, ein Luftzug? Er folgte ihm zu seinem Ursprung und kam bei einem Fenster in der Giebelwand an, das nach außen von der Plane am Baugerüst verdeckt wurde. Es war zwar geschlossen, aber genau neben dem Fenstergriff teilweise gesplittert und gebrochen. Jemand hatte sich hierüber Eintritt in das Haus verschafft.

Alles passte. Aber er hatte schon zu viel Zeit vertan. Er eilte nach unten, so vorsichtig wie möglich. Auf der Kellertreppe war das Licht der Nacht nicht mehr ausreichend. Er massierte die erschöpften Augen. Es half nichts, er musste die Taschenlampe einschalten, um vorwärtszukommen. Ihr grelles Licht wurde direkt vor ihm vom hellen Putz der Wände zurückgeworfen und blendete ihn eine lange Sekunde. Einen Fluch unterdrückend schlich er weiter.

Er kam in einem Vorkeller an, unter der Treppe hing ein Feuerlöscher. Die Luft war staubig und alt. Drei Türen gingen von hier ab, die Türen nach rechts und links sahen nach einfachen Holztüren aus, an der Wand hingen Keramikschilder, *Wohnung 1* und *Wohnung 2*. Die mittlere war eine schwere, dunkelbraun lackierte Stahltür, wahrscheinlich gehörte sie zu einem Heizungskeller.

Auf der Klinke zur Tür von Wohnung 2 fühlte er keinen Staub. Er drückte sie runter, die Tür öffnete sich. Etwas schabte dabei über den Boden. Eine Dämmplatte aus Mineralwolle, von hinten gegen die Tür geklebt, an einer Seite hingen die gelben Fäden wie abgerissen heraus. In den graubraunen, körnigen Estrichboden waren wie im gesamten Haus Furchen gefräst. Zu Veltens Rechten ragte ein Wasseranschluss aus der Wand heraus, ansonsten war der Raum leer. Nichts war zu hören, außer dem wilden Rauschen in seinen Ohren und dem hämmernden Herzschlag in seiner Brust. Nichts überstürzen, dachte er. Als er sich weiter vortastete, knacksten Steinchen unter seinen Sohlen.

Die nächste Zimmertüre war ausgehängt, er trat durch die Zarge. Auf der gegenüberliegenden Seite waren auf einer Breite von vier Metern wieder Dämmplatten an der Wand befestigt. Dahinter mussten sich die Fenster und der Lichtschacht befinden, in den er beinahe gestürzt war. Das war keine Wärmedämmung, das war eine Licht- und Schalldämmung, eindeutig.

Er leuchtete mit der Taschenlampe nach links. Er befand sich in einem großen Raum, beinahe ein Saal, der Lichtkegel an den Wänden wurde über die Entfernung deutlich matter, bis er plötzlich nur ein paar Schritte vor ihm entfernt grellweiß aufleuchtete. Eine Säule, viereckig, Beton. Er ließ den Lichtstrahl nach unten wandern. Am Fuß der Säule lag etwas rotes, ein rotes Seil. Das war ... Er eilte darauf zu.

Velten hörte ein hektisches Schaben, es waren Schritte, sie waren hinter ihm, irgendwie seitlich, er wollte sich umdrehen, als er etwas spürte, einen Schmerz, hinten, am Kopf. Er stolperte nach vorne und sah, wie der Fußboden auf ihn zuraste.

21

FELICITAS WAR WACH. Dachte an die Worte aus ihrer Kindheit: *Wenn etwas passiert, dann tu, was dir gesagt wird, dann wird dir nichts geschehen. Du wirst gerettet werden.* Sie hatte es so oft gehört, dass es für sie immer eine Tatsache gewesen war, dass eines Tages etwas passieren würde, nur das Wann war eine Variable gewesen. *Wehr dich nicht. Bring dich nicht in Gefahr.*

Blaues Licht leuchtete vom Eingang her, als ob es am Rand des riesigen Raumes dämmerte. Sie wusste, dass er nicht schlafen konnte, wenn absolute Dunkelheit herrschte. Sie wusste, dass er im Grunde seines Wesens schwach war. Und dass sie ihm völlig ausgeliefert war. Du musst mir einfach vertrauen, dir bleibt gar nichts anderes übrig, hatte er gesagt, mit seiner seltsamen monotonen Stimme. Wenn du leben möchtest. Du willst doch leben, oder? Als ob sie ein kleines Kind wäre. Blaues Licht. Wer war hier ein kleines Kind?

Sie beobachtete ihn. Wie sich sein Schlafsack bei jedem Atemzug auf- und abbewegte. Die dünnen Arme, in denen er seinen Kopf vergraben hatte. Die trotzdem so kräftig und, bei aller Unsicherheit, so fordernd sein konnten. Er war dumm, hatte seltsames Zeug erzählt. Vielleicht hatte er noch gar nicht realisiert, welche Macht er tatsächlich über sie hatte. Nein, er hat sich nicht im Griff, und er hat die Situation nicht im Griff. Sie dagegen hatte sich mit dieser Situation schon tausendmal beschäftigt, als er noch nicht einmal einen Gedanken darauf verwendet hatte. Was immer in seinem Kopf vorging, sie wusste, dass sie von ihm nichts zu befürchten hatte, solange alles so geschah, wie es vorgesehen war. Wenn alles geschah, wie es vorgesehen war, dann würde ihr nichts passieren. Ja, ganz sicher. Hoffentlich.

Seltsame Geräusche drangen von außen zu ihr, ein Stoß klang durch die Hauswand. Dann kam es ihr so vor, als rieselte Sand von außen gegen die Rollläden. Alles war ganz leise gewesen, fast nicht zu vernehmen. Der Mann neben ihr regte sich, horchte auf. Dann legte er sich wieder hin. Aber sie hatte es gehört, da war sie sich ganz sicher. Da draußen war jemand. *Jemand kommt, um mich zu retten.*

Ein feines Piepen ertönte, eine rote Lampe blinkte. Er richtete sich abrupt auf, als hätte er niemals geschlafen. Sah sie an, legte den Finger auf die Lippen. Seine rechte Hand umfasste eine Pistole. Wo hatte er die denn auf einmal hergenommen? Die linke suchte und fand ein Handy. Sie konnte erkennen, dass das Display die Live-Bilder zweier Überwachungskameras zeigte, die im Erdgeschoss angebracht waren. Es dauerte nicht lange, dann war ein Fremder zu sehen, der in dem Fensterrahmen stand, durch den auch sie das Haus betreten hatten, eine Pistole und eine Taschenlampe in der Hand.

»Mach keine Fehler. Vertrau mir«, drohte der Mann mit den dünnen Armen, als er das blaue Licht löschte und in der Dunkelheit verschwand.

Felicitas hatte gelernt zu vertrauen. Sie kroch tiefer in den Thermo-Schlafsack, der sie wie ein schützender Kokon umgab. Ihre Bewegungen erzeugten ein lautes Rascheln.

»Keinen Laut mehr!«

Sie bemerkte, wie sie sich versteifte. Unwillkürlich hielt sie die Luft an. Ein einzelner Mann? Der Detektiv? Warum kam er alleine? Warum nicht mit einer ganzen Hundertschaft als Verstärkung? Oder würde die gleich eintreffen?

Stille war niemals absolut. Geräusche entstanden immer, auch wenn man die meisten im Alltag nicht wahrnahm: der eigene Atem, das regelmäßige Schlagen des Herzens. Ein Steinchen, das im Treppenhaus hinunterfiel, das bestätigende Klicken eines Schalters, das Schaben von Dämmmaterial über unebenen Fußboden. Ein- und Ausatmen.

Einen Moment erwog sie zu schreien, um Hilfe zu rufen. Vor dem Mann mit den dünnen Armen zu warnen, der hier irgendwo lauern musste, dessen Anwesenheit sie förmlich spürte. Aber sie entschied sich dagegen. *Vertrau ihm.* Sie hielt den Atem an.

Es leuchtete vom Eingang her, helles Licht huschte über die grauen Wände. Ein weißer Punkt tauchte auf. Eine Taschenlampe, deren Schein erst hektisch umhertanzte, dann auf der Säule, an der sie festgebunden gewesen war, verharrte. Schritte eilten, ein Schlag folgte, dann ein nur halb unterdrückter Schmerzensschrei, ein dumpfer Aufschlag. Die Taschenlampe kullerte über den Boden.

Das Deckenlicht flammte auf. Sie sah den fremden Mann, der lang ausgestreckt bäuchlings auf dem körnigen Estrich lag. Der andere stand über ihm. Unruhig. Fahrig tigerte er im Raum herum, dann blickte er zu ihr herüber. Er blieb stehen. Sie sah, wie er nachdachte. Langsam öffnete er den Mund. Seine Stimme war ganz leise, fast traurig. »Deine Mutter. Sie kooperiert nicht.«

Was hat er nun vor, dachte sie noch.

»Das ist nicht gut.«

22

ES TAT WEH. Das war das Erste, was Velten dachte.

Schmerzen in der Wange. Am Auge. Hämmerndes Brummen in seinem Schädel, als ob eine der Frisia-Fähren, die zwischen Norderney und dem Festland pendelten, direkt über ihn drüberfahren würde. Außerdem war alles so dunkel. Er öffnete mühsam die Augen. Es blieb dunkel.

Wo war er? Seine Hände kratzten über rauen, körnigen Boden. Erkannten eine Struktur. Das waren Furchen. Ach ja, das Haus. Als er beide Hände auf Schulterhöhe gebracht hatte, stemmte er sich nach oben. Keine gute Idee, Schwindel, ein Arm sackte weg, sein Kopf fiel wieder nach unten, dieses Mal zum Glück auf den eigenen Unterarm. Ihm wurde schlecht, der Magen drehte sich jetzt auch, aber in die entgegengesetzte Richtung zu dem Kreisel in seinem Kopf. Liegen bleiben. Nicht übergeben. Ausatmen. Einatmen. Ausatmen. Auf die andere Seite wälzen. Geschafft.

Stechender Schmerz am Hinterkopf. Rückenlage war auch keine gute Idee. Er presste die Zähne zusammen, wagte, sich behutsam aufzusetzen. Er suchte mit der Hand nach dem Schmerz, eine Stelle hinten am Schädel, feucht. Zum Glück nur ein bisschen. Er führte die Hand an die Nase, roch an der Flüssigkeit. Blut, natürlich. Ach, verdammt.

Er erlaubte sich, noch eine Minute in seiner Position zu verharren. Ein Hinterhalt. Er war geradeaus in einen Hinterhalt hineingetappt. Verdammt, was gab er für eine lächerliche Figur ab. Ungeschickt war noch untertrieben. Trampel, Vollidiot.

Felicitas. Angst. Es war, als ob ihm die Luft abgeschnürt würde. Die bittere Erkenntnis, dass er es versaut hatte. Diese Enttäuschung über sich. Sein Alleingang in dieses Haus war ein einziges Desaster.

Immerhin, er war noch am Leben. Also weitermachen. Mit beiden Händen suchte er den Boden um sich herum ab. Nichts außer hartem, steinigem Untergrund. Nur die Furchen boten in der absoluten Dunkelheit Orientierung. Auf allen vieren krabbelte er aufs Geratewohl los, bis er bei einer Wand ankam. Er stemmte sich hoch, stützte sich ab und tastete sich weiter, erreichte eine Ecke, eine nächste und schließlich eine Türöffnung. Und daneben einen Lichtschalter. Erst klickte es bestätigend, dann flammte eine einzelne Glühbirne so grell auf, dass er mit der Hand die Augen abschirmen musste.

Nach ein paar Sekunden hatte er die Orientierung wiedergefunden. Er war noch im gleichen Raum, in dem ihn jemand niedergeschlagen hatte. Nur wenige Meter von ihm entfernt lagen sein Handy, die Taschenlampe und die P99. Hinten rechts in der Ecke schien ein Schlafplatz gewesen zu sein, ansonsten war das Zimmer komplett leer. Auch an dem Betonpfeiler lag kein Seil mehr.

Die Knie schmerzten, als er sich bückte, um seine Ausrüstung aufzusammeln. Beziehungsweise das, was davon noch übrig war. Das Display seines Handys war komplett zersplittert, das Gerät zerbröselte fast in seinen Händen. Pistole und Taschenlampe schienen dagegen noch in Ordnung zu sein. Als er sich wieder aufrichtete, wurde ihm noch einmal schwarz vor Augen, und er wankte. Atmen, Augen öffnen. Weitermachen. Er besah sich das Schlaflager. Zwei Matratzen, drei dicke Wolldecken, keine Laken. Die Oberflächen der Matratzen schienen ihm an einigen Stellen noch warm zu sein, aber vielleicht bildete er sich das auch nur ein. Er sollte alles so lassen, ohne Frage wichtige Beweisstücke.

Felicitas. Die Entführer. Es waren nur zwei Matratzen. Eine für Felicitas, eine für einen Bewacher? Der, der ihn niedergeschlagen hatte. Woher hatte er gewusst, dass … Wo war Felicitas jetzt?

Versager … Wütend holte er mit der Faust aus und schlug gegen die Betonwand. Der Schmerz tat gut. Noch einmal und noch einmal. Warm lief das Blut am Handrücken herunter. Idiot, Idiot, Idiot. Er atmete aus. Beruhige dich mal. Wen willst du damit beeindrucken? Dann ließ er sich auf eine der Matratzen sinken.

Keine Kraft mehr. Ihm war schlecht. Dröhnen im Schädel. Gedankenfetzen rasten durch sein Gehirn, er war unfähig, sie zu einem sinnvollen Ganzen zusammenzusetzen. Er sollte jetzt besser wieder aufstehen.

Aber jede Spannung war aus seinem Körper gewichen.

Seine Augen waren bleischwer. Auf einmal wurde ihm kalt. Er legte seinen Kopf auf eine zusammengeknüllte Decke, wickelte eine der anderen um seinen Körper, dann übermannte ihn die Müdigkeit, und er dämmerte weg. Lass los, jetzt war doch alles egal.

23

VELTENS NACHRICHT HATTE ihr Mut gemacht. Alea Toben kramte in ihrem Nachttischschrank nach den Tabletten. Sie nahm direkt zwei, das sollte helfen, das Pochen hinter ihrer Stirn würde sie sonst noch wahnsinnig machen. Zu viele Sorgen, zu wenig getrunken, die Zunge klebte trocken am Gaumen, das könnte auch von dem Sherry kommen. Sie hätte sich gestern nicht mehr das Glas genehmigen sollen.

Richard lag neben ihr und wartete. Sie hasste es. »Ich gehe erst einmal duschen.«

Im Badezimmer hörte sie, wie er sich im Bett aufzurichten versuchte. »Gleich helfe ich dir ja«, sagte sie, während sie sich das Gesicht wusch. Früher hatte er vor nichts und niemandem Angst gehabt. Jetzt hatte sie Angst um ihn. Im Spiegel blickte sie eine alte Frau an. Es geht halt irgendwann zu Ende, dachte sie. Warum sollte sie sich dagegen wehren?

Als sie aus dem Badezimmer herausgehen wollte, wäre sie beinahe gegen ihren Mann gelaufen. »Richard?«

Keuchend stand er am Türpfosten, hielt sich an ihm fest. Stolz sah er sie an. Sie umarmte ihn mit aller Macht, spürte die knochigen Arme, die noch immer so kräftig waren.

Hörte sein Herz pochen. »Aufgeben ist keine Option«, sagte er, und selten hatte sie sich gleichzeitig so schlecht und doch so glücklich gefühlt.

»Danke«, war alles, was sie herausbrachte.

»Es tut mir leid, dass ich schwach war.« Richard sah zu ihr herab. »Fee wird zurückkommen. Wie damals.«

Damals. Die Erinnerungen hatten sie immer verfolgt, sie hatte immer versucht, sie zu verdrängen, meist erfolgreich, aber die letzten Nächte war das unmöglich gewesen. Sie hatten viel Kraft gekostet. Jetzt aber war es andersherum, jetzt schöpfte sie Kraft aus der Vergangenheit. Sie hatten die Situation einmal überstanden, sie würden es ein zweites Mal schaffen.

Heller Tag, graue Steinfassaden. Fee hatte im Kinderwagen geschlafen, so ruhig, selig, mit diesem wunderbaren Engelslächeln. Sie hatte noch an die erfolgreiche Vernissage gedacht, die gerade hinter ihnen gelegen hatte, als sie durch die Straßen von Richards Stadt gelaufen war, die bald auch ihr Zuhause sein würde. Die junge Künstlerin, die Richard an dem Abend vorgestellt hatte, würde ihnen eine Menge Publicity einbringen.

Dann der Schlag gegen ihren Kopf, Schmerz, Verwirrung, ein Schrei, es hätte ihrer sein können, ein Sack über ihrem Kopf, sie stürzte, harter Aufprall, Motorlärm, Stille. Dieser riesige Schreck, als sie sich wieder hochrappelte, den Sack von ihren Augen zerrte. Panik, Angst. Sie war allein.

»Wer immer Ihre Tochter entführt hat, er könnte überallhin

entkommen sein«, sagte die ermittelnde Kommissarin so furchtbar ehrlich und hart. »Vom Tatort aus sind fünf Schnellstraßen und zwei Autobahnen in gerade mal zwei Minuten erreichbar. Die Hinweislage ist sehr dünn. Ich fürchte, wir können nichts tun. Es tut mir leid.«

Volle Kooperation hatte man ihnen geraten. Noch am gleichen Abend hatten sich die Entführer gemeldet und zwei Millionen Euro gefordert, in zweiundsiebzig Stunden sollten sie es zusammenhaben und bereithalten.

»Wir werden das Geld besorgen.« Richards Worte hatten lächerlich geklungen, aber zuversichtlich. Sie erinnerte sich genau daran, wie sie ihn fassungslos angeschaut hatte.

»Wie?«

»Die Familie. Ich denke, ich muss dir heute Abend etwas erzählen.«

Bereits am nächsten Tag hatte das Geld bereitgestanden. Sie erinnerte sich noch genau an die Stunden des Nichtstuns, die quälend langsam verstrichen waren, bis endlich der Moment der Lösegeldübergabe gekommen war. Richard hatte sie persönlich übernommen, ohne jede Absicherung. Er wurde kreuz und quer durch die Stadt geschickt, bis er irgendwann den Hauptbahnhof erreichte. Dort deponierte er das Bargeld in einem Regionalexpress und verließ den Zug.

Dann ging irgendetwas schief. Die Polizei konnte den Aufenthaltsort der Entführer ermitteln, die Einsatzleiter entschieden sich für den Zugriff, obwohl Fee sich noch in der Gewalt der Täter befand. Die Wohnung wurde gestürmt, es kam zu einer wilden Schießerei, bei der alle Entführer den Tod fanden. Fee überlebte wie durch ein Wunder ohne einen Kratzer, obwohl ihr Bettchen inmitten des Wohnzimmers stand, dort, wo die Rauchgranate eingeschlagen hatte. Das gesamte Geld konnte sichergestellt werden, über die drei Täter erfuhren sie wenig.

Der gesamte Fall kam nie richtig an die Öffentlichkeit. Lediglich am nächsten Tag wurde in einigen Lokalzeitungen von einem Polizeieinsatz berichtet, zu dem die zuständigen Stellen aber jeden Kommentar verweigerten. Anstatt den Skandal anzuprangern, verloren die Journalisten das Interesse an dem Fall, der bereits nach einer Woche aus dem öffentlichen Bewusstsein verschwunden war.

Aber nicht aus ihrem.

»Das darf sich niemals wiederholen«, hatte sie zu Richard gesagt, Fee fest an sich gepresst.

»Bitte, vergib mir. Ich hätte dir längst alles sagen müssen.«

Sie roch Fees Duft, spürte ihren zarten Atem. »Ab jetzt werde ich besser auf dich aufpassen, mein Schatz.«

»Wir werden sie beschützen, Alea.«

Sie hatten es nicht getan. Es war wieder passiert. Und sie konnte den Gedanken nicht wegschieben, dass sie selbst daran Schuld trugen.

Ein einmaliges Piepen des Smartphones signalisierte das Eintreffen einer Nachricht. Das Sicherheitssystem meldete, dass eine autorisierte Person das Haus betreten hatte. Mara war angekommen. Alea überprüfte, ob weitere Nachrichten vorlagen. Von Velten hatte sie nicht mehr gehört. Das erste Hochgefühl nach der positiven Nachricht wich nun der Sorge, dass irgendetwas schiefgelaufen war. Sie wählte seine Nummer. Und wurde direkt an seine Mailbox durchgestellt.

»Sollen wir frühstücken, Alea?« Richard umklammerte eine seiner Krücken. »Unten?«

»Nichts lieber als das.«

Die Küche der Tobens befand sich im Hochparterre. Hohe weiße Fenster, weiße Küchenschränke, ein Tresen aus gebeizter Eiche, vier Barhocker. Von der Decke hing ein weißer Kronleuchter, den ihr Richard zum Einzug geschenkt hatte. Mara stand vor dem Geschirrschrank und drehte sich zu ihnen um, sie wollte gerade die Kaffeetassen verteilen.

»Heute brauchen wir eine mehr, Mara.« Wie hatte sie diesen Moment wieder herbeigesehnt. »Halt, nein. Lassen Sie mich das heute übernehmen. Holen Sie uns bitte nur frische Brötchen, ja? Und vielleicht ein paar frische Blumen, wenn Sie welche kriegen können.«

Maras Gesicht verriet einen Moment lang ihre Überraschung, als sie Richard im Eingang zur Küche entdeckte, dann wurde es wieder zu der Maske, die sie sich über die Jahre antrainiert hatte. Aber ihre Augen waren gerötet, das Haar noch ungekämmt. Sie konnte nicht verbergen, dass auch sie am Ende ihrer Kräfte war.

Im Lauf der Zeit waren Mara und Fee einander wie Schwestern geworden. So wie sie und Richard es sich immer gewünscht hatten. Alea wusste, dass Velten Mara im Verdacht hatte, an der Entführung von Fee beteiligt zu sein.

Seine Andeutungen waren klar gewesen. Und mit Sicherheit falsch. Wenn der Mann von einer Sache keine Ahnung hatte, dann von Familie.

»In Ordnung, mache ich. Benötigen Sie sonst noch etwas?«

»Suchen Sie danach bitte Herrn Velten. Ich wundere mich, dass er sich noch nicht gemeldet hat.« Wenn er sie durch sein Tun in Gefahr gebracht hatte, entgegen ihrer eindeutigen Anweisung und seiner eigenen Aussage, dann gnade ihm Gott.

24

ERST DER DURST weckte Velten. Seine Kehle kratzte, ihm war, als wäre ihm der Speichel ausgegangen. Die Gliedmaßen waren versteift von der Kälte. Mühsam und ungelenk massierte er seine Arme. Das Licht der Glühbirne wirkte nach und nach nicht mehr grell, eher dämmrig. Beim Blick auf die Armbanduhr erschrak er zwar, fast zehn Stunden Schlaf war verdammt lang, aber darauf kam es nun auch nicht mehr an.

Geräusche drangen zu ihm nach unten. Leise, fast nicht wahrnehmbar. Dumpfe Schläge, wie durch ein dickes Kissen von ihm abgeschirmt, in weiter Entfernung. Maschinengeräusche? An den benachbarten Neubauten wurde gearbeitet. Innerhalb dieses Hauses dagegen ruhten die Arbeiten schon seit Längerem. Welchen Zusammenhang es wohl zwischen den Eigentümern dieses Hauses und Felicitas' Entführern gab? Im Zweifel war dieses Versteck außerordentlich schlecht gewählt. Die Überlegungen, die ihn hierhergeführt hatten, hätte auch jedes andere Ermittlungsteam angestellt, früher oder später, spätestens nachdem Felicitas freigekommen wäre. Was wiederum den Rückschluss zuließ, dass diese Sache nicht unbedingt geplant worden war.

Als er aufstand, merkte er, dass ihm der Schlaf gutgetan hatte, die Übelkeit und der Schwindel waren fast weg. Auch die Wunde am Hinterkopf fühlte sich trocken an, und die Sachen im Gesicht waren bestimmt nur Schürfwunden. Zeit, das Beste aus der Situation zu machen. Danach konnte er immer noch zu einem Arzt gehen.

Seine Waffe schien noch in Ordnung zu sein. Die würde er nun mit Sicherheit nicht mehr brauchen. Danach inspizierte er die leere Wohnung. Die Wände waren allesamt kahl, hier und da Tapetenreste zu erkennen. Eine Kernsanierung, die abgebrochen worden war. Es war zu erkennen, dass man aus zwei kleinen Räumen einen großen Wohnraum gemacht hatte, außerdem gab es noch eine vorgelagerte Küche und ein kleines Bad. Unten in der Toilette entdeckte er Wasser, die Toilettenspülung funktionierte, Strom und Wasser waren also vorhanden. Es war zwar kalt und ungemütlich, aber eine Weile hätte man es hier aushalten können.

In der anderen Wohnung sah es nicht anders aus. Ihr Grundriss glich, gespiegelt, jenem der ersten, nur dass dort keine Dämmung an den Fenstern und Türen angebracht worden war.

Blieb hier unten nur noch der Heizungskeller. Der einzige Raum, in dem der Boden nicht aufgerissen war. Velten warf einen Blick auf die Kennzeichnungen. Eine Pelletheizung modernster Bauart, die Anlage war offenbar vor nicht allzu langer Zeit eingebaut worden, aber noch nicht in Betrieb genommen worden.

Als Velten zurück in den Vorraum ging, hörte er etwas. Von oben, Schritte. Ein vorsichtiges Schlurfen. Ein Abtasten. Jemand war im Erdgeschoss, der sich bemühte, leise zu sein. War es jemand auf der Suche nach ihm, oder kam jemand, um ihn zu erledigen?

Im gesamten Keller war das Licht eingeschaltet, zu spät, es überall wieder auszuschalten. Vielleicht war es auch schon bemerkt worden. Wohin? Der Vorraum war zu einsichtig. Ohne zu überlegen, eilte er in die Wohnung 2 zurück und drückte sich dort gegen die Wand. Versuchte zu lauschen. Er meinte zu hören, wie jemand die Stufen herunterschlich, wie Finger an einer Wand entlangstreiften.

Er ging in die Hocke, nahm die Waffe in beide Hände, sie zitterten, und zielte in Richtung der Türöffnung. Setzte ein Knie auf, um weniger zu wackeln. Bemühte sich, seinen Atem zu kontrollieren. Er kniff die Augen zusammen. Und wartete.

Dann war niemand mehr zu hören. Keine Schritte, kein Tasten. Kein Ton, nichts.

Plötzlich sprang eine Gestalt herein, sicherte mit einer Pistole zuerst nach links, dann nach rechts, in seine Richtung.

»Mara.« Er hielt die Waffe weiter auf sie gerichtet.

»Tobias. Liebes bisschen, das war knapp.«

»Steck die Waffe weg, dann mache ich das auch.«

Er hatte es ernst gemeint, erkannte aber das Absurde an der Situation. Versuch es einfach. Vertrau ihr. Dann versuchte er sich verlegen an einem Geräusch, das einem Lachen ähnlich klang, und steckte seine Waffe ein. Jetzt bin ich ihr ausgeliefert, dachte er.

Mara zögerte einen Moment. »Tobias, was ist passiert?«

Sie stolperte auf ihn zu, berührte ihn vorsichtig an der Schulter. Woher wusste sie, dass ich hier bin? Sie musste das Auto gefunden haben. Oder … Er wischte alle Zweifel weg. Endlich erlaubte er sich, sich zu freuen.

Mit knappen Worten tauschten sie sich aus.

»Sie müssen mich gehört haben«, endete Velten. »Fee war hier, da bin ich mir ganz sicher. Aber ich habe es versaut.«

Es wäre schön gewesen, wenn sie darauf etwas geantwortet hätte.

25

VELTEN SAGTE NICHTS, auch Mara schwieg. Das einzige Geräusch im Salon der Tobens kam von dem Löffel, der im Glas klimperte, als Alea Toben ihren Tee umrührte. Kein Ostfriese, der etwas auf die Traditionen hielt, würde so etwas machen, dachte Velten. Eine Glastasse. Tee umrühren. Nur das regionaltypische Schweigen bekam Alea ganz passabel hin. Sie pustete, bevor sie einen winzig kleinen Schluck nahm, dabei hielt sie den kleinen Finger ein wenig abgespreizt.

Salon war die richtige Bezeichnung für den Raum, in dem sie sich befanden, Wohnzimmer wäre zu verniedlichend gewesen, Halle hätte von der Größe zwar beinahe gepasst, aber zu ungemütlich geklungen. Die Decke und die Wände waren mit hellem Holz getäfelt, eine Wand auf der gesamten Länge mit Bücherregalen versehen. An den anderen Wänden hohe Spiegel, goldgerahmte Gemälde, die Motive aus der Seefahrt zeigten – stolze Segelschiffe, Schlachtengemälde. Hinter ihm eine Fensterfront mit hoher Brüstung und Sicht auf einen begrünten Innenhof samt Brunnen. Da der Salon im Hochparterre lag, war er von außen so gut wie

165

nicht einsehbar. In einer Ecke stand ein hölzerner Globus, bei dem die Farbe abblätterte, in der anderen eine gut bestückte Bar.

»Also, Status?«, fragte Alea Toben.

»Fangen wir bei dem an, was wir sicher wissen«, sagte Mara. »Das Haus, in dem Fee mutmaßlich gefangen gehalten wurde, ist das alte Anwesen der Familie Plauen. Ihnen gehörten früher einige Fahrradgeschäfte, und sie hatten es damit zu bescheidenem Wohlstand gebracht. Nach dem Tod von Elfriede Plauen, die das riesige Haus noch vor einem Jahr alleine bewohnt hatte, fiel es an eine Erbengemeinschaft, zu der auch Simone Sandtner gehörte, die Frau von Hans Sandtner.«

»*Der* Hans Sandtner?« Aleas Tonfall verriet Velten, dass sie gegenüber Mara etwas andeutete.

»Ja, genau der.« Mara räusperte sich, dann fuhr sie fort. »Im Herbst hat sich das Ehepaar Sandtner mit den anderen Miterben geeinigt und diese ausbezahlt, es gehört ihnen seitdem alleine. Hans Sandtner hatte geplant, das Anwesen zu einem Apartmenthaus umzubauen, mit je zwei neuen Wohnungen im Erdgeschoss und in der ersten Etage. Das ergibt zusammen mit den beiden bestehenden Ferienwohnungen im Souterrain sechs Wohnungen.« Der Umbau von Gebäuden zur Schaffung von Ferienwohnungen war hier wie auf fast allen ostfriesischen Inseln lange Zeit ziemlich üblich gewesen. Auch deshalb war bezahlbarer Wohnraum für diejenigen, die dauerhaft auf der Insel leben wollten, knapp und immer teurer geworden.

»Aber die Bauarbeiten wurden eingestellt?«, fragte Alea Toben.

»Ja. Seit Ende Januar ruhen die Arbeiten, wohl nicht ganz freiwillig. Das Bauamt hat sich eingeschaltet. Näheres weiß ich noch nicht.«

Vielleicht war das Bauvorhaben wegen der geplanten Zweckentfremdung gestoppt worden, mutmaßte Mara. Seit einiger Zeit wurden verstärkt Regelungen durchgesetzt, bestehenden Dauerwohnraum zu erhalten.

»Während der Bauarbeiten war das Haus nicht sonderlich gut gegen Einbruch geschützt«, führte Velten nun aus. »Über das Baugerüst und ein von außen verdecktes Fenster wurde eingebrochen, später erfolgte der Zutritt wahrscheinlich über ein nachträglich geöffnetes Fenster im Erdgeschoss. Wir nehmen an, dass die Entführer die Wohnung 2 im Souterrain gezielt ausgesucht und für ihre Zwecke vorbereitet haben. Sie wurde weitgehend schallisoliert. Es wirkt zwar alles etwas behelfsmäßig, aber es scheint zu funktionieren. Wahrscheinlich wurde Felicitas dort gefangen gehalten, zumindest sieht es so aus, als ob dort die Videos gedreht wurden. Ich habe sie dort aber nicht aufgefunden.«

»Stattdessen sind Sie verprügelt worden.« Alea hob die Hand, um Veltens Protest zu unterdrücken, und sprach weiter, ohne ihn direkt anzusehen. »Wie auch immer: Wenn Ihre Angreifer die Entführer von Fee sind, wovon ich ausgehe, sind diese spätestens jetzt darüber informiert, dass Sie in meinem Auftrag ermitteln. Und damit haben Sie Fee in Gefahr gebracht. Entgegen meiner ausdrücklichen Anordnung.

Mir stellt sich die Frage, ob ich Sie weiter beschäftigen möchte.«

»Ich habe für Felicitas gerade mein Leben riskiert«, sagte Velten.

»Sparen Sie sich Ihr Pathos. Sie hatten eine klare Anweisung, nicht überstürzt zu handeln.«

»Frau Toben. Ich hatte berechtigten Grund anzunehmen, dass Felicitas in Gefahr ist.« Er erzählte ihr von seiner Vermutung, dass die Videos auf Vorrat aufgenommen worden waren. »Ich denke, es war nicht falsch, dass ich in Eile gehandelt habe. Ich habe versucht, Ihrer Tochter zu helfen!«

»Wie auch immer! Ich brauche niemanden, der sich … bemüht«, stellte Alea nüchtern fest. »Sie haben es allein Mara zu verdanken, wieder hier zu sein. Ich dachte, ich kriege einen Profi.«

Velten entschied sich für Vorwärtsverteidigung. »Zahlen Sie mich aus. Vielleicht ist es besser, wenn Sie das hier ohne mich regeln.«

»Warten Sie ab.« Alea Toben blieb ganz ruhig. »Herr Velten, ich habe Ihnen vertraut. Ich möchte, dass Sie sich ansehen, was dabei herausgekommen ist.«

Sie nahm ihr Smartphone, das vor ihr auf dem Tisch gelegen hatte, navigierte durch die Menüs, bis sie gefunden hatte, wonach sie gesucht hatte. Wortlos überreichte sie ihm das Gerät.

Eine E-Mail. Von Felicitas Toben. Kein Betreff. Kein angehängtes Video wie in den vorangegangenen Nachrichten, nur Text:

Sie haben sich nicht an die Anweisungen gehalten. Für Ihre Entscheidung muss nun Felicitas büßen. Sie lassen uns keine Wahl. Eine weitere Warnung wird es nicht geben.

Stille.

»Es tut mir leid.« Veltens Hals war so verengt, dass er die Worte nur mühsam hervorbrachte. Sie blieben eine Ewigkeit in der Luft stehen. Ja, er schämte sich. Weshalb hatten die Entführer kein Video gesendet? »Sie werden ihr nichts antun«, sagte er, aber es schwang mehr Hoffnung als Überzeugung mit.

Alea Tobens Gesicht verriet, dass sie ihm nicht glaubte. Das war das Ende des Auftrags. In ihren Augen konnte er sehen, dass sie gerade die Entscheidung getroffen hatte. Und er konnte sie verstehen. Es war seine Schuld. Er würde auf das Gehalt verzichten, sich heute Abend und die nächsten Tage betrinken und sich umso mehr schuldig fühlen. Er wollte nicht loslassen. Nein, er würde nicht loslassen können, aber er musste, und das würde ihn fertigmachen. Hoffentlich ging die Sache für Felicitas gut aus. »Wir können sie noch retten«, sagte er, mehr zu sich selbst.

»Alea, geben Sie ihm noch eine Chance.« Mara hatte sich eingeschaltet, noch bevor Alea Toben antworten konnte. »Tobias hat das richtige Versteck entdeckt. Er war nur leider zu spät. Es war kein Fehler.«

Alea Toben war die Überraschung anzumerken. Sie schloss einen Moment die Augen, öffnete sie wieder, dann nickte sie. »Danke für Ihre Einschätzung.« Dann wandte sie sich Velten zu. »Welche weitere Vorgehensweise würden Sie empfehlen?«

»Lassen Sie uns auf dem Bisherigen aufbauen.« Er unterdrückte einen aufkommenden stechenden Kopfschmerz. »Der Besitzer des Hauses, Hans Sandtner. Sie haben eben eine Bemerkung gemacht. Hat es eine besondere Bewandtnis mit ihm?«

»Er ist der angeheiratete Onkel von Jannik Schulz. Fees Ex-Freund«, erklärte Alea Toben. Das hatte Mara im Gespräch vorher offenbar nicht aussprechen wollen. »Er betreibt das Restaurant Nordblick am Nordstrand.«

»Das ist keine Spur mehr, das ist eine Autobahn«, sagte Velten. Restaurant Nordblick. Auch Margarete Rust, die ehemalige Schulfreundin von Felicitas, hatte dort gearbeitet.

Hans Sandtner kannte er nicht persönlich, der Name war ihm aber durchaus ein Begriff. Der Mann war recht präsent auf der Insel. Bei der letzten Kommunalwahl im Winter war er als Kandidat für Rechtsstaat Deutschland angetreten, einer Partei, die in ihren Aussagen irgendwo zwischen konservativ und rechtsextrem pendelte. Ein paar Plakate mit seinem Konterfei waren wohl versehentlich hängen geblieben und in den letzten Wochen bis zur Unkenntlichkeit verschmiert worden.

Ursprünglich kam Sandtner aus dem Ruhrgebiet, er war aber schon vor Jahrzehnten auf die Insel gezogen, zunächst als einer der Köche im Kurhotel. Inzwischen war er mehr oder weniger berüchtigt dafür, mit immer neuen Ideen sein

Glück erzwingen zu wollen. Vor vier Jahren war es ihm schließlich gelungen, eine Investorengruppe von dem Konzept des Nordblick zu überzeugen, das im Wesentlichen aus Exklusivität und Luxus bestand. Das Restaurant lag recht einsam inmitten der Dünen, ungefähr auf Höhe des Leuchtturms, zwischen den beiden schon länger bestehenden Restaurants *Oase* und *Weiße Düne*. Sandtner hatte sogar eine eigene Zufahrtsstraße bauen lassen. Der Bau und der Betrieb waren mit Sicherheit aufwendig, und es musste sich gegen die etablierten Restaurants durchsetzen.

Es wäre gut möglich, dass Hans Sandtner Geldprobleme hatte, vor allem, wenn jetzt auch noch der Fehlschlag mit dem Immobilienprojekt dazugekommen war. Über seinen Neffen könnte er vom Reichtum der Tobens erfahren haben. Und seine Statur entsprach ungefähr der Statur des Entführers auf dem Video.

»Wir sollten die Autobahn verfolgen. Vielleicht sind entweder einer oder sogar beide, Sandtner und Schulz, an der Entführung beteiligt – dann wissen sie eh um unsere Ermittlungen.« Er benutzte absichtlich die Worte *wir* und *unsere*.

»Verstanden.« Seine Auftraggeberin nickte.

»Aufgrund der wenigen noch zur Verfügung stehenden Zeit würde ich vorschlagen, es nicht zu kompliziert zu machen. Konfrontation. Wir gehen hin, fragen sie direkt. Wenn sie nichts mit der Entführung zu tun haben, können sie uns vielleicht wertvolle Hinweise geben. Andernfalls können wir vielleicht aus ihrer Reaktion etwas ableiten, was uns weiterhilft.«

»Nein, wir hören mit der soften Tour auf«, entschied Alea Toben. »Herr Velten, kann ich auf Sie zählen?«

Er wusste, dass es keine andere Antwort geben konnte. Er hatte sich eben noch gewünscht, den Auftrag weiterführen zu dürfen. Und sie hatte ihm schon früh klargemacht, wie sie sich diese Ermittlungen vorstellte. »Das können Sie, ja.«

Sie taxierte ihn. »In Ordnung. Ab morgen soll das Lösegeld bereitstehen, wir können es uns nicht leisten, Kräfte und Zeit zu verschwenden. Nehmen Sie sich den Sandtner vor. Ihm würde ich so eine Tat sogar zutrauen. Fühlen Sie ihm kräftig auf den Zahn. Lassen Sie sich von Mara helfen.«

Nicht, dass noch einmal so etwas wie heute Morgen passiert, ergänzte Velten in Gedanken das, was sie vermutlich gemeint hatte.

Mara schaltete sich wieder in das Gespräch ein. »Sandtner gibt heute Abend im Nordblick seine obligatorische Saisoneröffnungsfeier. Das ist doch eine Gelegenheit, mit ihm in Kontakt zu kommen.«

»Ja, gehen Sie hin.«

Alea seufzte. Sie wirkt wirklich geschwächt, dachte Velten. Der Fehlschlag hatte sie Kraft gekostet. Bisher hatte sie sich im Griff gehabt, aber jetzt schien es, als verlasse sie der Wille. Diese Anweisung war doch nichts als eine Überreaktion gewesen, um Stärke zu simulieren, wo keine mehr war.

Mara und er wollten gerade den Salon verlassen, als Alea Tobens Stimme noch einmal erklang. »Herr Velten. Mara«, rief sie in unerwartet scharfem Ton. Sie drehten sich beide um.

Alea Toben hatte sich von ihrem Sessel erhoben, stand da im Dämmerlicht des Salons.

»Bringen Sie Ergebnisse! Ich will keine Ausflüchte mehr hören!«

Darauf konnte man nicht antworten.

»Wie auch immer. Ich will mein Kind zurück«, schrie sie.

26

ALEA TOBENS NEUERLICHER Ausbruch beschäftigte Velten, als er zusammen mit Mara die Stadtvilla verließ. Sie war es nicht gewohnt, dass sie ihren Willen nicht bekam. Mara schwieg, die Hände tief in den Taschen ihrer kurzen Jacke versteckt. Velten fragte sich, wann sie wohl das letzte Mal gelächelt hatte. War das Sorge oder Konzentration? Er schob die Gedanken weg, er hatte sich dagegen entschieden, sie zu verdächtigen, und er fühlte sich wohl damit.

Letztlich hatte sie dafür gesorgt, dass er weiterarbeiten konnte. Vielleicht auch nur, damit die Polizei nicht hinzugezogen wurde? Oder weil sie fürchtete, dass er bei einer Entlassung trotzdem auf eigene Faust weitersuchen würde? Und warum hatte sie ihn nicht früher im Keller aufgespürt? Sie hatte ihm gesagt, es hätte zu lange gedauert, die Baustelle als die richtige zu identifizieren. Klang das glaubwürdig? Hör auf, rügte er sich. Sie hat mich gerettet. Was brauchst du denn noch, Tobias?

»Sag mal, Mara, woher hast du eigentlich die ganzen Informationen?«

»Was?« Mara schreckte aus ihren Gedanken hoch.

»Über das Haus. Über Jannik Schulz. Über alle hier. Ich wette, du hast sogar ein Dossier über mich.«

»Ja, ich habe es selbst angelegt«, überging sie seine eigentliche Frage. Sie sah ihn schelmisch an. Der Ausdruck verschwand gleich wieder aus ihrem ebenmäßigen Gesicht, wurde von einem traurigen Zug verdrängt. Sie wollte die Frage nicht beantworten. Und gerade hatte er sich dazu durchgerungen, sie nicht mehr zu verdächtigen.

»Vertrauen gegen Vertrauen, dachte ich?«

»Es geht darum, dich und uns zu schützen«, antwortete sie ernst. Velten fragte sich, ob er sie jemals würde einschätzen können.

Die Kirchenuhr fing über ihnen an zu läuten. Schon fünf Uhr, stellte Velten überrascht fest. Durch den Aufenthalt in dem verdammten Keller und die unregelmäßigen Schlafpausen war sein Zeitgefühl ein wenig durcheinander. In einem normalen Job hätte er jetzt Feierabend gemacht.

»Ich nutze die Zeit und gehe noch zu einem Arzt«, sagte er zu Mara. »Holst du mich nachher ab?«

»Okay.« Es schien so, als hatte sie noch etwas sagen wollen, es aber sein lassen. Die alte Distanz brach wieder auf, die Distanz, die sie gerade erst überwunden hatten. »Du solltest dir nachher etwas anderes anziehen. Diese Saisoneröffnung, das ist Sehen und Gesehen-Werden.«

Immerhin, sie lächelte zum Abschied.

Velten eilte durch die Fußgängerzone, am Hotel König vorbei, von dessen sonniger Terrasse die Gäste bei einem

Bier oder einem Glas Wein das Treiben im Stadtzentrum beobachteten. Er lief am Zierbrunnen vorbei und dann quer über den Kurplatz. Er betrat das Conversationshaus und steuerte direkt die Bibliothek an. Die Tür war bereits zu.

Er klopfte mit der flachen Hand gegen die Wand.

»Sie haben einander knapp verpasst.« Die Frau, die ihm am Tag zuvor Auskunft gegeben hatte, stand plötzlich neben ihm. »Herr Schulz ist etwas früher gegangen. Aber morgen ist er sicher wieder pünktlich hier.«

Er hatte es geahnt. Die Frau blieb neben ihm stehen. Bisher war sie ja sehr hilfsbereit gewesen. »Ja, äh. Heute Morgen war ich leider verhindert«, antwortete er, um Zeit zu gewinnen. Und vielleicht, um ein wenig Mitleid zu erwecken. »Übers Handy habe ich ihn nicht erreicht.«

»Ja, Jannik hat den Sinn von Mobiltelefonen noch nicht ganz verstanden.« Sie verdrehte die Augen.

»Er hasst die Dinger«, sagte Velten aufs Geratewohl. »Und er hat ja auch nicht ganz unrecht damit. Wenn ich daran denke, wie viel Zeit ich mit dem Ding verplempere.«

Die Frau musterte ihn einen Moment lang, dann umspielte ein Lächeln ihre Lippen. »Das dürfte ich Ihnen ja eigentlich nicht verraten, aber wussten Sie, dass heute ein ziemlicher Wind ist? Da kann man am Weststrand bestimmt gut Drachen steigen lassen. Es soll ja Leute geben, die das als Hobby haben.«

»Super! Ja, das probiere ich mal.« Er spiegelte ihr strahlendes Lächeln. »Vielen Dank für Ihre Hilfe!«

»Viel Glück. Aber verraten Sie mich nicht.«

Drachen steigen lassen als Hobby? Der Mann war zwanzig Jahre alt, wenn er die Angaben aus Maras Dossier richtig in Erinnerung hatte. Ein schüchterner Bibliothekar, der gerne Drachen steigen ließ, ledig, auf einer Urlaubsinsel lebend. Was war das wohl für ein Typ?

Velten lief an der Rückseite des Badehauses in Richtung Westen, durch das kleine Stück des Argonnerwäldchens. Mit den vielen dünnen Stämmchen und dem dichten Unterholz wirkte es immer seltsam verwunschen. Jedenfalls war er hier vor dem allgegenwärtigen Wind geschützt. Ein Moment der Ruhe. Ein Vogel zirpte aus dem grünen Blätterdickicht heraus.

Als er auf die Promenade trat, schirmte er mit den Händen instinktiv seine Augen vor den starken Südwindböen ab. Es war Niedrigwasser, helle Spuren aus trockenem Sand rasten über die noch nassen Wattflächen. Am Strand standen mehrere Gruppen von Leuten. Hundebesitzer, die mit ihren Tieren Apportieren übten, Jogger, Familien. Die meisten Drachen waren auf der linken Seite, hoch oben standen einige riesige Exemplare fest am Himmel, darunter knatterten die Lenkdrachen umher, flitzten nach unten, wendeten dicht über dem Boden und stiegen wieder auf, drehten wilde Loopings.

Velten verließ die Promenade und lief den gemauerten Hang hinunter auf den Strand. Ungeduldig stapfte er gegen den Wind durch den Sand, nahm nacheinander die einzelnen Drachenlenker in Augenschein, lief an dem riesigen

Kinderspielplatz vorbei, bis immer weniger Menschen den Strand bevölkerten.

Es waren beileibe nicht nur kleine Kinder, die Spaß an den Dingern hatten. In der letzten Gruppe wechselten sich Jugendliche mit mehreren Lenkdrachen untereinander ab. Die anderen ließen Thermoskannen mit dampfenden oder Glasflaschen mit kalten Getränken herumgehen. Er rief sich das Foto aus dem Dossier in Erinnerung. Ein wenig blässlich hatte Jannik Schulz ausgesehen, was hier oben auf den Inseln eher selten war, dazu lange schwarze Haare wie Leute aus der Metal-Szene. Hier war er offensichtlich nicht dabei. Lachen und sich überschlagendes Kreischen schallten zu ihm herüber. Jahrzehnte verschütteter Erinnerungen drohten freigespült zu werden, er musste sich zwingen, sich von dem Anblick loszureißen.

Ein Fehlschlag. Vielleicht hatte er auf der anderen Seite des Strandes mehr Glück, wo weniger los war. Ob er Jannik Schulz wirklich hier draußen finden würde? Hatte er gegenüber der Kollegin aus der Bibliothek falsche Angaben gemacht und versorgte gerade die in einem unbekannten, einsamen Keller gefangene Felicitas?

Mit Rückenwind lief es sich bedeutend schneller. Und gut, dass er erst die falsche Seite abgesucht hatte, sonst hätte er Jannik Schulz verpasst, der jetzt auf der Strandpromenade erschien und, ohne langsamer zu werden, auf den recht steilen Abhang der Küstenbefestigung zulief. Mit einer Sportlichkeit, die er dem blassen Mann gar nicht zugetraut hätte, machte er einen Satz und landete sicher neben ihm, die langen schwarzen Haare folgten ihm wie ein Fallschirm.

»Herr Schulz?«

Der junge Mann wich zurück. In der rechten Hand trug er eine lange, grau-neongelbe Stofftasche, in der wohl ein Lenkdrachen eingepackt war.

»Entschuldigung. Mein Name ist Tobias Velten. Hätten Sie kurz Zeit?«

»Was?« Fahrig sah der Mann zu Velten, dann zum Strand. Kurz fragte Velten sich, ob er den richtigen Mann angesprochen hatte. Aber es war Schulz, da war sich Velten sicher.

»Herr Schulz?«

»Was wollen Sie?«

Schulz war irritiert, Velten konnte es ihm nicht übel nehmen. Mit einem Polizeiausweis in der Hand hätte sich das Gespräch ganz anders entwickelt. Velten erklärte, dass er eigentlich am Morgen bei der Bibliothek hatte vorbeischauen wollen, aber leider etwas dazwischengekommen war. »Ich würde gerne ganz kurz mit Ihnen reden. Es geht um Felicitas Toben. Wir werden nicht lange brauchen.«

»Und wer sind Sie?« Der Mann schien irritiert, wollte sich schon an ihm vorbeischieben. Die Leute in der Umgebung warfen erste Blicke zu ihnen herüber.

»Ich komme im Auftrag von Alea Toben«, sagte Velten leise, in der Hoffnung, dass keiner der Passanten es hören konnte. Sein Gegenüber hielt inne und drehte sich langsam zu ihm um.

»Was wollen Sie?«

Velten staunte über die Wirkung, die der Name seiner Auftraggeberin offenbar auf Schulz hatte. »Lassen Sie uns dort oben hingehen.« Er deutete zur Weststrand-Bar.

»Okay, okay.«

Sie fanden tatsächlich einen windgeschützten Tisch. Velten bestellte sich einen Kaffee, Jannik Schulz nahm einen Kakao. Blasses Gesicht, dünne Arme, unsteter Blick. Einige Pickel im Gesicht, der am rechten Nasenflügel hatte sich entzündet. Der Mann war noch ein Kind, dachte Velten. Er bemerkte eine gewisse Unsicherheit. Vielleicht würde er jetzt endlich Antworten bekommen.

»Es tut mir leid, dass ich Sie so entführen musste«, sagte Velten. Das Wort entführen hatte einen Schatten über Schulz' Gesicht gejagt. »Aber ich brauche einfach Ihre Hilfe. Also, Felicitas Toben. Sie kennen sie?«

»Ja, wir waren mal zusammen. Was ist denn mit ihr?«

»Sie ist weg.«

»Wie?«

»Verschwunden. Ihre Mutter sucht sie.«

Schulz schloss die Augen. »Nein.«

»Warum sagen Sie das, nein?«

»Es ist …« Er überlegte, setzte neu an. »Ich mache mir Sorgen um Fee. Ich weiß um ihre Angst, die sie immer und ständig hatte.«

Bisher hatte Velten nicht gesagt, dass Felicitas gegen ihren Willen verschwunden war. Interessant, dass Schulz sofort etwas in dieser Richtung vermutete. »Wovor hatte sie denn Angst?«

Schulz guckte irritiert. »Dass etwas passieren würde. Dass man ihr etwas antut.«

»Wer? Wer sollte ihr etwas antun?«

»Na jeder, der es wusste. Es fiel ihr schwer, jemandem zu vertrauen.«

»Aber Ihnen hat sie vertraut. Warum?«

»Ich weiß nicht, ob sie mir jemals vertraut hat. Sie war schockiert, dass ich das Geheimnis schon kannte. Aber ich hab ihr gesagt, dass das nicht wichtig für mich ist. Dass sie ein so toller Mensch ist. Dass es das wäre, was für mich zählt.« Er schaute treudoof in die Ferne.

»Welches Geheimnis?«

Schulz stockte, fing sich, sah ihn an. »Ich sage nichts, versprochen.«

»Darüber dass die Tobens reich sind?«, hakte Velten noch einmal nach.

»Ich sage nichts, versprochen. Sie können sich auf mich verlassen.«

Velten verstand die Reaktion nicht. Aber es schien ihm ratsam, erst einmal nicht weiter zu insistieren, also wechselte er das Thema. »Was für ein Mensch ist Felicitas? Erzählen Sie mir von ihr. Welche Freunde hat sie? Welche Träume hat sie? Erzählen Sie einfach mal, alles kann wichtig sein.«

Jannik Schulz erzählte von ihrer gemeinsamen Liebe zu Büchern. Wie er schon damals, als sie zusammen in die Mühle gegangen waren, für sie geschwärmt hatte. Wie er sie bewundert hatte. »Fee ist einfach sie selbst. Ein starker, selbstbewusster Mensch. Wunderbar unabhängig. Sie braucht keine

Freunde. So blöd das klingt: Eigentlich träumt sie davon, einfach in Ruhe gelassen zu werden.«

»Wenn sie so wenige Freunde nötig hat, heißt das, dass sie sehr familienverbunden ist?« Velten wollte das Gespräch unauffällig auf die Familie Toben lenken.

»Nö, nicht unbedingt. Ihre Eltern sind ja sehr … von der Arbeit vereinnahmt. Wenn überhaupt, dann hat sie viel Zeit mit Mara Johansson verbracht, die war auch … in unserer Zeit … eigentlich fast immer irgendwie in der Nähe. Fee und sie sind ja fast wie Schwestern.«

»Was hat es denn mit dieser Mara auf sich? Wie kamen Sie mit ihr aus?«

»Sie wissen doch, die erste Offizierin der Tobens. Kontrollfreak halt. Musste ja irgendwann …« Schulz zögerte. »Ich weiß aber nicht, was das mit Felicitas zu tun hat. Ich denke, Sie wurden von den Tobens beauftragt?«

Mist. Er machte zu. Die Familie Toben war offenbar so etwas wie ein Tabu, über das man nicht sprach. Jetzt galt es, den Anschein zu wahren. »Stimmt, das führt vielleicht zu weit. Lassen wir das.«

Sein Gegenüber war erleichtert. Und zeitgleich fand er sein Rückgrat wieder. »Ich denke, ich würde jetzt gerne gehen.«

»Wo waren Sie am Montag zwischen acht und neun Uhr?« Velten hatte seine Frage leise, aber bestimmt ausgesprochen. Schulz, der gerade im Begriff gewesen war aufzustehen, blieb sitzen.

»Auf dem Weg zur Arbeit. Und ich war pünktlich dort,

wie immer«, antwortete er schließlich. »Ich verabschiede mich von Ihnen, Herr Velten.«

»Halten Sie sich zur Verfügung«, entgegnete Velten mit freundlicher Stimme. Nicht, dass der Mann noch zu viel Rückenwind bekam. Schulz erhob sich, packte seinen Stoffsack und machte sich auf in Richtung Strand. Er schaffte es, sich nicht einmal nach ihm umzudrehen. Aber das war nur eine Fassade. Er ist immer noch ein Kind, das jetzt Drachen steigen geht und das in der Welt der Erwachsenen ins Schwimmen geraten ist, schoss es Velten durch den Kopf.

Jedenfalls hatte er das Gefühl, dass Schulz mehr wusste, als er aus ihm hatte herauskitzeln können. Wenn er bloß mehr Zeit für diesen Fall hätte.

Velten beeilte sich, zu dem Elektronikladen auf der Sandstraße zu kommen. Er betrat ihn um drei Minuten vor Ladenschluss, der Inhaber holte gerade das Werbeschild von draußen herein. Velten kaufte einfach irgendein schwarzes Handy der Mittelklasse. Hauptsache, die Farbe stimmte.

In einer Apotheke fragte er nach etwas gegen Kopfschmerzen.

»Was ist denn passiert?«, fragte der Apotheker mit Blick auf die Schürfwunden in Veltens Gesicht.

»Ich bin gestürzt.«

»Dann sollten Sie vielleicht zu einem Arzt gehen. Mit einer Gehirnerschütterung ist nicht zu spaßen.« Er reichte ihm ein Schmerzmittel. »Ruhen Sie sich wenigstens aus.«

Die nächsten zwei Stunden verbrachte Velten damit, das neue Handy einzurichten und seine Daten wieder vollständig herzustellen. Danach versorgte er im Bad die Verletzungen, die er sich in Sandtners Haus zugezogen hatte. Lädiert, unrasiert. Er sah nicht wirklich vorzeigbar aus. Mehr wie ein Pirat. In dem Moment läutete die Türklingel.

27

»DU HÄTTEST WENIGSTENS duschen können«, sagte Mara, als sie ihn abholte.

»Arbeit ging vor«, murmelte er. Mara gab Gas, er hielt sich am Türgriff der Beifahrertür fest. Ihm war ein wenig flau im Magen. »Konntest du noch etwas über Sandtner rausfinden?«

»Er ist pleite.« Sie steuerte ihren Wagen an der ehemaligen Meierei vorbei, sie ließen die Stadt hinter sich. Vor ihnen ragten in unregelmäßigen Abständen die grasbewachsenen Dünen aus der welligen Landschaft hervor, alles war in goldenes Licht gehüllt. Der Wagen rollte nun gemütlich über die einsame Straße. Wie ein Kajak durch das Wattenmeer. Aber das Plätschern am Bootsrumpf fehlte, die kühlenden Wasserspritzer im Gesicht, die salzige Luft. Die Fahrt ans Ostende der Insel war gefühlt nicht zwei Tage, sondern schon Jahre her.

»Nach dem Tod seiner Schwiegermutter hat Sandtner viel Geld aufgenommen, um die anderen Erben auszuzahlen, und dann noch einmal, um den Umbau finanzieren zu können«, stellte Mara die Ergebnisse ihrer Recherche vor.

»Aber das Bauamt hat von der Zweckänderung Wind bekommen, die Baugenehmigung versagt und eine Nutzungsuntersagung ausgesprochen. Jetzt streitet er mit dem Amt vor Gericht, Ausgang ungewiss. Aber seine Chancen stehen wohl nicht so gut.«

Velten verfolgte einen Vogelschwarm, der nach links zur Nordsee zog. »Seit wann ist das so?«

»Januar. Der Fall wird aber erst im Juni verhandelt. Durch den Stopp der Arbeiten hat Sandtner jede Menge Geld verloren, auch wenn nachher doch zu seinen Gunsten entschieden werden sollte. Aber wenn nicht, wird ihn das finanziell vernichten. Das Nordblick reißt da nichts mehr raus.«

»Traust du Sandtner eine Entführung zu?«

»Weiß nicht. Er ist grob, und ich mag ihn nicht. Es fällt mir trotzdem schwer, das zu glauben.«

Sie fuhren am Campingplatz *Um Ost* vorbei, am Golfplatz, dann an Leuchtturm und Flugplatz. Hinter dem Campingplatz Spilak gabelte sich der Weg, sie bogen die Stichstraße nach Norden ab. Ihr Ziel war das nördlichste Haus der Insel, wie der Betreiber das Nordblick manchmal nannte. Sie parkten das Auto auf dem vorgelagerten Parkplatz und stiegen die Treppen zum Restaurant hoch. Es lag windgeschützt zwischen zwei Dünen, direkt am Strand, der hier schon über zweihundert Meter breit war.

»Es sind die letzten Wochen der Zwischensaison, jetzt sind die Norderneyer noch einmal fast unter sich. Sandtner versucht, das Nordblick auch innerhalb der Inselgemeinschaft zu etablieren.«

»Und, wird es angenommen?«

»Ja, es gelingt ihm überraschend gut, die Saisoneröffnungsparty letztes Jahr war wochenlang das große Thema.« Während sie in der Schlange vor dem Außenbereich warteten, deutete Mara auf einen Mann Mitte fünfzig in weißem Hemd und schwarzer Jeans, der sich gerade angeregt mit einem neu hinzugekommenen Pärchen in seinem Alter unterhielt. »Unser Gastgeber. Den beiden, die bei ihm stehen, gehören zwei kleinere Häuser mit Ferienwohnungen. Sehr nette Leute, gut auf der Insel verdrahtet. Jede Wette, dass er versucht, bei ihnen zu punkten.«

Es gab niemanden, den Mara nicht kannte, und fast niemanden, von dem sie nicht höflich begrüßt wurde. Die Männer trugen meist sportliche Markenklamotten, die Frauen waren eleganter gekleidet. Der Check der Security am Einlass war kurz, aber sorgfältig. Mara ließ man ohne Überprüfung durch.

Von der Terrasse aus hatte man einen kitschig schönen Blick über den Strand, Velten hörte leise die Wellen heranrollen. Die Sicht war klar, am weit entfernten Horizont zeichneten sich winzige Silhouetten der eigentlich riesigen Containerschiffe ab. Mehrere kleine Gruppen von Gästen hatten sich gebildet, die Gesichter der tief stehenden Sonne zugewandt. Aber Mara fröstelte in ihrem kurzen Kleid trotz der übergeworfenen Jeansjacke, und sie gingen weiter in den Innenbereich. Velten drängte sich zur Theke durch und besorgte ihnen zwei Flaschen alkoholfreies Bier. Sie prosteten sich zu. Tische und Stühle waren aus dem holzvertäfelten

Innenbereich herausgeräumt worden, die wenigen Stehtische dienten vor allem als Abstellmöglichkeit für die leeren Sektgläser. Eine Band begann zu spielen, »Gimme Shelter« von den *Stones*. Es war gemütlich.

»Zeit zu arbeiten«, sagte Velten. Sandtner hatte gerade Ort und Gesprächspartner gewechselt, er stand jetzt bei zwei Damen an dem gegenüberliegenden Fenster. »Ich gehe alleine hin und bin freundlich. Mal sehen, was er zu erzählen hat.«

»Ich behalte euch im Auge.« Es klang so, als wollte sie ihm den Rücken freihalten, falls er handgreiflich werden sollte. Nein, er war kein Schläger, und er hatte auch nicht vor, einer zu werden.

Hans Sandtner trug seine ergrauten Haare in einem gepflegten Bürstenschnitt, das Lächeln war aufgesetzt. In der rechten Hand hielt auch er eine Bierflasche. Desinteressiert folgte er dem Gespräch der beiden Damen Mitte fünfzig, die ihre Abendkleider und Perlenketten zur Schau stellten. Ungeduldig wippte er auf den Zehenspitzen auf und ab.

»Die Damen, entschuldigen Sie bitte, darf ich Ihnen Herrn Sandtner kurz entführen?« Velten fasste Hans Sandtner am Unterarm und schob ihn beiseite, ohne eine Antwort abzuwarten.

»Mädels, ihr entschuldigt mich?«, nahm der überrumpelte Sandtner die Einladung an. Die Angesprochenen nickten geistesabwesend und redeten dann direkt weiter. Sandtner folgte ihm, bis sie eine ruhige Ecke erreichten.

»Was kann ich für Sie tun, Herr …?«

»Velten. Ich soll Ihnen viele Grüße von Alea Toben ausrichten.«

»Frau Toben ... Was? ... Das freut mich.«

Velten nahm sich Zeit für die Antwort. Der Mann war
von seinem Aussehen her grob und direkt. Falls er tatsächlich etwas mit Felicitas' Entführung zu tun hatte, würde er
sich vielleicht zu einer unbedachten Äußerung verleiten
lassen. »Aleas Tochter Felicitas ist verschwunden. Was können Sie mir dazu sagen?«

»Verschwunden? Nichts. Wieso?«

»Weil die Tobens vermuten, dass Sie etwas damit zu tun
haben könnten.«

»Nein, habe ich nicht. Wie kommen Sie denn darauf?«
Sandtner wirkte irritiert. Bisher gab er recht überzeugend
den Ahnungslosen.

»Doch. Die Hinweise sind eindeutig.« Manchmal funktionierte die plumpe Tour.

»Warum sind Sie hier?« Sandtners Unverständnis wich
einer ehrlich wirkenden Verärgerung.

»Es gibt Hinweise, die darauf deuten, dass Felicitas gegen
ihren Willen verschwunden ist. Und es gibt Hinweise darauf, dass Sie etwas damit zu tun haben.« Er vermied es, dass
Wort Entführung in den Mund zu nehmen, den Interpreta-
tionsschritt wollte er Sandtner überlassen.

»Gegen ihren Willen? Was soll denn das ... Was denn
bitte schön für Hinweise?«

»Sie werden direkt belastet, Herr Sandtner. In Zusammenhang mit Ihrem Bauprojekt.«

»Sie sprechen in Rätseln, Herr Velten.« Sandtner zog hörbar die Luft ein. Anspannung. Aber keine Panik. Entweder er war recht abgebrüht, oder aber das Bauprojekt selbst war sein wunder Punkt, nicht die Tatsache, dass dort eine junge Frau festgehalten worden war.

»Sie müssen nicht mit mir reden. Das hier ist nur ein Angebot von Frau Toben, um Missverständnisse zu vermeiden, und eine Gelegenheit für Sie, einen vielleicht unangenehmen Besuch aus der Knyphausenstraße zu umgehen. Sie kennen das. Frau Toben hat gewisse Möglichkeiten. Man hilft sich.«

Sandtner sah einen Moment zur Seite, an seinem Hals pochte eine mächtige Ader. Der Hinweis auf das Polizeirevier Norderneys hatte gezogen. Langsam setzte er sein Bier an, trank in großen Schlucken. »Was genau wollen Sie wissen?«, fragte er dann.

»Alles.«

»Fragen Sie.«

Sandtner antwortete. Zu dem ehemaligen Haus der Plauens, das er gerade umbauen lasse, habe für die Zeit des Baustopps niemand außer der Familie Zutritt. Der Baustopp sei natürlich sehr ärgerlich, aber er habe einen Deal mit dem Bearbeiter vom Bauamt, mit dem sich das Problem hoffentlich bald erledigen werde. Es wäre wirklich nicht hilfreich, wenn um das Haus jetzt Gerede entstünde.

Außerdem gab er an, am Montagmorgen bis elf Uhr geschlafen zu haben, im Bett neben seiner Ehefrau, der gut aussehenden der beiden da, von denen Velten ihn weggeholt habe. Den Rest des Montags sei er zu Hause geblieben. »Restpegel, Sie verstehen?«

Der Mann war ehrlich, entschied Velten. Wahrscheinlich hatte Sandtner mit der Entführung direkt nichts zu tun, dafür war er zu kooperativ. Aber vielleicht würde hier noch etwas mehr gehen, an einem anderen Punkt … Er ließ einen Versuchsballon steigen. »Ich nehme an, Sie kennen das Geheimnis der Tobens?«

»Das verstehe ich nicht.« Eine ausweichende Antwort. Wenn Sandtner das Geheimnis nicht gekannt hätte, dann hätte er wahrscheinlich anders geantwortet. Also war da mehr.

»Ich denke, Sie wissen, was ich meine.« Velten zwang sich, Sandtner in die Augen zu gucken. Jetzt nicht zurückzucken, keine Verlegenheitsgesten! Nur weiter schweigen, die Pause nicht füllen. Ein blödes Spielchen, aber es funktionierte.

»Salen«, sagte der Mann schließlich. Im gleichen Moment schien er zu ahnen, dass er einen Fehler gemacht hatte, versuchte, die Sache zu drehen. »Sie sind der Erste, dem ich das sage. Ich vertraue Ihnen.«

»Wer weiß noch davon?« *Salen.* Was sollte das sein? Velten konnte mit der Information noch nichts anfangen, aber jetzt hieß es dranbleiben, vielleicht würde Sandtner noch etwas preisgeben.

»Ich weiß es nicht. Ich bin kein Schwätzer, okay?«

»Wie haben Sie das erfahren?«

»Scheiße, bitte glauben Sie mir. Ein Freund. Vertrauen Sie

mir, der Mann, der mir das gesagt hat, ist ein guter Mann, der hat mit diesem Verschwinden von Felicitas oder was auch immer bestimmt nichts zu tun. Ich auch nicht, okay?«

»Das ist eine ernste Angelegenheit, Herr Sandtner. Einen Namen!«

»Lassen Sie mich in Ruhe, bitte.« Er sprach jetzt lauter und bestimmter. Er hatte wieder Boden unter den Füßen gefunden. Das Verhör hatte keine gute Wendung genommen. »Jetzt dürfte Ihnen ja klar sein, dass Sie mir vertrauen können. Sagen Sie Alea Toben, wenn sie irgendetwas wissen will, kann sie mich gerne direkt ansprechen.«

»Natürlich.« Es wurde Zeit abzubrechen. Dies war nicht der richtige Ort, um das Gespräch weiterzuführen. Aber diese Spur war noch nicht am Ende. »Sie haben mir sehr geholfen. Vielen Dank für das Vertrauen.«

Der Mann atmete hörbar aus.

»Es versteht sich von selbst, dass Sie das, was Sie gerade erfahren haben, für sich behalten. Einen schönen Abend noch.« Er reichte ihm die Hand zum Abschied. Sandtners Händedruck war äußerst kräftig.

Velten schlenderte zurück zur Bar, um außerhalb Sandtners Sichtfeld zu gelangen, und bestellte sich einen Kaffee. Mit etwas Glück würde die Nacht noch lang werden. Er überlegte kurz, wie er weiter vorgehen sollte. Auf dem neuen Handy schrieb er Mara eine Kurznachricht, dass sie sich in fünfzehn Minuten draußen treffen sollten.

Salen. Das Geheimnis der Tobens hieß Salen. Aus den Augenwinkeln sah er, wie Mara seine Nachricht las und sich kurz darauf aus ihrem Gespräch verabschiedete. Der junge Mann, mit dem sie sich unterhalten hatte, lange blonde Haare, Surfertyp, war überrascht von der plötzlichen Abfuhr. Velten musste grinsen.

Salen. Es klang wie ein chemisches Element. Wenn sowohl Schulz als auch Sandtner mit dem Begriff etwas anfangen konnten, gab es wahrscheinlich noch weitere Personen, denen Salen etwas sagte. Ein Ort? Ein Namen? Ob er das Wort einfach mal an einer beliebigen Person ausprobieren sollte? Er besah sich die Menschen um ihn herum. Nein, besser nicht. Besser, er hielt sich an jemanden, der das auf jeden Fall wissen musste, bevor er irgendwelche unvorhersehbaren Reaktionen provozierte.

Velten trank seinen Kaffee aus und schob sich in Richtung Ausgang. Als er noch einmal kurz zu Sandtner hinüberschaute, erschrak er fast. Ein bekanntes Gesicht neben dem Gastgeber. Velten wagte einen zweiten Blick, dann verließ er den Saal. Eindeutig. Neben Sandtner stand Liam Sebold, Maras Ex-Freund.

Okay, das musste nichts heißen, auf so einer Insel kannte man sich eben.

28

»WAS MUSS ICH über Salen wissen?«

Mara sog hörbar die Luft ein. Sie saß auf einer Bank mit Blick auf den Parkplatz, unter der zwei leere Weinflaschen abgestellt waren, die Jeansjacke eng um sich geschlungen. Weit genug entfernt vom Parkplatz, dass das Licht der Laternen nicht zu ihr hinüberreichte, aber nah genug, um alles beobachten zu können. Sie atmete hörbar aus. »Das ist das Geheimnis der Tobens. Hast du das von Sandtner aufgeschnappt?«

»Wer oder was ist das? Was muss ich darüber wissen?« Velten setzte sich neben sie.

»Nichts«, entgegnete sie. »Vergiss den Namen. Das ist zu deinem Selbstschutz. Vertrau mir bitte.«

Salen war ein Name. Wessen Name? Maras Augen verengten sich kurz, sie hatte bemerkt, dass sie bereits zu viel verraten hatte. Sie legte die Hand auf seinen Oberschenkel, um ihm zu signalisieren, dass sie nachdachte, dann fuhr sie fort.

»Die Tobens haben das Erbe der Familie Salen angetreten. Daher ihr Reichtum. Das war's schon.«

Natürlich war es das noch nicht, sonst hätten die Tobens um den Namen nicht so ein Geheimnis gemacht, aber sie wollte ihm offensichtlich noch nicht mehr verraten. Wie sollte er ermitteln, wenn er nicht alle Informationen hatte, die er vielleicht benötigte? Gut, er konnte Mara nicht zwingen, er würde die Information schon erhalten. Wenn nicht von ihr, dann von jemand anderem.

»Und was hat Liam eigentlich mit Sandtner zu tun?«

»Alte Freunde. Warum?«

»Die beiden haben sich gerade angeregt unterhalten.«

Liam, der womöglich schon länger das Geheimnis der Tobens kannte und kein Alibi hatte, traf sich mit Hans Sandtner, der das Familiengeheimnis ebenfalls kannte, der sich in Geldnöten befand, dessen Neffe genau über Felicitas' Angewohnheiten Bescheid wusste und dessen Alibi für den Zeitpunkt der Entführung nur auf der Aussage seiner Frau gründete und in dessen Keller Felicitas offensichtlich festgehalten worden war. Und dieser Sandtner enthielt ihm Informationen vor. Die Fakten waren eindeutig, obwohl er weder bei Sandtner noch bei Liam das Gefühl gehabt hatte, dass sie etwas mit der Entführung zu tun hatten. Es war eine Entscheidung gegen die Intuition und für die Fakten: »Wir sind noch nicht fertig mit Sandtner.«

»Was hast du vor?«

»Ihn ein zweites Mal befragen.« Eine kalte Böe zog über die Dünen. »Tut mir leid, dass ich dich dafür aus dem Warmen geholt habe.«

»Danke. Alles gut.« Sie lächelte kurz, dann wurde sie ernst. »Du meinst, da befragen, wo ihr unter euch seid?«

»Mhm.« Wäre er noch Polizist, dann hätte er Sandtner sofort in Untersuchungshaft genommen und ihn dort weichgekocht. Und jetzt? Er hatte noch keine gute Idee. Alea Tobens Forderung baute sich vor ihm auf, ließ ihm kaum Platz zum Denken.

»In Anbetracht der Umstände müssen wir ihn hart befragen, oder?« Mara verzog keine Miene. Hart befragen. Erweiterte Verhörmethoden hatten die Amerikaner das mal genannt. Es gab viele gute Gründe, weshalb sie grundsätzlich abzulehnen waren. Erpresste Aussagen und Geständnisse waren oft frei erfunden, und vor Gericht hatten sie erst recht keinen Bestand. »Morgen ist die Lösegeldübergabe. Alea wird bezahlen. Danach sind wir und Fee in Gottes Hand. Ich meine, von der Gnade der Entführer abhängig. Wir sollten nicht darauf warten, sondern unseren Job machen.«

»Unseren?« Er hatte nicht vorgehabt, sie da mit reinzuziehen.

»Was meinst du, welchen Auftrag Alea mir wohl gegeben hat? Und ich will ihr nicht sagen müssen, dass wir eine Spur deshalb nicht verfolgt haben, weil wir uns an Regeln halten wollten, die sie nicht akzeptiert.« Sie sah ihn bitter an. »Und glaube mir, du willst das auch nicht. Keine Widerrede. Wir ziehen das gemeinsam durch.«

Sie hatte sich entschieden, ihn zu unterstützen. Nein, sie war geradezu darauf versessen, mit ihm zusammen die

Befragung durchzuführen. Das konnte schwierig werden. »Wie soll das gehen? Sandtner ist der Gastgeber der Party.«

»Ja, und? Lass mich kurz überlegen.« Mara schaute ihn konzentriert an. Er fragte sich, wer hier eigentlich die Ermittlung führte. Ihr war es zu verdanken, dass sie überhaupt bei Sandtner angesetzt hatten. Na ja, genau genommen hatte sie Velten bei seinen Ermittlungen geradezu in die Richtung gedrängt. Wie hatte es Schulz ausgedrückt? Kontrollfreak? Velten bekam eine Ahnung, wieso.

Ein Taxi bog auf den Parkplatz ein. Die Fahrgäste stiegen aus, ohne Mara oder ihn zu beachten. Zwei Pärchen in Abendgarderobe, mit ihrem betrunkenen Herumgealber passten sie überhaupt nicht in die Stille. Velten sah ihnen nach, wie sie den beleuchteten Weg in Richtung Restaurant einschlugen.

»Ich denke, ich habe eine Idee, wie es gehen könnte«, sagte Mara plötzlich. »Wir verhandeln.«

Sie zog das Smartphone aus ihrer Tasche, suchte nach einem Kontakt und drückte Wählen. Kurzer Small Talk. »Ich möchte dir ein Angebot machen. Du hast Informationen, die interessant für mich sind. Und im Gegenzug wird Alea dir helfen.« Sie lachte wieder. »Ja, alleine.« Sie beendete das Gespräch.

»Was hast du vor?«, fragte Velten.

»Ich bringe dir den Mann, den du brauchst. Und du sorgst dafür, dass Fee wieder zurückkommt.«

Es dauerte nicht lange, dann sahen sie wieder Bewegung am Strandzugang. Ein Mann mit breiten Schultern. Mara angelte sich eine der leeren Weinflaschen und ging ihm entgegen. Velten trat in den Schatten der Straßenlaterne und beobachtete von dort das Geschehen.

Sie wartete am Ende des Fußweges auf Sandtner, die Flasche baumelte in ihrer linken Hand. Vorsichtig kam Sandtner auf sie zu.

»Mara«, sagte er nur.

»Komm mit, lass uns reden.« Sie deutete zum Parkplatz. Ging ein paar Schritte voraus bis zu einem geparkten SUV.

Er folgte zögerlich.

»Hast du etwa Angst vor mir?«, fragte sie.

»Also, was wolltest du besprechen?« Sandtner näherte sich ihr, blieb dann in zwei Metern Entfernung stehen und blickte auf die Weinflasche in Maras Hand. Plötzlich warf Mara die Flasche auf den gepflasterten Gehweg, wo sie zersplitterte, schnellte nach vorne und versetzte Sandtner einen harten Schlag gegen die Schläfe. Völlig überraschend getroffen, drehte er sich um die eigene Achse, dann sackten ihm die Beine weg und er fiel beinahe ungebremst zu Boden. »Was …?« Er hielt schützend die Arme vor sich, blinzelte.

Mara stürzte sich auf ihn, traf ihn zuerst am Brustbein und dann, er hatte vor Schmerz und Luftnot die Deckung aufgegeben, am Kinn. Sein Hinterkopf prallte gegen den Asphalt. Sandtner blieb liegen.

Sie zog eine Pistole, Velten erkannte sofort die markante Form einer Beretta 92, und setzte sie ihm auf die Stirn. Die

Waffe war mit einem Schalldämpfer versehen. »Kein Scheiß, verstanden?«

Der Mann schloss schicksalsergeben die Augen.

29

AUF DER RECHTEN Seite erstreckten sich die dunklen Weiten des Osthellers. Sie erreichten den letzten Parkplatz vor Inselende. Velten stieg aus, entfernte die Pfähle, die den schmalen Weg zum Wattenmeer für Fahrzeuge versperrten, und stieg wieder ein. Behutsam lenkte Mara das Auto auf den kleinen Deich, der die sumpfigen, für Pferdewirtschaft genutzten Wiesen vom Watt trennte. Am äußersten Punkt hielt sie wieder an, stellte den Motor ab und schaltete alle Lichter aus. Hinter ihnen erklang ein unruhiges Wimmern.

Velten und Mara stiegen aus. Der kühle Wind hatte auf Südwest gedreht und an Stärke zugenommen. Trotz der Dunkelheit konnte Velten erkennen, dass ihre Augen feucht schimmerten. Grau-schwarz schwappten Wellen in den Salzwiesen. Man konnte das Wasser förmlich riechen. Es war Flut.

Mara öffnete die hinteren Türen und zerrte Hans Sandtner hervor, schubste ihn mehrfach vor sich her. Als sie den flachen Deich hinuntergingen, trat sie ihm von hinten in die Kniekehle. Er fiel, die Hände durch seinen Gürtel auf dem Rücken fixiert, ungelenk die letzten Meter des Hangs hinunter und rollte in eine kleine, mit Wasser gefüllte Senke.

Kurzes Geschnatter, Flügelschlagen, das sich von ihnen entfernte.

Sandtner mühte sich auf die Knie. Mara setzte ihren Fuß zwischen seine Schultern.

»Wo ist Felicitas?«

»Ich weiß es nicht.«

»Falsch.« Beinahe beiläufig trat sie zu, dann ging sie den Deich wieder hoch. Setzte sich. Beobachtete Sandtner, der kopfüber ins Wasser gefallen war, und sich mühsam wieder nach oben kämpfte.

»Ich hab es verstanden«, stöhnte er. Er schnappte nach Luft, dann fuhr er fort. »Ich hab verstanden! Ich weiß es wirklich nicht. Ich hab dem Velten eben alles gesagt, was ich weiß. Wirklich.«

»Das sieht nicht gut aus für Sie.« Velten wartete, bis Sandtner ihn ansah. »Felicitas Toben wurde entführt. Vielleicht wurde sie misshandelt. Auf jeden Fall wurde sie in dem Keller Ihres Hauses festgehalten.«

»Das, das wusste ich nicht.«

»Nein. Und selbst wenn, dann wäre es mir übrigens egal. Schon allein damit sind Sie Mittäter«, log er.

»Nein, nein …«

»Ich weiß, dass Sie pleite sind. Sie brauchen viel Geld, und Sie brauchen es schnell. Wissen Sie, was ich denke?«

Sandtner öffnete den Mund und schloss ihn wieder, ohne etwas gesagt zu haben.

»Ich denke, dass ich gerade ein ganz mieses Arschloch vor mir habe.«

»Nein nein …«

»Wer hat Ihnen den Namen Salen verraten?«, fuhr Velten ihn an.

»Ein guter Mann. Glauben Sie mir, er würde Felicitas niemals etwas antun.«

»Falsch.« Mara boxte dem Mann beiläufig, aber hart vor die Stirn, der fiel rückwärts ins Wasser. Prustend und japsend kämpfte der sich wieder nach oben. Der Mann zitterte.

»Von wem wissen Sie von Salen?«, wiederholte Velten.

Der Mann wand sich förmlich. »Glauben Sie mir, dass ist nicht wichtig.«

»Einen Namen«, insistierte Velten freundlich.

Mara schaltete sich ein. »Hans, du wirst hier sterben.«

Sandtner hörte auf zu wimmern.

»Ich vertraue dir ja, Hans«, fuhr Mara fort. »Du hast uns heute Abend schon sehr geholfen. Du bist ein guter Junge. Und das hier kann alles ganz prima enden. Alles, was wir wollen, ist, dass Fee wieder zu ihrer Familie zurückkehrt. Wir tun alles dafür. Und du solltest das jetzt besser auch tun.«

»Was genau soll ich tun?«

»Wir wollen nur den Namen«, wiederholte Mara mit sanfter Stimme.

Sandtner sah Mara lange an. »Rosenbrand. Markus Rosenbrand.«

Mara stand mit mühsam kontrollierter Wut auf. »Wer weiß noch davon?«

»Das hat sich wirklich noch nicht zu euch herumgesprochen? Echt nicht?« Sandtner begann zu lachen. Erst gequält, dann immer heftiger.

»Es ist dem Rosenbrand rausgerutscht, als er mal wieder besoffen war. Vorletztes Silvester war das, in der ganz großen Runde im Klabautermann. Eben, auf der Party, da hättest du jeden zweiten fragen können. Wenn ich es nicht von Markus erfahren hätte, dann halt von irgendjemand anderem. Das große Geheimnis der Tobens ist kein Geheimnis mehr. Seit Jahren schon.«

30

Donnerstag, 18. April
02:00 Uhr

MARA HATTE NICHT mehr gesprochen. Nicht während des weiteren, ergebnislosen Verhörs, nicht, als Sandtner sie erst durch die Räume seines Privathauses und dann durch die im Nordblick führte, wo sie ihn schließlich entließen. Nicht auf der nächtlichen Rückfahrt durch das farblose Inselnnere. Eine Wolke schob sich vor den Mond, das Dunkel verdichtete sich. Mit Schuld musste jeder für sich alleine fertigwerden. Mit Versagen ebenso. Vor Veltens Haus hielt sie an.

»Das war's dann wohl.« Sie ließ die Hände vom Lenkrad hinunter in den Schoß gleiten, als wären sie ihr zu schwer geworden.

»Ja.« Kapitulation. Der gesamte Ansatz, die Ermittlungen darauf zu konzentrieren, welche Personen vom Reichtum der Tobens wissen konnten, hatte sich mit Sandtners Aussage in Luft aufgelöst. Und es blieb keine Zeit mehr, irgendetwas anderes zu versuchen. »Wir müssen die Polizei einschalten.«

»Oder beten, dass Fee nach einer Lösegeldübergabe freikommt.« Ihre Stimme klang belegt. Von der Energie, die sie eben noch gegenüber Sandtner gezeigt hatte, war nur noch wenig übrig. »Glaubst du, dass sie Fee etwas zuleide tun?«

»Nein, denke ich nicht«, hörte sich Velten überraschend überzeugend sagen. »Nein. Sie haben keinen Grund, ihr etwas anzutun. Genau, wie ich es Alea Toben gegenüber gesagt habe, das war kein leeres Gerede. Sie wissen, wie Terror funktioniert. Es ist das Nicht-Wissen, dass uns lähmt, die Angst, dass etwas passieren könnte. Nicht die Bilder dessen, was passiert ist und nicht mehr ungeschehen gemacht werden kann. Das würde nur Wut erzeugen. Die Entführer aber wollen, dass wir uns vor Angst nicht mehr bewegen.« Das war eine lange Antwort geworden. Ich rede mir selber Mut zu, dachte er.

»Du sagst *denken* und nicht *glauben*.«

»Pass auf, morgen kommt eine neue Nachricht. Eine Nachricht zur Lösegeldübergabe. Sie brauchen Felicitas. Sie wollen nur Geld haben, sie wollen ihr nichts antun. Ihr geht es gut.«

Das stimmte nicht, dachte er. Im zweiten Video hatte Felicitas zwar trotz der Fesseln immer noch sicher gewirkt, aber nicht mehr so wie im ersten. Und das war noch vor dem Fehlschlag mit dem Haus gewesen. Er versuchte, den Schatten wegzuwischen.

»Ich will nicht alleine in meine Wohnung«, sagte Mara. »Kann ich hierbleiben?«

Er ging voraus, Mara folgte ihm schweigend. Ihre Schritte hallten durch das dunkle Treppenhaus. Er stieß die Wohnungstür auf, das Deckenlicht flammte gelblich auf. Einer der beiden Stühle war mittags umgefallen, er hatte ihn nicht aufgehoben. Über der Lehne des anderen hing immer noch die längst getrocknete Regenjacke. Im fiel auf, wie staubig und abgestanden alles roch.

»Du bist ein Einzelgänger, oder?«, fragte Mara. Sie lief zu dem Eimer, den er zum Brauen verwendet hatte, und nahm den Deckel ab. »Die Gärung ist vorbei. Du musst abfüllen.«

»Irgendwie war ich mit den Gedanken in letzter Zeit woanders.«

»Ja.« Sie betrachtete den Esstisch, die Küche, die wenigen Möbel in dem Zimmer. »Weißt du, ich habe tatsächlich ein Dossier über dich angelegt. Ich wollte wissen, mit wem ich da zusammenarbeiten soll. Aber ich habe nichts wirklich Aussagekräftiges gefunden. Du scheinst eine Mauer aus nichts um dich aufgebaut zu haben. Und aus Arbeit. Was ist da noch?«

Wie sollte er es sagen? Da war ja wirklich nichts. Und das war ja auch richtig so. Einmal aufräumen, alles raustun aus dem Leben. Und dann nur noch gezielt die Sachen wieder reinstellen, die ihm guttaten. »Mir geht es gut.«

»Es hat nichts mit dem Job zu tun, oder?«, fragte sie, seine Antwort ignorierend, weiter.

»Nein.« Velten war perplex über die Frage. »Nein. Es ist anders.«

»Es ist immer anders. Die wenigsten verstehen das.« Sie

blickte ihn nicht an, sondern verlegen nach unten. »Ich weiß genau, wie das ist. Allein sein. Es tut gut. Weil man weiß, was wichtig ist. Und sich dann darauf konzentrieren kann.«

»Es hat sich so ergeben.«

»Manchmal ist es auch eine Entscheidung.«

Die Jacke, die sie über das dünne Cocktailkleid gezogen hatte, sah auf einmal viel zu groß für sie aus. Sie hatte dunkle Ringe unter den Augen. Was mal ihre Frisur gewesen war, hatte der Wind nachhaltig zerstört. Ihm fiel erst jetzt auf, wie zart und zerbrechlich ihr Gesicht war. Das, was ihr Leben die letzten Jahre ausgemacht hatte, war in den vergangenen drei Tagen weggebrochen. Und sie hatte tatsächlich gehofft, dass er ihr würde helfen können.

»Möchtest du ein Glas Wasser? Ich mache dann das Bett fertig.«

»Und du?«

»Das Sofa ist okay.«

Sie verschränkte die Arme vor ihrem Oberkörper, als ob sie frieren würde, dann rückte sie nah an ihn heran.

Ihr Kopf lehnte an seinem Hals, ihre Arme drückten irgendwo gegen seinen Bauch. Er musste daran denken, wie sie den Bodybuilder Sandtner binnen Sekunden ausgeknockt hatten. Etwas zögerlich legte er seine Hände um ihre Schultern. Er spürte einen scheuen, tastenden Kuss, Hände, die unter sein T-Shirt griffen. Sie manipuliert mich, dachte er.

Dann fanden sich ihre Lippen, ich sollte das nicht tun. Blödsinn, natürlich, warum denn nicht. Ihre Hände machten sich an seinem Gürtel zu schaffen, er zog ihren Slip herunter, auf einmal fand er sich auf dem Sofa wieder, sie über ihm, bei ihm, warme Oberschenkel an seinen, sie biss ihm in die Lippen. Er hielt sie fest, so fest er konnte, alles andere war nicht mehr wichtig, und dann verschwanden die Gedanken endlich.

31

ES WAR WARM. Angenehm warm. Er lag auf dem Rücken, fühlte Maras Körper an seiner rechten Seite, er spürte unter der Bettdecke mit den Fingerkuppen ihren Rücken entlang. Sie waren hier wie in einer Kapsel vom Rest der Welt getrennt. Die weiß gestrichenen Dachbalken über ihm ließen den schmalen Raum größer wirken. Kleine Tropfen klopften an das seitliche Dachfenster, der Regen hatte gerade erst begonnen, der Himmel leuchtete noch in hellem Grau.

»Wir haben einen Fehler gemacht, oder?«, fragte sie. »Das war nicht ganz der ideale Zeitpunkt.«

»Ich denke, das war schon okay.«

»Denken oder glauben?«

»Ich bin davon überzeugt.« Er drehte sich zu ihr hin. »Der Unterschied ist dir wichtig, oder? Bist du gläubig?«

»Ich mag die Vorstellung, dass meine Existenz nicht ganz sinnlos ist.«

»Ich auch.« Er richtete den Blick wieder nach oben, um das Thema schnell wieder zu beenden. Diese Diskussion konnte man nicht führen, die bestehenden Indizienketten ließen sich zu einfach sowohl in die eine als auch in die andere Richtung interpretieren. Beweis ausgeschlossen.

Letztendlich suchen wir doch alle das Gleiche. Eine Aufgabe, die wir erfüllen können. Eine Aufgabe, die einem höheren Zweck dient. Als er damals die Stelle beim BKA angetreten hatte, hatte er gedacht, er hätte sie gefunden. Wie sehr er sich damals mit seiner Aufgabe identifiziert hatte! Oder war er in dieser Zeit einfach schwach gewesen, empfänglich für das ganze Geschwafel über den Schutz des demokratischen Staates, dem Dienst an der Gesellschaft, Verteidiger der Werte. Dankbar für einen neuen Sinn im Leben? Erst recht, nachdem er mit seiner Familie hatte brechen müssen? Familie? Gewisse Grenzen der Moral übertrat man nicht, und man verteidigte auch nicht diejenigen, die diese übertreten hatten, egal, wie nahe man ihnen war. Opa, Papa, Mama. Er hatte sich nie mehr erkundigt, was aus ihnen geworden war.

Der Himmel wurde dunkler, dazu hatte der Wind aufgefrischt und lärmte und wimmerte um sie herum. Es war so warm und gemütlich hier drinnen. Das Klopfen der Regentropfen wurde heftiger.

»Regen.« Da war ein Gedanke, er wollte ihn festhalten. »Wie am Montag.«

»Fee.« Maras Stimme klang schuldbewusst.

»Nein, warte. Ich dachte da an … Sag mal, wie diszipliniert war Fee eigentlich?«

»Warum?«

»Hatte sie eigentlich einen festen Trainingsplan?« Velten

dachte an die Zeit, als ihm das Laufen wichtig gewesen war und er jeden zweiten Morgen, bei jedem Wetter, seine Trainingseinheiten absolviert hatte. Im vergangenen Jahr hatte der Ehrgeiz kontinuierlich nachgelassen, inzwischen lief er deutlich unregelmäßiger und vor allem nur dann, wenn der Wetterbericht keinen Niederschlag vorhergesagt hatte. Durch das Kajakfahren war es noch weniger geworden. »Ist sie jeden Montag laufen gegangen?«

»Ich weiß es nicht. Aber die Daten sind ja noch da. Ich hab dir einen Zugang eingerichtet.«

»Wo ist denn mein Handy ...« Er tastete mit der freien Hand neben der Matratze.

»Ich weiß, wo meins ist.« Sie drückte sich von ihm hoch, schnell, schneller, als es ihm recht war.

»Nein, wir haben keinen Fehler gemacht«, sagte er noch einmal, als sie sich anschickte, über die Leiter nach unten zu klettern. Ihr athletischer Körper mit den kleinen Brüsten verschwand in der Luke zum Wohnbereich, sie lächelte ihn an.

Dort, wo sie eben noch gelegen hatte, wurde ihm kalt. Doch, es war ein Fehler gewesen. Sie ging ihm gerade voraus, würde die alten Positionsdaten, die mit Felicitas' Uhr und den RFID-Chips aufgezeichnet worden waren, vor ihm sehen und vielleicht sogar noch manipulieren können. Sie hatte von Anfang an seine Ermittlungen begleitet, kommentiert und nicht selten mit Hinweisen derart unterstützt, dass er, so kam es ihm nun vor, nur noch in die Richtung gehen brauchte, die sie ihm gewiesen hatte. Vorsicht, warnte er sich.

»Hm, sie ist ein wenig früher losgelaufen als üblich, aber eine große Abweichung ist es nicht«, rief Mara bereits von unten, während er auf dem Weg zu ihr war. »Willst du es dir selbst mal angucken?«

Ihn beschlich wie jedes Mal ein kalter Schatten, wenn er archivierte Daten einsah, die niemals für diese Zwecke gedacht waren. Wenn er Einblick in die privatesten und teilweise intimsten Lebensbereiche von Zielpersonen bekam. Felicitas hatte in den letzten sechs Monaten halbwegs stetig ihre Laufrunde absolviert, immer die gleiche Strecke, meistens montags und donnerstags, manchmal auch um einen Tag nach hinten verschoben, immer morgens, mit nur geringen Abweichungen bei der Startzeit. Nach dem Training legte sie stets eine kurze Pause ein und ging anschließend in ihren Buchladen, wo sie gegen neun Uhr ankam. Die Abweichung von einer halben Stunde nach vorne war ungewöhnlich, fiel aber auch nicht aus dem Rahmen.

»Vielleicht hatte sie vorher in ihre Wetter-App geschaut, wollte dem Regen aus dem Weg gehen und hat deshalb den Start nach vorne geschoben«, vermutete Mara.

»Und trotzdem hat der Überfall vom Timing her perfekt funktioniert, als ob die Täter Zugriff auf diese Daten gehabt hätten.« Er räusperte sich. »Die Täter müssen das Haus und auch Felicitas genauestens überwacht haben. Vielleicht ein Ansatz.«

»Für den wir kaum noch Zeit haben.« Mara biss die Zähne zusammen. »Wenn ich dir sage, dass auf diese Daten nur Alea, Richard, Felicitas, ich und inzwischen du Zugriff haben, verdächtigst du mich dann wieder?«

»Nein.« Er schluckte. »Das will ich nicht.«

»Aber du tust es.« Sie begann, ihre Kleidung vom Boden aufzusammeln. »Vielleicht kann ich dir das nicht einmal verübeln. Aber es ist trotzdem scheiße.«

»Es war kein Fehler, okay?«

»Alles gut.«

Velten setzte Kaffeewasser auf, die Maschine hatte er als Teil des Wohnungsinventars übernommen, sie war mindestens so alt wie er. Langsam fielen die braunen Tropfen in die Glaskanne, das Zischen des aromageschwängerten Wasserdampfes durchbrach die Stille des Raumes. Er sah Mara zu, wie sie sich anzog. Sein Blick streifte durch dieses lächerliche Zimmer, das er tatsächlich sein Zuhause nannte. Natürlich war mit ihm etwas nicht in Ordnung. Er war Mitte vierzig und wohnte in etwas, das einer Studentenbude ähnelte. Aber das machte ihm nichts aus. Und allein. Er hatte sich dafür entschieden.

»Sag mal, Felicitas und du, ihr wart euch sehr nahe, oder?« Er nahm die Glaskanne von der Maschine, füllte ihren Becher und stellte den Behälter zurück unter das Filterelement.

»Danke.« Mara nahm die Tasse mit beiden Händen entgegen. »Ja, ich denke, das kann man so sagen.«

»Wie kam das eigentlich? Und was ist mit gleichaltrigen Freunden? Oder Freundinnen?«

»Das war halt so.« Ihr war anzumerken, dass sie eigentlich nicht reden wollte. Aber sie überwand sich. »Ihre Eltern hatten immer viel zu tun, manchmal waren sie ein paar Tage nicht da, vor allem am Anfang. Ich aber schon, ich war eigentlich immer um sie herum. Und daraus hat sich das entwickelt. Liam und ich, wir hatten ja zuerst auch die Einliegerwohnung in der Villa, es fühlte sich fast so an, als wären wir Teil der Familie. Waren wir auch. Zu Weihnachten, Ostern, an Geburtstagen und so weiter. Daraus ist das entstanden. Aber das ist lange her.«

»Wie eine große Familie«, murmelte Velten. »Das war jetzt nicht sarkastisch gemeint.« Er war eher neidisch, ergänzte er in Gedanken.

»Ja. Oder so ähnlich«, versetzte sie bitter. Velten fragte sich, wie das wohl genau gemeint war, wollte aber nicht nachbohren.

»Und Freunde in ihrem Alter?«, griff er das eigentliche Thema noch einmal auf.

»Es gab keine. Ein paar belanglose Bekanntschaften, Leute, neben denen sie in der Schule saß und so. Aber keine, die sie je als ebenbürtig ansehen wollte. Vielleicht wollte sie auch nur in Ruhe gelassen werden. Alleine sein. Ihr Leben waren die Bücher. SIND die Bücher«, korrigierte sie sich.

Ihre beiden Smartphones signalisierten gleichzeitig, dass eine Nachricht angekommen war.

»Von Alea.«

»Ja.«

32

FELICITAS. SIE SAH abgekämpft aus, müde. Ihr Kopf war nach vorne gebeugt, mehrere verklebte Strähnen hingen ihr ins Gesicht. Es war eine Einstellung ähnlich der beim letzten Video, nur ein wenig tiefer, das Seil, das sich um ihren Hals und die hinter ihr befindliche Säule zog, war nun auf den ersten Blick deutlich zu sehen. Und die tief einschneidenden, fast blutigen Druckstellen, das Seil war enger geschnürt als das letzte Mal.

Nein, bitte nicht, dachte Velten. *Hab ich mich so geirrt? War ich doch im falschen Keller?* Nein, er war sich so sicher gewesen. Und Mara ja auch.

Felicitas verharrte noch einen Moment, sie schnappte mit flachen Atemzügen nach Luft, spannte ihre Muskeln an, soweit es ihr möglich war. Dann sah sie in die Kamera. Ihre Augen waren erst abwesend leer, dann sprühten sie auf einmal vor Verachtung.

»Mein Gott«, murmelte Mara neben ihm.

Felicitas sprach mit trockener Stimme, so schnell es ihr möglich war: »Ein unbewaffneter Bote soll sich bereithalten, die zwei Millionen Euro in zwei Rucksäcken an einen

Ort zu bringen, der noch bekannt gegeben wird. Keine Polizei, keine Tricks. Genauere Anweisungen kommen um zwanzig Uhr. Mama, Papa, macht genau das, was von euch gefordert wird, dann werde ich am Freitag frei sein. Ansonsten werde ich diesen Tag nicht überleben.«

Sie schloss ihre Augen, das Video stoppte.

»Mara, du machst das. Es ist alles vorbereitet.« Alea Toben hatte schnell gesprochen. Sie klappte überhastet den Deckel des Notebooks zu.

Mara nickte. Es war offensichtlich, dass sie erwartet hatte, diese Aufgabe übernehmen zu müssen.

»Das ist gefährlich«, schaltete sich Velten ein. »Die Entführer sind bewaffnet. Wir wissen nicht, was sie vorhaben.«

»Ich mache das gerne.« Mara sah ernst und gefasst aus. »Das bin ich Fee schuldig.«

»Ja. Und das wissen die Entführer«, erwiderte er, um Zeit zu gewinnen. »Mir geht es darum, dass wir uns das Risiko bewusst machen.«

»Er vertraut mir nicht«, sagte Mara, an Alea Toben gewandt. »Er kann den Gedanken nicht loslassen, dass ich etwas damit zu tun habe, und vermutet wohl, ich würde mit dem Geld durchbrennen.«

»Nein, ich mache mir um dich Sorgen!« Während er das sagte, merkte Velten, dass er das tatsächlich glauben wollte. Ja, das war es. Ohne es geplant zu haben, erhob er seine Stimme. »Warum soll die Übergabe erst heute Abend stattfinden, wenn die Dämmerung nicht mehr weit ist? Warum betonen sie extra, dass der Bote keine Waffen dabeihaben soll? Wenn das Geld nur an einem unbekanntem Ort platziert werden sollte, wäre diese Forderung überflüssig.«

»Ich ... ich will Fee nicht im Stich lassen.« Es war Mara anzumerken, dass sie ihren Vorschlag nicht zurückziehen wollte, aber auch keine Argumente fand. »Ich passe auf, versprochen.«

»Danke. Aber Sie haben recht, Herr Velten. Ich kann das nicht verantworten«, sagte Alea Toben schließlich. Sie hob beschwichtigend die Hände, um Widerspruch zu unterdrücken. »Fees Entführung war schon schlimm genug. Ich möchte mir nicht vorwerfen müssen, auch noch dich in Gefahr gebracht zu haben.«

»Aber ...«, setzte Mara an.

»Ich werde gehen. Sonst niemand«, unterbrach Alea Toben sie.

»Das geht nicht, nein. Nein, ich gehe. Es ist meine Schuld. Alea, das ist zu gefährlich.« Mara wollte nach ihrer Hand greifen. Alea Toben schob sie weg.

»Hör auf. Meine Entscheidung steht.«

Velten wollte irgendetwas sagen, wusste aber nicht, was. Was hier passiert war, war falsch. Eine ungute Eigendynamik. Die Entscheidung war zu schnell gefallen. Alea Toben stand in der Mitte des Raumes, den Rücken durchgedrückt. Mara sah ihn mit wütendem Blick an, dem er ausweichen wollte.

»Wenn die Übergabe des Lösegelds erst am Abend stattfinden soll, dann lasst uns doch diese zusätzliche Zeit nutzen.« Velten zwang sich, konstruktiv zu denken. Auf dem

Wohnzimmertisch stand das zugeklappte Notebook. »Wir ändern noch einmal die Strategie. Wir suchen nicht mehr nach möglichen Wissensträgern, sondern nach dem Versteck. Das Video enthält ja entsprechende Hinweise.«

»Der gleiche Hintergrund. Wir müssen im falschen Haus gewesen sein.« Maras Gesicht spiegelte seine Gedanken wieder: Dann hatten sie auch Hans Sandtner zu Unrecht verdächtigt.

»Es ist immerhin eine Chance. Vielleicht finden wir ein anderes Haus oder eine andere Baustelle. Den Ort, an dem Felicitas nach wie vor gefangen gehalten wird.«

»Ja.« Es war, als ob Mara die Möglichkeit sah, einen Fehler wiedergutmachen zu können, den sie nicht begangen hatte. Sie sagte, sie wolle sich noch einmal mit dem Bauamt zusammensetzen und Akten durchforsten.

»Ich schaue mal, ob mir in der Zwischenzeit eine entsprechende Baustelle auffällt. Kein sehr effizienter Ansatz, aber immerhin eine Möglichkeit.«

Mara und Alea Toben stimmten ihm zu.

»Herr Velten. Sie haben noch elf Stunden, Felicitas zu finden. Ansonsten werde ich tun, was getan werden muss.«

Alea Tobens Theatralik klang seltsam falsch. Etwas verwirrt, verließ Velten die Villa, das Video hatte eine Kette von Reaktionen ausgelöst, und das beschäftigte ihn.

Es war davon auszugehen, dass die Entführer Felicitas äußerst genau beobachtet hatten, ebenso sorgfältig und perfekt hatten sie die Entführung selbst durchgezogen: Lag es dann nicht nahe, dass sie auch die folgenden Handlungen minutiös geplant hatten? Jedes Wort in den Videos zumindest genau abgewägt hatten? Und vor allem die Reaktionen der Tobens mindestens erwarteten, wenn nicht so sogar zu steuern versuchten?

Er hielt es nach wie vor für unwahrscheinlich, dass er und Mara sich bei dem Haus vertan hatten. Er bemerkte, dass er den Beginn einer Gedankenkette gefunden hatte, deren Ende er noch nicht kannte, die er aber alleine weiterführen wollte. Ohne Mara. Alea Toben hatte das Video der Entführer an Mara und ihn weitergeleitet, aber den Text, den Felicitas aufgesagt hatte, konnte er bereits auswendig. Sie hatte wieder nicht explizit angesprochen, dass Mara und er nach ihr gesucht hatten, also gegen die Anweisungen der Entführer gehandelt hatten. Es gab auch keine Anhaltspunkte dafür, dass das Video heute gedreht worden war.

Zuallererst aber musste er in das Haus der Sandtners. Vielleicht waren die Entführer ja zu ihrem ersten Versteck zurückgekehrt.

Welches Versteck konnte sicherer sein als eines, das vorher vergebens durchsucht worden war?

33

Donnerstag, 18. April
10:00 Uhr

VELTEN VERSICHERTE SICH, dass niemand ihn beobachtete, und betrat dann die Baustelle der Sandtners. Das Fenster, durch das er zwei Tage zuvor das Haus betreten hatte, war noch immer nicht verschlossen worden. Er ging direkt in das Kellergeschoss. Er konnte keine Veränderungen in den Wohnungen feststellen. Die Säule, die Einkerbungen am Boden – ganz sicher, er war im richtigen Haus. Er hatte richtiggelegen – und es dann versaut. Keine Frage.

Maras Suche nach einer alternativen Baustelle würde vergebens sein. Sie hatte gesagt, sie würde ihre Kontakte beim Bauamt nutzen. Wieder einmal wunderte sich Velten, über welche Möglichkeiten Mara oder zumindest die Familie Toben zu verfügen schien. Familie Toben oder Familie Salen? *Die Tobens haben das Erbe der Familie Salen angetreten.* Wie hatte Rosenbrand dieses angeblich so gut gehütete Geheimnis lüften können?

Markus Rosenbrand. Vielleicht hätte er ihn, den von Alea Toben zuerst genannten Verdächtigen, doch intensiver überprüfen sollen, anstatt sein Hauptaugenmerk auf Mara zu richten. Ein wenig Zeit war noch, vielleicht konnte er das noch nachholen.

Als er Maras Wagen in die Einfahrt zu Rosenbrands Gehöft steuerte, fiel ihm auf, dass dieses bei Tageslicht weit verlassener und heruntergekommener aussah, als er es von seinem nächtlichen Besuch in Erinnerung hatte. Die nach vorne liegenden Fenster waren mit dreckigen Gardinen verhangen, eines war sogar zugemauert. Die Fensterläden hingen windschief. Von der Haustür blätterten vergilbte Farbschichten ab.

Er parkte den Wagen direkt neben dem Volvo, der noch immer exakt so dastand wie vor zwei Tagen. Auf sein Klingeln wurde wider Erwarten direkt die Tür geöffnet, als ob jemand direkt dahinter gestanden und auf ihn gewartet hätte.

»Guten Tag, meine Name ist …«

»Tobias Velten«, fiel ihm ein groß gewachsener Mann ins Wort. Gepflegte graue Haare, korrekt sitzender Scheitel, ein Gesicht, das zwar frisch rasiert war, aber trotzdem verbraucht wirkte. Eine Lesebrille hing an einer Schnur um seinen Hals und baumelte vor der Brust. »Ich bin Markus Rosenbrand, mir wurde von Ihnen berichtet.«

»Ich …«

»Sie spielen den guten Cop. Kommen Sie rein. Sie brauchen nicht zuzuschlagen, ich werde Ihnen Ihre Fragen auch so beantworten.«

Der hagere Mann ging in einen dunklen Flur. Es roch nach nasser Kleidung und kaltem Rauch, das erinnerte Velten an den morgendlichen Geruch beim Aufstehen, aus der Zeit vor den Rauchverboten, wenn man am Vorabend auf dem Heimweg von der Kneipe vom Regen überrascht worden war. Rosenbrand führte ihn durch ein heruntergekommenes Durchgangszimmer, das früher einmal als Esszimmer gedient haben mochte, jetzt aber eher einem unaufgeräumten Kellerraum glich. Auf dem Tisch Bücher, Zeitungen, leere Farbeimer und sogar eine alte Pferdedecke. Die ursprünglichen Funktionen des restlichen Mülls konnte er nicht erkennen.

»Es stimmt, was die Leute Ihnen wahrscheinlich über mich erzählt haben. Loser, Messie, Alkoholiker, abgestürzt, was auch immer. Aber ich habe mich trotzdem im Griff, wenn es sein muss. Jedenfalls fast immer.« Er blieb an einer Tür stehen und deutete einladend in das angrenzende Zimmer. Velten erkannte das Wohnzimmer wieder, das er beim letzten Mal noch von außen betrachtet hatte. Es war weit aufgeräumter als der Durchgangsraum, auch die Luft war besser – wahrscheinlich, weil die Terrassentür sperrangelweit geöffnet war. Auf dem Wohnzimmertisch stand eine weiße Porzellankanne auf einem einfachen Metallstövchen, in dem ein Teelicht brannte, daneben eine kleine Karaffe mit Milch, eine Schale mit Kandiszucker sowie zwei leere Tassen.

»Ich bekam einen Anruf von einem, na ja, nennen wir es gemeinsamen Bekannten, mit dem Sie sich gestern Abend«, er räusperte sich, »ähem, unterhalten haben. Er sagte, ich würde wahrscheinlich bald Besuch bekommen. Also habe ich uns etwas zu trinken vorbereitet, dann erzählt es sich besser.«

Velten nahm auf dem Sessel Platz und versank beinahe in den Polstern, Rosenbrand setzte sich ihm gegenüber auf den mittleren Platz seines Sofas. Er freut sich beinahe, Gesellschaft zu haben, dachte Velten.

»Es würde mir wahrscheinlich guttun, wenn ich gelegentlich Leute einlüde. Aber es würde sowieso fast niemand kommen, also kann ich es auch direkt sein lassen.« Er schenkte ihnen Tee ein, dabei zitterte die Hand. Nervosität, vielleicht auch Entzugserscheinungen. »Normalerweise würde ich da jetzt Rum reintun, aber das lasse ich jetzt mal besser.«

»Erzählen Sie mir bitte alles, was Sie über die Salens wissen. Und wie Sie es herausgefunden haben.«

»Menschen sind überaus erfinderisch und hartnäckig, wenn ihnen eine Sache wichtig ist. So war ich auch. Aber der Grund, weshalb ich fündig geworden bin, war letztlich, dass ich aus der anderen Richtung gesucht habe. Hätte ich gezielt nach den Salens gesucht, wäre ich wahrscheinlich nie auf die Tobens gestoßen.«

»Und wonach haben Sie gesucht?«

»Warten Sie ab. Ich habe den Tee auch deshalb gemacht, weil es etwas länger dauern wird. Ich habe es lange mit mir herumgetragen, und jetzt überschlagen sich die Ereignisse. Sie sind meine Gelegenheit, reinen Tisch zu machen.«

Rosenbrand nippte an seiner Tasse, dann begann er umständlich zu erzählen. Er und Alea Toben hätten sich noch aus ihrer Jugend gekannt, die sie beide auf Norderney verbracht hatten. Einen gemeinsamen Sommer wären sie trotz des Altersunterschieds ein Liebespaar gewesen. Es war in seinen zweiten Semesterferien, und sie hatte gerade die Mittlere Reife in der Mühle abgelegt und wollte im Herbst auf dem Internat am Festland in die Oberstufe gehen. »Sie war meine erste Liebe, obwohl ich fünf Jahre älter bin als sie. Jaja, ich war ein wenig verklemmt, zu viele Bücher und so.« Danach hätten sie sich mehr und mehr aus den Augen verloren, womit er an sich aber klargekommen wäre. »Nach meinem Studium bekam ich das Angebot für eine Vertretungsstelle als Lehrer in der Mühle, zog wieder her, fand alte Freunde wieder und fühlte mich rundum wohl. Die Vertretungsstelle wurde in eine feste Stelle umgewandelt, als ein älterer Kollege in Pension ging. Alles war gut. Nur richtig verliebt war ich nie wieder so wie damals mit Alea, und daran scheiterten meine wenigen Beziehungsversuche.« Rosenbrand machte eine Pause.

»Und ein paar Jahre später kam auch auf einmal Alea wieder hierher. Allerdings mit einem Kind und einem Mann im Schlepptau. Anfangs schafften wir es, eine gesunde Distanz zueinander zu wahren. Alles war gut, ungefähr zwei Jahre lang. Dann musste ihr Mann wieder öfters beruflich auf dem Festland unterwegs sein. Alea und ich begannen eine Affäre, ziemlich heftig, rückblickend hat sie mich um meinen Verstand gebracht. Ich wollte alles für sie tun, wurde unglaublich eifersüchtig auf jeden in ihrem Umfeld. Alea zog irgendwann die Notbremse und servierte mich ab, im Nachhinein verständlich. Sie blockte alle Anrufe, jeden

Gesprächsversuch von mir ab. Heute nennt man das wohl ghosten. Aber ich konnte nicht loslassen und begann ihr nachzustellen. Sie auszuforschen. Ich weiß, das klingt mehr als peinlich, ich muss wie wahnsinnig gewesen sein.«

Aus den Andeutungen, die sie während ihrer Affäre hier und da gemacht hatte, hatte Rosenbrand nach und nach die Stationen ihres Lebenslaufes rekonstruieren können, bis er schließlich auf ihre Zeit im Süden der Republik und ihre Hochzeit gestoßen war. »Sie hatte zuerst den Namen ihres Mannes angenommen, Salen. Aber hier auf Norderney hießen die beiden Toben, auch er. Ich fand heraus, dass sie den Namen Salen kurz vor ihrem Umzug wieder abgelegt haben mussten, einmal wurde das Wort *Vorfall* in diesem Zusammenhang genutzt. Irgendetwas musste passiert sein. Lange Zeit wusste ich nicht, was.« Er räusperte sich. »Es änderte sich, als ich zufällig einen alten Artikel aus einer Wirtschaftszeitung fand und über ein Wort stolperte. Es war eigentlich nur eine kurze Meldung: dass die *Salen GmbH* in *Metallwerke Süd* umbenannt und in eine AG umgewandelt werden würde. Ich recherchierte zu dem Unternehmen. Über die Jahre war die Struktur der Firma noch einige Male verändert worden, es gab Zukäufe, Fusionen und Abspaltungen, aber die einzigen Eigentümer der Finanzholding, die alle Unternehmen des Konzerns kontrollierten, kamen immer aus derselben Familie. Seit knapp fünfzehn Jahren firmiert der Konzern übrigens nicht mehr unter dem eigentlichen vollen Namen, sondern nur noch unter seinem Kürzel MWS ...«

»... *Die* MWS?«

»So ist es.«

Die MWS war der breiten Öffentlichkeit zwar weitgehend unbekannt, aber einer der bedeutendsten Rüstungskonzerne Deutschlands. Velten wusste, dass die MWS tief in das Verteidigungskonzept des Landes eingebunden war. Zum einen nahm sie eine Schlüsselstellung ein bei der Produktion der derzeit in Verwendung befindlichen Raketen, bei Panzerabwehrwaffen und Radartechnologie. Zum anderen war sie führend in der Forschung und bei der Entwicklung neuer und moderner Waffen wie Drohnen oder der hoch technisierten Ausrüstung des sogenannten Infanteristen der Zukunft sowie der von Spezialeinheiten. Diese Unternehmensgruppe lag sozusagen im strategischen Interesse Deutschlands.

Alles passte: der Reichtum der Familie. Der Grund für die übermäßige Geheimhaltung. Die ausgeprägten Sicherheitsvorkehrungen. Das herrische Gebaren von Alea Toben.

»Sie wussten es nicht? Interessant, oder? Sie erhalten von einem Verdächtigen mehr Informationen als von ihrem eigentlichen Auftraggeber.« Markus Rosenbrand grinste, ein wenig spöttisch. »Sie sehen ein, ich müsste wahnsinnig sein, wenn ich tatsächlich versuchen würde, die junge Fee zu entführen. Die Tobens wussten nämlich, dass ich von ihrem Geheimnis erfahren hatte. Das ist eine andere Geschichte, die Sie in Ihrem eigenen Interesse auch kennen sollten.«

»Ja, bitte, fahren Sie fort.«

Rosenbrand erzählte, dass es eines Abends an seiner Tür geklingelt hätte, damals hatte er noch in einem Haus in der

Nähe des Hafens gewohnt. »Es war Richard Toben. Er wolle in Ruhe mit mir reden, sagte er, und ob wir eine Runde mit seinem Wagen drehen könnten. Wir fuhren bis zum Ostheller. Langer Rede kurzer Sinn, er zog eine Pistole, überwältigte mich, und ich fand mich gefesselt und geknebelt mit einem Sack über dem Kopf in einem der Tümpel der Salzwiesen hinter dem Flughafen wieder. Das Wasser muss ungefähr kniehoch gewesen sein, ich konnte in meiner Position gerade mal so den Kopf oben halten. Ich weiß nicht, wie lange ich dort war, es müssen Stunden gewesen sein. Ich war mir sicher, ich würde ertrinken, erfrieren oder was auch immer. Die Ängste können Sie sich nicht vorstellen. Na ja, wer weiß, vielleicht doch.«

Velten musste schlucken, als er an den Ausflug der vergangenen Nacht dachte.

»Irgendwann kam zum Glück die Polizei vorbei und hat mich da rausgezogen. Vermutlich hat Richard ihnen einen Hinweis gegeben. Natürlich wollte ich Anzeige erstatten und wurde direkt zum Leiter der Polizeidienststelle geführt. Der Mann schloss die Tür seines Büros ab, drehte sich um und schlug mir unvermittelt derart in den Magen, dass mir die Luft wegblieb und ich vor ihm zu Boden fiel. Dann ging er zu seinem Schreibtisch, bückte sich dahinter und kam mit einem braunen Aktenkoffer wieder zurück. Den drückte er mir in die Hand. Die Sache hätte sich jetzt sicherlich erledigt, meinte er nur.«

»Wie bitte?«

»Der Koffer war bis oben hin voll mit Geld. Eine Million

Euro. Am nächsten Tag besuchte mich Richard ein weiteres Mal. Wir trafen eine Übereinkunft, na ja, er diktierte sie mir. Ich sollte mich von Alea fernhalten und mein Wissen über die Salens für mich behalten, ansonsten würde mich bei meinem nächsten Ausflug zum Ostheller keine Polizeistreife finden. Ich ging darauf ein, natürlich. Außerdem sagte ich ihm zu, während Fees Schullaufbahn immer ein wachsames Auge auf sie zu haben und ihm zu melden, wenn ich etwas Ungewöhnliches in ihrer Umgebung bemerken sollte. Dafür bekam ich jedes Jahr eine weitere, nicht unbedeutende Summe Geld von ihm zugesteckt.«

»Sie sollten Fee bespitzeln?«

»Auf sie aufpassen, so hat Toben es formuliert.« Rosenbrand nickte bitter. »Auch wenn es sich irre anhört: Ich habe es gerne getan, und sehr gewissenhaft. Anfangs Alea zuliebe. Aber Fee ist ein wirklich unglaublich liebenswerter Mensch. Ich habe sie über die Zeit sehr in mein Herz geschlossen.«

»Ja, das hört sich irre an.« Velten trank einen großen Schluck von seinem Tee, der inzwischen kalt geworden war. Rosenbrand schenkte ihm nach. Er ließ noch ein Zuckerstück hineinfallen und goss Milch auf, rührte den Tee aber nicht um. »Wie ging es weiter?«

»Die Abmachung hielt, Fee durchlief die Schullaufbahn auf der Mühle und wechselte schließlich auf das Gymnasium am Festland. Eigentlich war alles gut, hätte man denken können. Aber ich baute ab. Wenn man zu lange allein ist, zu viel Freizeit hat, fängt man an, Blödsinn zu machen.

Vor allem die Sache mit dem Alkohol. Eines Abends hatte ich mich nicht mehr unter Kontrolle. Was ich nicht gewusst hatte, war, dass es Gerüchte über meinen ungewollten Ausflug mit Richard gab.«

»Was genau ist passiert?«

»Der Silvesterabend vorletztes Jahr. Eine große Runde von vielleicht zwanzig Leuten in einer Kneipe, und ich hatte schon mindestens zwei Schnäpse zu viel intus. Ich war also richtig drüber. Es war wohl ein Spiel, mich auszufragen, was denn damals genau passiert sei, als die Polizisten mich im Watt aufgegriffen hatten, wer mir das angetan hätte. Und irgendwann erzählte ich. Ich weiß nur noch, wie der Wirt, der als Einziger nur Wasser getrunken hatte, die Tür der Kneipe abschloss. Und laut Stopp sagte, obwohl es bereits zu spät war. Und uns dann alle fragte, ob wir begriffen hätten, in was für einer Situation jetzt jeder von uns wäre.«

»Wie wurde reagiert?«

»Man einigte sich darauf, dass dieser Abend nie passiert sei. Aber der entsprechende Schwur, den wir leisteten, hielt nicht lange, schon bald machten die ersten Leute, die nicht dabei gewesen waren, mir gegenüber seltsame Andeutungen. Stellten seltsame Fragen. Ich vermute, heute weiß es die halbe Insel.«

»Und warum erzählen Sie mir das jetzt alles?« Velten hatte eine dunkle Ahnung, was sein Gegenüber jetzt sagen würde.

»Früher oder später wird es auch bei den Tobens ankommen, dass ich geplaudert habe, vielleicht hat es Mara ja schon an sie weitergegeben. Das war mir die letzten anderthalb Jahre klar, und ich weiß, dass das dann nicht gut für mich sein wird. Auch wenn Richard zurzeit körperlich wohl nicht ganz fit ist, wie man hört: vor ihm, vor Mara, vor Liam, der jetzt ja auf einmal auch wieder da ist, vor denen habe ich ehrlich Angst. Und weglaufen geht nicht, da mache ich mir keine Illusionen.«

Velten betrachtete Rosenbrand. Er war vielleicht ein gebrochener Mann, aber er war nicht irre, er wusste genau um seine Situation.

»Als ich gestern Abend den Anruf unseres gemeinsamen Freundes erhielt, dachte ich zuerst, dass nun die Zeit gekommen wäre, dass dieses Leben endlich endet. Vor allem, falls Fee wirklich etwas passieren sollte. Aber er erzählte auch, dass Sie derjenige seien, der die Ermittlungen zu führen scheint, nicht Mara. Und ich habe erkannt, dass das vielleicht genau meine Chance ist. Tun Sie mir nichts. Und bitte legen Sie ein gutes Wort für mich ein, dass die Tobens mir ebenfalls nichts antun.«

»Herr Rosenbrand, ich habe keinen Grund, Ihnen irgendetwas anzutun.«

Velten ließ sich den Rest des Hauses zeigen, zum Beweis, dass Felicitas tatsächlich nicht hier war. Der Zustand des Anwesens war doch nicht so schlimm, wie er es beim Blick in den ersten Raum befürchtet hatte. Hier lebte kein Wrack in einer Ruine. Hier lebte jemand, der dachte, ihm könnte alles egal sein, der sich vielleicht ein wenig hatte treiben lassen. Der aber deswegen nicht willen- oder hilflos war.

Als Rosenbrand ihn verabschiedete, reichten sie einander die Hände. »Herr Velten, ich will nicht, dass es Ihnen so vorkommt, als ginge es mir nur um mich. Nein, ganz im Gegenteil. Fee, also ... Ich habe immer gut auf sie aufgepasst. Sie ist eine tolle, faszinierende Person. Ich will nicht, dass ihr etwas passiert. Das würde mich sehr treffen.«

»Sie haben mir sehr geholfen. Danke, Herr Rosenbrand.« Das sollte dem Mann Mut machen. Es war ihm anzusehen, dass er noch etwas loswerden wollte.

»Wer immer Fee entführt hat, er hatte entweder überhaupt keine Ahnung, was er tut und mit wem er sich anlegt, oder die Sache ist viel größer, als es von außen aussieht. Und ich denke, Sie sollten das wissen. Vielleicht ist das notwendig, um sie zu retten. Bitte finden Sie sie.«

34

DIE MWS. VELTEN versuchte zu verarbeiten, was das bedeuten konnte. Während er den Wagen startete, gingen ihm die Worte Rosenbrands noch einmal durch den Kopf. ... *oder die Sache ist viel größer, als es von außen aussieht.* Langsam wurde sich Velten der Tragweite von Rosenbrands Erklärungen gewahr. Ja, er musste in Betracht ziehen, dass es sich vielleicht gar nicht nur um die plumpe Entführung der Tochter einer zufälligerweise sehr reichen Familie handelte, sondern um viel mehr. Musste er vielleicht sogar davon ausgehen?

Eine ganz neue Dimension von Fragen tat sich auf. Wenn Alea Toben nun durch die Entführung ihrer Tochter manipulierbar geworden war, was bedeutete dies für die Sicherheit Deutschlands? Und ihm wurde siedend heiß klar, dass Alea Toben auf gar keinen Fall ungeschützt als Botin für das Lösegeld infrage kam. Unter gar keinen Umständen durfte sie ein solches unkalkulierbares Risiko eingehen.

Rosenbrand war in eine Sache hineingeraten, die zu groß für ihn war. Nichts hätte der Mann lieber ungeschehen gemacht, als das Familiengeheimnis der Tobens ausgeplaudert zu haben. Er hatte ihm alles gesagt, was er wusste, da war sich Velten sicher. Ihm waren auch keine Fragen mehr eingefallen, die der Mann hätte beantworten können.

Die Erzählung, wie Richard Toben den armen Rosenbrand ausgesetzt hatte, wies erstaunliche Parallelen zum gestrigen Verhör von Sandtner auf. Richard hatte von Rosenbrand Stillschweigen verlangt. Velten dachte an gestern Abend zurück, Mara hatte Sandtner vermutlich nicht zufällig auf solch ähnliche Weise traktiert. Hatte sie nichts anderes getan, als Stillschweigen zu befehlen? Wie hatte sich Sandtner ausgedrückt? *Ich habe verstanden?* Und was hatte Mara später gesagt? *Wir wollen nur den Namen?* Hatte Mara eine Art doppeltes Spiel betrieben? Unwahrscheinlich? Möglich? Ihm blieben immer noch gut sieben Stunden Zeit.

Mara. Immer wieder Mara. Er lenkte den Wagen von der Auffahrt auf die Straße. Was machte Mara eigentlich gerade? Er wählte ihre Nummer. Sie ging nicht dran. Na gut. Probierte es noch einmal, ohne Erfolg. Einen Rückruf von ihr würde er gleich nicht gebrauchen können, darum schaltete er sein Handy auf Flugmodus.

Es tat gut, endlich eine echte Spur verfolgen zu können. Es gab wahrscheinlich nicht viele, denen Mara wirklich vertraut hatte, die er befragen konnte. Aber einen hatte sie ihm nennen müssen, und genau dort musste er jetzt versuchen, die nächsten Antworten einzusammeln.

Rund um den Leuchtturm war bereits viel los. Die Sonne brach durch die graue Wolkendecke, warmes Licht breitete sich über der Dünenlandschaft aus. Ruhig und friedlich, wie im Bilderbuch. Die Touristen freute es. Neben den üblichen Radfahrern kamen ihm auch schon erste Wanderer entgegen. Wer schon zur Mittagszeit hier war, würde bestimmt weiter gehen, vielleicht bis zur Oase, vielleicht sogar die große Runde bis zum Ostende in Angriff nehmen. Ihm fiel ein Pärchen auf, beide waren vielleicht Anfang dreißig, Sportshirts und Wanderhosen, er trug einen Rucksack, sie eine Tasche mit einer Fotoausrüstung. Sie unterhielten sich lebhaft, lachten einander an, als er an ihnen vorüberfuhr. Einen Moment meinte Velten, er hätte Juna in der Frau erkannt. Er biss sich auf die Zunge, zwang sich, an das kommende Gespräch zu denken.

Liam Sebold. Liam und Mara waren ein Paar gewesen, als die Tobens auf der Insel angekommen waren, hatten bei ihnen in der Einliegerwohnung gewohnt. Natürlich, jetzt war die Sache offensichtlich, Mara und er waren nie nur die Hausangestellten oder Assistenten gewesen, als die Alea Toben sie vorgestellt hatte, eher so etwas wie die privaten Sicherheitsleute und Vertraute der Tobens. Mara, die Ex-Polizistin, Liam, der als Soldat in Afghanistan gedient hatte. Er wusste genauso über den Hintergrund der Tobens Bescheid wie Mara, da war sich Velten sicher.

Nur war Liam im Gegensatz zu Mara irgendwann gegangen, weshalb auch immer. Sie hatte es zwar nie explizit ausgesprochen, aber sie hatte gegenüber Velten angedeutet, Liam habe eine Art Trauma erlitten und sich von ihr entfremdet. Wieder einmal wusste Velten nicht, was er ihr glauben sollte.

Die Wiese war matschig, wie offenbar immer, wenn er diesen Campingplatz betrat. Die Gardinen des Wohnwagens waren aufgezogen.

»Herr Sebold?« Velten klopfte an die Tür.

Keine Reaktion.

»Herr Sebold, Sie wissen, worum es geht. Reden Sie mit mir. Bitte.«

Der Griff drehte sich, die Tür wurde aufgestoßen. Abwartend stand der Mann vor ihm, sagte aber kein Wort. Die Position der Beine ließ an eine Verteidigungshaltung denken, der Mann war offenbar angespannt.

»Herr Sebold, ich benötige Ihre Hilfe, um Felicitas zu finden.«

»Was wollen Sie denn wissen?«

»Ganz einfach nur die Wahrheit.«

»Was, wenn ich nicht mit Ihnen reden möchte?«

»Für Felicitas. Bitte.«

Der Mann musterte ihn. »Kommen Sie rein. Los, beeilen Sie sich, muss ja nicht der ganze Zeltplatz mitkriegen, dass Sie da sind.« Er ging einen Schritt zur Seite, ließ Velten eintreten, beobachtete ihn aber weiterhin wachsam. »Ich traue Ihnen nicht. Lassen Sie Ihre Hände da, wo ich sie sehen kann, und auch weg von der Waffe, die Sie da in Ihrem Hosenbund stecken haben. Die brauchen Sie hier nicht.«

Das Bett auf der linken Seite war frisch gemacht, wie beim letzten Besuch. Die Tür neben dem Bett führte wahrscheinlich zur Toilette. Die Küchenzeile, vor der er nun stand, war leicht angegilbt, auf der Kühlschranktür waren ein paar Fotos mit Klebestreifen befestigt, sie zeigten Soldaten in kargen Landschaften. Es war zu eng, als dass man nebeneinander hätte stehen können. Auf Sebolds Wunsch nahm Velten auf der rechten Seite an dem Holztisch Platz, Sebold setzte sich ihm gegenüber.

»Heute Morgen habe ich erfahren, was es mit dem Namen Salen auf sich hat«, begann Velten. Er wollte Vertrauen herstellen. »Ich weiß und verstehe, dass dieses Geheimnis geschützt werden muss. Ich nehme an, dass Sie davon wissen. Ich schlage vor, Sie nennen mir den Namen der Unternehmensgruppe, um die es da geht, damit ich weiß, dass ich offen mit Ihnen reden kann.«

Sebold nickte, ließ sich aber mit der Antwort Zeit. Sein Brustkorb hob und senkte sich bei jedem Atemzug. »MWS.«

»Okay. Fahren Sie fort.« Sebold verschränkte die Arme vor der Brust, lehnte sich zurück.

Velten musste ihn irgendwie dazu bringen, seine Deckung aufzugeben. Emotionen. Der Weg zu Mara führte über Felicitas. »Felicitas Toben wurde entführt. Ich suche sie.«

Er startete auf seinem Handy das letzte Video, scrollte vor, bis der Strick um Felicitas' Hals gut zu erkennen war. Das Standbild war zwar etwas unscharf, aber dennoch zu gebrauchen. »Das ist ein Bild von ihr, das neueste, das ich habe. Erkennen Sie sie wieder?«

»Das ist sie. Zweifellos.« Sebolds Miene blieb versteinert, er hatte sich im Griff. Aber in seiner Stimme war ein Unterschied zu hören.

»Sie haben früher mit ihr zusammengelebt. Ich habe mir

noch immer kein Bild von ihr machen können, wie sie genau tickt, was sie wirklich bewegt.« Weck seine Erinnerung an Felicitas. Erinnere dich, du hast mit ihr zusammengelebt, Liam. Ihr wart wie eine Familie. Du warst wie ein großer Bruder für sie.

»Das müssten Sie doch alles schon erfahren haben, Herr Velten. Ich wundere mich, dass Sie mich das fragen.« Er lehnte sich nach vorne, zu ihm. Nähe. Immerhin, vielleicht wollte er kooperieren.

»Woran denken Sie zuerst, wenn Sie an Felicitas denken? Wie war Ihre Beziehung?«

»Was soll das, Herr Velten?«

So kam er nicht weiter. Er musste Sebold etwas anbieten. Ihm kam eine Idee, vielleicht war es einen Versuch wert: »Das, was ich bisher erfahren habe, passt nicht zueinander«, improvisierte er. »Auf der einen Seite sehe ich eine Frau, der die Welt offensteht, die finanziell alle Möglichkeiten hat. Die selbstbewusst ist. Eine Frau, der ihre Erinnerungen an die Schulzeit und ihre dortigen Freunde wichtig sind, in der ganzen Wohnung findet man entsprechende Fotos. Auf der anderen Seite wird mir von einem zurückgezogenen Mädchen erzählt, das die ganze Welt von sich stößt und sich hier auf der Insel förmlich versteckt. Das angeblich nur eine beste Freundin hat, sein ehemaliges Kindermädchen. Nur findet sich in der gesamten Wohnung kein Foto, auf dem die beiden zusammen zu sehen sind. Ich traue den Informationen nicht, die ich bekommen habe.«

Liam Sebold hatte seine Fäuste geballt, war aber sonst in seiner Position verharrt. »Wer weiß, dass Sie hier sind?«

»Niemand.«

»Lügen Sie mich nicht an.« Sebold erhob sich, blieb leicht gebückt, um nicht an die niedrige Decke der Sitzecke zu stoßen. »Sie waren beim BKA. Ich bin Ihr Verdächtiger. Sie wissen, dass Sie mir in einem Kampf unterlegen wären, dass ich Sie töten könnte. Es wäre ein Fehler, alleine hier zu sein. Also, lügen Sie mich nicht an, sagen Sie mir, wer noch hier ist.«

»Nein. Sie sind nicht mein Verdächtiger. Und das wissen Sie.«

»Wie auch immer.« Sebold stand auf, drehte ihm den Rücken zu, ging gemächlich zur Küchenzeile. Nahm mit der linken Hand drei Mandarinen aus einem Obstkorb, schaltete mit der anderen ein Küchenradio an und drehte die Lautstärke hoch. Es waren die letzten Sekunden von »Smells like Teen Spirit« von Nirvana, der Jingle des Radiosenders – Möwengeschrei – wurde ein- und wieder ausgeblendet, dann folgte etwas von Oasis. »Mit der Musik bin ich groß geworden. Früher gab es noch echtes Inselradio, den Dünensender. Heute sind das ja alles Livestreams, die könnten ihre Sendungen auch in Stuttgart, New York oder sonst wo aufnehmen und senden.«

Er setzte sich, zog die Vorhänge zu. »Ich traue Ihnen nicht. Aber was soll's.« Er ließ eine der Mandarinen zu Velten herüberrollen. »Sie wollen Fee finden. Ich habe es auch versucht, seit Sie mich vorgestern besucht haben, und hatte keinen Erfolg. Vielleicht haben Sie mehr Glück. Fragen Sie. Was wollen Sie wissen?«

Velten wusste, dass er die Situation nicht unter Kontrolle hatte. Der Mann hatte ihn direkt bedroht, das war ernst zu nehmen. Hier, in dieser beengten Situation, hätte er gegen ihn keine Chance, das hätte Sebold nicht aussprechen müssen. Diese Befragung würde ein Ritt auf der Rasierklinge werden. »Warum sind Sie hier, Herr Sebold?«

»Weil das hier meine Heimat ist.« Liam Sebold pellte die Schale von der ersten Mandarine ab, teilte sie in der Mitte und trennte ein Stückchen heraus, das er sich langsam in den Mund steckte. Er kaute bedächtig. »Und weil Fee mich darum gebeten hat. Sie fühlte sich bedroht.«

Konnte er dem Mann trauen? Nein. Andererseits, warum sollte er lügen? Er dachte an Maras Aussage, dass Felicitas angeblich selbst um die Einrichtung der Sicherheitssysteme gebeten hatte. Hatte sie den Systemen nicht getraut? Oder hatten sie ihr schlicht nicht genügt?

»Wann genau hat Felicitas Sie kontaktiert?«

»Vor drei Wochen ungefähr.« Sebold und Felicitas hätten lose Kontakt gehalten, nachdem er sich vor über elf Jahren von Mara getrennt und die Insel verlassen hatte. Mal eine E-Mail, mal ein Skype-Gespräch, alle drei oder vier Monate, manchmal lag auch ein halbes Jahr dazwischen. »Das ging sogar aus Afghanistan. Es war mir wichtig, ihr zu sagen, dass ich immer für sie da sein würde. Und dass ich weiter an ihrem Leben teilhaben wollte.«

»Als sie Sie angerufen hat: Was hat sie da genau gesagt?«

»Dass das Familiengeheimnis bedroht sei, Leute hätten so komische Andeutungen gemacht. Dass sie niemandem mehr trauen könne. Es war nichts Konkretes, ich weiß, was Sie jetzt denken, ich kann Ihnen aber keine Anhaltspunkte für Nachforschungen geben. Wenn es welche gäbe, wäre ich ihnen selbst schon nachgegangen. Es war eher eine unbestimmte Angst. Sie bat mich darum, einfach unauffällig in ihrer Nähe zu bleiben. Vor zwei Jahren habe ich meinen Dienst bei der Bundeswehr beendet, seitdem bin ich mit dem Wohnwagen unterwegs. Mal hier, mal dort, warum nicht mal in die Heimat, dachte ich, und mietete mich für ein paar Wochen hier ein.«

Es sei ihm sehr schwergefallen, auf Norderney wieder Anschluss zu finden, erzählte Sebold. Mara habe ihn komplett geblockt, aber das könne er irgendwie auch verstehen. Alte Freunde, die er wieder getroffen habe, seien zwar freundlich, aber distanziert gewesen. »Es war, als ginge man mir, wo möglich, aus dem Weg. Ich konnte spüren, dass etwas passiert war, das alles verändert hat. Ein echtes Ereignis, mehr, als dass nur ziemlich viel Zeit vergangen ist. Erst durch Hans Sandtners Anruf heute Morgen habe ich die Zusammenhänge verstanden.«

Sebold redete viel und frei, er schien Vertrauen gefasst zu haben. Es wurde Zeit, zum eigentlichen Grund seines Besuches zu kommen. »Wie ist das Verhältnis zwischen Mara und Felicitas?«

»Das ist so eine Sache.« Sebold begann, die zweite Mandarine zu pellen. Er blickte durch Velten hindurch, als wäge er ab, was er erzählen solle. »Das führt jetzt sehr weit. Aber ich denke, es kann nicht schaden, wenn Sie ein paar Sachen wissen. Damit Sie die Situation, in der Sie sich befinden, besser einschätzen können. Zu Ihrer eigenen Sicherheit. Und vielleicht hilft es Ihnen ja, Fee zu finden.«

»Danke für das Vertrauen.«

»Danken Sie mir nicht zu früh.« Er zögerte einen letzten Moment und schien sich dann einen Ruck zu geben. »Zu Ihrer Frage: Mara ist ein unglaublich lieber und fürsorglicher Mensch. Auch deshalb hatte sie die Stelle bei den Tobens angenommen, Kinder waren ihr Ding. Und mehr als alles andere hatte sie sich eigene Kinder gewünscht. Wie auch immer, es hat sich herausgestellt, dass dieser Wunsch nicht erfüllt werden würde.«

»Das tut mir leid.«

Sebold winkte ab. »Jedenfalls, die Tobens waren viel unterwegs, und so war es letztlich Mara, die Fee großzog, und ein bisschen auch ich, wenn ich mal wieder zu Besuch kam. Aber im Gegensatz zu mir war Mara halt immer bei Fee. Die beiden hatten ein sehr enges Verhältnis. Das war mehr als Freundschaft, eher so eine gegenseitige Abhängigkeit. Wirklich gegenseitig, einmal hat Mara sogar die Tagebücher von Fee durchgesehen. Die Tagebücher einer Achtjährigen! Weil Fee ihr etwas nicht hatte verraten wollen, sie fürchtete, Fee könnte eine neue beste Freundin haben, von der sie nichts wissen sollte. Unglaublich. Mir wurde das zunehmend suspekt. Es tat vor allem Fee nicht gut, dazu kam ja noch diese Paranoia von Alea. Eine giftige Mischung.«

Sebold erzählte, wie Mara und die Tobens Felicitas nach und nach weitestgehend von der Außenwelt abgeschirmt hatten. Immer seltener hatten Schulfreunde sie besucht. »Familie, Mara und ich, Bücher, mehr blieb ihr nicht. Sie wurde regelrecht von allem ferngehalten, kleingehalten. Irgendwann fügte sie sich in ihr Schicksal, nahm es an. Lernte sich darin einzurichten. Lernte zu gehorchen. Vorausahnend zu gehorchen. Ich wollte Fee immer helfen, verstehen Sie?«

»Ich bekomme eine Ahnung.«

»Und dann ist es eskaliert. Eine Familienfeier. Weihnachten, was denn sonst. Ich weiß genau, es gab Flammlachs und Richards selbst gemachten Kartoffelsalat. Es herrschte eine fröhliche, beinahe unbeschwerte Stimmung. Kerzenlicht, Champagner für die Erwachsenen, Cola für Fee.« Und dann hatte Felicitas unbedachterweise erwähnt, dass Liam ihr, ohne es mit ihren Eltern abzusprechen, ein paar Selbstverteidigungstechniken beigebracht hatte. »Ich hatte damit ihr Selbstbewusstsein stärken wollen. Dann war Schweigen am Tisch. Die Tobens warfen mir Vertrauensbruch vor. Es wurde laut, und nachdem Fee ins Bett gegangen war, wurde es richtig böse, es ist mir bis heute schleierhaft, weshalb. Ich hatte Sorge um meine Sicherheit, denn ich wusste, was Richard damals mit Markus Rosenbrand gemacht hatte. Letztlich einigten wir uns. Ich sollte die Insel verlassen und niemals über das reden, was ich über die Tobens erfahren hatte. Richard stellte mir einen Koffer mit Geld hin, von dem ich bis heute übrigens noch nicht die Hälfte ausgegeben habe.«

»Und Mara?«

»Zwischen uns hatte es schon länger gekriselt, aber ich war trotzdem überrascht, dass sie sich auf die Seite der Tobens schlug. Es machte mir die Sache jedenfalls leichter.« Wut und Bitterkeit lagen auf einmal in seiner Stimme, aber er fing sich. »Dieser ganze Seelenscheiß war der erste Teil der Antwort, die lange Version für *Mara würde für Fee alles tun*. Der zweite Teil der Antwort ist, dass Fee und Mara sich fürchterlich gezofft haben müssen.«

»Hat Ihnen Felicitas das erzählt, oder woher wissen Sie das?«

»Dafür muss man kein Ermittler sein. Als ich sie nach meiner Ankunft in ihrem neuen Haus besucht habe, hat sie Mara quasi totgeschwiegen. Ich dachte erst, sie würde das tun, weil sie mich nicht belasten wollte. Aber nein, da muss etwas vorgefallen sein. Ich weiß nur nicht, was.«

»Würde Mara Felicitas etwas antun?«

»Nein. Nein, das kann ich mir nicht vorstellen. Aber ich konnte mir so einiges nicht vorstellen.«

Liam Sebold war bei Felicitas zu Hause gewesen. Er kannte also die Sicherheitsmaßnahmen, und er hatte ungefähr die Statur des Entführers. Felicitas hatte ihm vertraut. Keine Frage, die Geschichte, die er erzählt hatte, passte gut zum bisherigen Bild. Aber war sie deshalb glaubwürdig?

Sebold griff hinter sich, zog eine Pistole hervor, eine *P8 Combat*, die Waffe des Kommandos Spezialkräfte, eine Sonderausführung der normalen Armeepistole, der schlicht eine manuelle Sicherung fehlte. Er legte sie ruhig vor sich hin. »Das kann ganz schnell gehen, Velten.«

Velten war zu geschockt, um zu reagieren. Er betrachtete die Pistole, dann Sebold, der sich auf der anderen Seite aufgebaut hatte. Mit fünfsekündiger Verspätung jagte sein Puls in die Höhe.

»Damit wir uns nicht falsch verstehen, Velten. Ich will, dass Sie Fee finden. Aber lassen Sie mich aus dem Spiel. Bringen Sie mich nicht in Situationen, in denen ich mich verteidigen muss.« Der Mann war verärgert. Verärgert über sich selbst, weil er zu viel erzählt hatte?

Kein Small Talk mehr, kein Händedruck. Velten war erleichtert, als er aus dem Wohnwagen herauskletterte. *Lassen Sie mich aus dem Spiel* hatte einen ganz ähnlichen Klang wie: *Schalten Sie nicht die Polizei ein.*

35

WAS HATTE DIE Angst bei Felicitas ausgelöst, dass sie sich an eine Person wenden musste, die sie seit Jahren nicht mehr gesehen hatte? Warum schien Liam Sebold plötzlich der einzige Mensch zu sein, dem sie vertrauen wollte? Warum hatte sie plötzlich Distanz zu Mara gesucht?

Nachdenklich fuhr Velten zurück in die Stadt. Jannik Schulz hatte da auch etwas angedeutet, was ihm jetzt wieder einfiel. *Kontrollfreak halt. Musste ja irgendwann... SO KOMMEN*, vervollständigte er in Gedanken den Satz, den Jannik Schulz abgebrochen hatte. Es wurde Zeit, noch mehr Informationen aus dem Jungen herauszuholen. Vielleicht waren er und Felicitas auch nach der Trennung in Kontakt geblieben. Verliebt genug schien der Junge ja zu sein.

Er parkte den Wagen auf dem großen Parkplatz hinter dem *Haus Schifffahrt* und lief an der Eisdiele vorbei, die Schlange war ein Vielfaches länger als zwei Tage zuvor, als er sich angestellt hatte. Ganz vorne entdeckte er Janine Benson, Felicitas' Schulfreundin, die gerade eine riesige Eistüte in Empfang nahm. Ohne sie weiter zu beachten, eilte er weiter zum Conversationshaus.

»Nein, weder Herr Schulz noch Frau Scheurer sind hier, tut mir leid«, sagte eine der beiden Damen am Schalter der Touristeninformation. »Deshalb mussten wir die Bibliothek heute Mittag schon außerplanmäßig schließen. Aber morgen um neun wird sie wieder für Sie geöffnet sein.«

»Das ist jetzt ein bisschen peinlich«, improvisierte Velten aufgrund einer spontanen Idee, bei der er selbst noch nicht wusste, was er davon halten sollte, »aber die beiden sind nicht zufällig ein Paar, oder? Wissen Sie, ich hab da plötzlich das Gefühl, in ein Fettnäpfchen getreten zu sein.«

Die Dame schmunzelte vielsagend, erwiderte aber nichts.

»Falls das so wäre, dann täte mir das wirklich sehr leid. Wenn Sie das bitte Frau Scheurer sagen würden?«

»Sie verstehen, dass ich Ihnen dazu nichts sagen kann? Aber ich werde das Frau Scheurer gerne ausrichten.«

»Gut, danke.«

Er tat erleichtert, lachte und schlenderte ein paar Meter weiter um eine Ecke und tat so, als würde er dort die Prospekte durchgucken. Hinter ihm hatte niemand angestanden. Es kam, wie er gehofft hatte.

»Haben die beiden sich nicht erst letztens bei ihm verabredet?«, flüsterte eine Stimme.

»Luise würde ja schon gerne, aber Jannik will nicht, oder?«, antwortete eine andere. »Da ist nichts. Nur gute Freunde.« Hämisches Lachen.

Das Gespräch wurde unterbrochen, als sich ein älterer Herr mit Hut nach Karten für die nächste Vorstellung im Kurtheater erkundigte. Nachdenklich verließ Velten das

Conversationshaus. War das eine Spur? Die Tatsache, dass Schulz sich sehr rarmachte, war doch auffällig. Hatte er sich derart in ihm getäuscht? Nein, das glaubte er nicht. Oder war auch er in etwas hineingeraten, was zu groß für ihn war?

Sollte er Schulz anrufen? Nein, besser nicht. Es war immer besser, Leute direkt zu befragen. Schulz wohnte ja in der Nähe, vielleicht hatte er dieses Mal Glück. Er ging direkt durch zur Mittelstraße.

Die Tür zum Haus, in dem sich Schulz' Wohnung befand, stand offen, eine Familie, offenbar Urlauber, reiste gerade ab. Während der Familienvater die Koffer auf den Bürgersteig wuchtete, bekamen sich die Mutter und ihre beiden Töchter, vielleicht elf und vierzehn Jahre alt, in die Haare. Er hörte das Wort Schlampen heraus, das die Mutter wohl auf das Aufräumverhalten gemünzt hatte, die Mädchen aber anders verstanden hatten. »Das musst du nach gestern Abend gerade sagen«, fuhr die Ältere ihre Mutter an. Der Vater drehte sich interessiert um. Velten nutzte die Gelegenheit, um unbemerkt ins Haus zu schlüpfen, und ging über die schmale Holztreppe in die erste Etage, während unten die Diskussion hitziger wurde.

Er klingelte an der Wohnungstür und legte sich einen ersten Satz zurecht. Kurz meinte er, Schritte auf der anderen Seite gehört zu haben, aber niemand öffnete. Er klingelte ein zweites Mal. Hielt den Atem an, konnte aber keine Geräusche mehr ausmachen. Vielleicht hatte er sich geirrt. Das Geschrei aus dem Erdgeschoss übertönte aber auch alles andere. Er klopfte an die Tür, wartete noch weitere zwei Minuten, vergebens.

Er ging zum Fenster des Etagenflurs und schaute auf die Szene unter ihm, wo der Ehemann sich gerade der älteren Tochter zuwandte, die verzweifelte Blicke mit ihrer Schwester tauschte. In seinem Handy war noch der Flugmodus aktiviert, er stellte ihn ab. Ein verpasster Anruf von Mara und eine Kurznachricht von ihr, sie hätte keine weiteren Baustellen finden können, die als Felicitas' Versteck in Betracht kämen. Wo er denn sei?

Er wählte Schulz' Mobilnummer und ließ es klingeln, bis nach einer ganzen Weile der Anrufbeantworter drangig. Schade. Klammheimlich hatte er gehofft, dass er das Klingeln auch auf der anderen Seite der Wand würde hören können.

Unten drängte er sich an dem ausgewachsenen Ehekrach vorbei. Dass er Schulz nicht angetroffen hatte, wurmte ihn.

36

ALS DIE SCHRITTE auf der Holztreppe in Richtung Erdge-schoss verschwanden, senkte sie die Pistole mit dem Schall-dämpfer, mit der sie direkt auf die Wohnungstür gezielt hatte. Jannik, der durch den Türspion geguckt hatte, tat es ihr nach. Dann zeigte er ihr das Handy, bei dem er auf ihren Hinweis gerade noch rechtzeitig auf lautlos gedrückt hatte und auf dem der letzte Anrufer angezeigt wurde.

»Velten«, sagte er.

»Er traut dir nicht.«

»Was will er von mir? Es sollte doch klar sein, dass ich nicht die Statur des Typs aus dem Video habe.« Im Kleider-schrank lagen noch die Clownsmaske und das Superman-Kostüm, die er am Montagmorgen getragen hatte und die sie dringend bei nächster Gelegenheit vernichten mussten. Sobald die Sache ausgestanden war. »Haben wir irgend-etwas übersehen?«

»Vielleicht ist es harmlos. Du bist halt der letzte feste Freund. Der Ex.« Sie überlegte. Sie mussten rational bleiben. Gestern hatte Velten ihn zum ersten Mal aufgesucht. Heute schon wieder, und Jannik war jetzt doch recht aufgewühlt.

Was, wenn er gestern ebenso nervös gewesen und ihm etwas herausgerutscht war? Ein Hinweis, ein Versprecher? Eine Kette war nur so stark wie ihr schwächstes Glied. Sie konnte nicht immer auf ihn aufpassen.

»Ich hätte ihn töten sollen, als er in der Villa Sandtner aufgekreuzt ist.« Jannik redete sich stark, machte sich wichtiger, als er war. Und er war nicht wichtig. Seine Verdienste lagen in der Vergangenheit. Er war für die Entführung notwendig gewesen, und natürlich auch ganz nützlich für die Arbeit im Keller. Er hatte getan, was getan werden musste. Mit Schaudern dachte sie an das finale Video.

»Keine nicht notwendigen Opfer! Was gibt es daran nicht zu verstehen?«

»Stell dir vor, er ist auch bei der Lösegeldübergabe mit dabei. Dann wird er sowieso sterben müssen.«

»Ich bin mir sicher, dass er dabei sein wird. Aber lass das mal meine Sorge sein.« Der weitere Plan war jetzt ein anderer als ursprünglich, Veltens Aufkreuzen hatte die Änderungen erforderlich gemacht. Jannik war noch nicht eingeweiht. Aber den ganzen Plan hatte er eh nie gekannt.

»Ich weiß, dass ich töten kann. Weißt du das auch von dir?«

Der kleine Bibliothekar im Blutrausch ging ihr so langsam auf die Nerven. Er war nicht so hart, wie er tat, wie er gerne wäre. Er war eine armselige Wurst, der mit Macht nicht umgehen konnte und seine Triebe nicht im Griff hatte. Ein Sadist. Er war unkontrollierbar. Ein Risiko.

Sie schluckte. Es galt eine Entscheidung zu treffen. Wenn

Velten auf ihn aufmerksam geworden war, würde es mit der Polizei nicht anders sein. Letztlich war er das Gegenteil von abgebrüht. Würde er standhalten, wenn der Verdacht auf ihn fiel? Würde er sich irgendwann verplappern oder sie verpfeifen, wenn Profis ihn in die Mangel nähmen? Wenn dem Größenwahn, den er gerade an den Tag legte, die Luft ausging? Nein, sie konnte ihm nicht vertrauen.

Jannik verstaute seine Waffe hinten in seinem Hosenbund. Es sah lächerlich aus, wie ein Möchtegern-Desperado.

»Jannik!«

»Ja?« Er kam einen Schritt auf sie zu, war vielleicht noch drei Meter entfernt, wandte ihr arglos den vollen Oberkörper zu. Die perfekte Situation.

»Es tut mir leid.« Sie drückte dreimal ab, drei kleine rote Löcher erschienen auf seiner Brust. Er sah sie verständnislos an, schluckte unnatürlich und sackte dann in sich zusammen.

37

Donnerstag, 18. April
15:00 Uhr

WAS HATTE DIE Angst in Felicitas ausgelöst? Vielleicht würde
Velten neue Antworten finden, wenn er sich noch einmal in
Felicitas' Haus umschaute. Liam Sebold hatte erwähnt, dass
sie Tagebücher geführt habe. Velten musste grinsen, das
wäre natürlich jetzt sehr einfach. Am Montag, bei seiner ersten Durchsuchung, waren ihm aber keine aufgefallen.

Kurz vor Felicitas' Haus kam er bei einem Schnellimbiss
vorbei. Er hatte seit Ewigkeiten nichts mehr gegessen, und
eine Pause würde ihm guttun. Kurz entschlossen bestellte er
sich eine Currywurst mit Pommes und Majo.

Während er wartete, betrachtete er die gegenüberliegende
Bäckerei, bei der Felicitas am Montagmorgen die Brötchen
geholt haben musste. Kein Zweifel, das Emblem der beiden
gekreuzten Ähren auf der Schaufensterscheibe war das gleiche wie auf der Brötchentüte, die er in Felicitas' Küche gefunden hatte. Durch die geöffnete Ladentür konnte er sehen,
wie eine grauhaarige Bedienung einen frischen Teekuchen
vom Blech in die Auslage schob. Wahrscheinlich war eine
der Verkäuferinnen die letzte Person, die Felicitas vor der
Entführung gesehen hatte.

Felicitas war am Montag früher als gewöhnlich losgelaufen. Einer Eingebung folgend, rief Velten die Bewegungsdaten von Felicitas' Uhr auf und prüfte die aufgezeichneten Laufeinheiten. Kein Zweifel, Felicitas hatte jedes Mal einen Stopp bei der Bäckerei eingelegt, bevor sie die letzten Meter zu ihrem Haus zurückgelegt hatte. Die Bedienung in der Bäckerei hatte also gewusst, dass Felicitas am Montag schon früher unterwegs gewesen war. Ebenso wie die Täter, die den perfekten Zeitpunkt für die Entführung getroffen hatten. Brachte ihn das weiter? War das ein Puzzleteil, oder war das unwichtig?

Seine Bestellung kam, und er aß, ohne etwas zu schmecken. Um das Ganze durchführen zu können, hatten die Entführer einige Informationen unterschiedlicher Art gebraucht, unter anderem eine genaue Kenntnis von Felicitas' Angewohnheiten. Darum war er spontan von einem Innentäter ausgegangen, der oder die Felicitas und ihr Verhalten gut kannte. Inzwischen suchte er aber schon mindestens zwei Entführer, einen eher kräftig gebauten Mann, der Felicitas in ihrem Haus entführt hatte, und eine zweite unbekannte Person.

Hätten auch Täter, die Felicitas nicht oder kaum kannten, die gleichen Informationen »von außen« zusammentragen können? Die Tobens waren auf der Insel gefürchtet, hatten sich Feinde gemacht. War die Entführung vielleicht gar nicht das Werk einer kleinen Gruppe, sondern eine große Verschwörung, bei der jeder seinen Teil beitrug? Das Beschaffen von Informationen, die Durchführung der Entführung selbst, die Bereitstellung des Verstecks oder der Verstecke, nicht zuletzt der Alibis.

Laut Alea Toben und Mara hatte Felicitas mehr und mehr Angst entwickelt. Vielleicht hatte sie so etwas wie Anzeichen für eine solche Verschwörung bei ihren Mitmenschen bemerkt? Hatte sie sich auch deshalb so weggeschlossen, nahezu keine sozialen Kontakte mehr gehabt? Die Mahlzeit lag ihm wie ein Felsbrocken im Magen. Eine Inselgemeinde wehrt sich gegen die heimliche Herrscherfamilie? War das, was er sich gerade zusammenbastelte, ein Hirngespinst oder ein ernsthafter Ansatz? Er wusste es nicht. Er wischte sich den Mund mit der Papierserviette ab und machte sich auf den Weg.

Als sich die Tür zu Felicitas' Haus öffnete, erkannte er sofort, dass sich dort irgendetwas verändert hatte. Es waren die Laufschuhe, die Felicitas im Flur ausgezogen und an Ort und Stelle liegen gelassen hatte. Ganz sicher, der linke hatte vorher anders dagelegen, viel weiter vorne, jetzt berührte er beinahe schon die Wohnungstür. Es war abgesprochen gewesen, dass niemand hier hineindurfte, bis entweder Felicitas wieder befreit oder die Polizei hinzugezogen würde. Jemand musste in der Zwischenzeit hier gewesen sein. Mara? Alea Toben? Viele Möglichkeiten gab es nicht.

Oder der Eindringling hatte seine Spuren noch nicht verwischt, weil er noch hier war. Velten blieb stehen und horchte. Kein Geräusch. Gut, er hatte sich keine Mühe gegeben, heimlich einzutreten, ein etwaiger Eindringling wäre vorgewarnt.

Er zog die P99, entsicherte sie und öffnete vorsichtig die nächste Tür.

Es raschelte über ihm. Er blickte nach oben, zum Treppenkopf, aber dort war niemand zu sehen. Mit der Waffe im Anschlag nahm er vorsichtig Stufe für Stufe. Dank seiner weichen Turnschuhsohlen waren seine Schritte kaum zu hören. Die Tür zum Schlafzimmer war verschlossen. Wieder ertönte das Rascheln, es war nicht direkt hinter der Tür, sondern vielleicht drei, vier Meter von ihr entfernt.

Velten umfasste die Klinke, drückte sie runter und stieß die Tür auf, die Pistole nach vorne gerichtet.

Mara. Am Bücherregal. Sie drehte sich um und ließ dabei ein Buch fallen. »Tobias.« Sie atmete durch. »Hast du mich erschreckt. Was soll das?«

»Was machst du hier?« Er war verwirrt, weil sie sich nicht benahm wie jemand, den man auf frischer Tat ertappt hatte. Weiterhin hielt er die Pistole halbhoch in ihre Richtung.

»Hast du meine Nachricht denn nicht bekommen?«

»Welche Nachricht? ... Nein«, log er, senkte die Waffe und steckte sie wieder ein. »Entschuldige.«

Velten betrachtete das Buch, das Mara heruntergefallen war. Ein schmales schwarzes gebundenes Buch ohne Verzierungen oder Beschriftungen mit ebenfalls schwarzem Lesezeichenband.

»Was ist das?«

Mara atmete tief durch. »Fees Tagebuch. Es ist nicht so, wie du jetzt vielleicht denkst.« Sie bückte sich, hob es auf und hielt es ihm hin. »Hier. Ich hatte es dir nicht gezeigt, weil es mich belastet. Und deine Nachforschungen sicherlich in die falsche Richtung gelenkt hätte.«

Velten nahm das Buch. Jeder Tag ein Eintrag, oftmals waren es nur ein oder zwei Zeilen, selten war mehr als die Hälfte der Seite gefüllt. Er blätterte zu den letzten Einträgen.

»Fee und ich haben uns vor knapp drei Wochen heftig gestritten«, erklärte Mara. »Ich kann dir die Einträge zeigen.«

Dienstag, 26. März
Also doch! Mara wertet die Trackingdaten, die meine Uhr und die Tags erzeugen, aus. Weit ausführlicher, als es verabredet war. Darum will sie immer alles wissen, fragt so viel nach: Sie spioniert mich aus. Sie kontrolliert mich. Ich fühle mich so ausgeliefert. Sie nutzt meine Situation so eiskalt aus. Ich weiß, dass ich auf sie angewiesen bin, und sie hintergeht mich derart. Ich könnte kotzen.

Donnerstag, 28. März
Ich habe mich getraut, Mara zur Rede zu stellen. Erst hat sie alles abgestritten, dann doch teilweise zugegeben und zuletzt gesagt, es wäre nur zu meinem Besten. Sie lügt so eiskalt.
Nachdem sie gegangen ist, habe ich nur geheult. Ich habe ihr so vertraut. Es fühlt sich an, als ob ich einen Teil meiner Selbst verloren habe.

Freitag, 29. März

Ich habe Mama auf Mara angesprochen. Sie hat
Verständnis für meine Situation gezeigt. Wir haben
entschieden, Maras Zugriff auf meine Daten einzu-
schränken und in ein paar Wochen die ganze Situation
grundsätzlich neu zu bewerten. Vielleicht müssen wir
uns von ihr trennen. Mama sagt, dass sie hinter mir
steht.
Sie hofft, dass ich mich wieder einkriege. Sie sagt,
dass Mara immer gute Arbeit gemacht habe. Aber
mein Vertrauen ist zerstört. Ich weiß nicht, ob ich Mara
verzeihen kann. Ich will das auch gar nicht. Ich will sie
nie wieder sehen.

Es war der letzte Eintrag. Danach folgten nur leere Seiten.

»Das sind die wichtigsten Passagen. Das Ganze fängt schon ein paar Wochen vorher an, aber mehr findest du nicht. Keine Hinweise auf besondere Situationen oder dass irgendetwas passiert sei. Keine anderen Verdächtigen. Nur mich.« Sie war heiser. Einen Moment lang dachte Velten, sie würde anfangen zu weinen, aber sie fing sich wieder.

»Und? Was ist an den Anschuldigungen dran. Stimmt das?«

»Alles. Es stimmt alles.« Sie sah mit einer Mischung aus Traurigkeit und Trotz zu ihm auf. »Ich bin seit siebzehn Jahren für die Sicherheit der Tobens verantwortlich. Insbesondere für die Sicherheit Fees. Ich habe nicht immer jede meiner Tätigkeiten mit Alea, Richard oder mit Fee abgesprochen.

Aber ich habe immer in ihrem Interesse gehandelt. Zu ihrem Besten. Und ich weiß, Alea vertraut mir auch weiterhin. Voll und ganz. Darum haben wir dir nichts davon gesagt, dass ich den Streit mit Fee habe. Nur …«

Velten wusste, was sie sagen würde.

»Nur … na ja, sie hat gesagt, dass sie sich im Zweifel nicht gegen ihre Tochter stellen würde. Dass ich jetzt noch ein paar Wochen kriegen würde, um die Angelegenheit geradezubiegen, sonst müsste sie sich neu aufstellen, was die Organisation der Sicherheit der Familie anginge. Und dass sowieso einige grundsätzliche Fragen zu klären seien.« Sie wandte sich ab, wollte nicht mehr reden.

Velten stand einfach nur da. Es passt alles, sagte eine Stimme in seinem Hinterkopf. Sie ist in die Entführung involviert, Motiv, Wissen, Möglichkeit, alles ist da. Nein, du solltest jetzt für sie da sein, ihr helfen, sagte eine andere Stimme, ebenso laut.

Sie hatte ihm weiterhin den Rücken zugewandt. Mit zwei Schritten war er bei ihr, legte seine Arme um sie. Schmiegte seinen Kopf an ihren. »Wir finden Felicitas. Dann wird alles gut«, flüsterte er. Er blieb bei ihr stehen. Es war wichtig, dass sie dachte, dass er ihr vertraute. »Es wird alles gut.«

»Hör auf!«, erwiderte sie leise, gab ihm einen Kuss auf die Wange und löste sich aus seinem Griff. Sie lächelte ihn an. »Auch wenn es lieb gemeint ist. Ich weiß, dass du etwas anderes denkst. Denken musst.«

Sie setzten sich auf die Kante von Felicitas' Bett, recht nah nebeneinander, aber ohne sich zu berühren. Es fühlte sich so an, als ob sie gerade miteinander Schluss gemacht hätten und nun, da das Entscheidende ausgesprochen war, keiner den nächsten Schritt machen wollte und deshalb niemand wagte aufzustehen.

»Alea Toben darf die Lösegeldübergabe nicht selbst übernehmen«, sagte Velten schließlich. »Das darf ich nicht zulassen.«

Mara sah ihn fragend an.

»MWS«, antwortete er.

»Ja«, sagte Mara. »Hab mir schon gedacht, dass du das auch noch herausbekommen würdest.«

»Uns bleibt nichts anderes übrig, als die Polizei einzuschalten«, stellte er fest.

»Nein. Alea wird das nicht zulassen. Für den Fall, dass du darüber nachdenkst, es auf eigene Rechnung der Polizei zu erzählen: In deinem Vertrag mit den Tobens steht, dass du damit den Anspruch auf dein bisheriges Salär verlieren würdest. Ganz abgesehen davon, dass du dich damit mit einer der mächtigsten Personen dieses Landes anlegen würdest. Aber auch darüber hinaus halte ich das nicht für eine gute Idee.«

»Warum nicht?«

»Weil wir damit Fee gefährden würden.« Mara stand auf, ging zu dem großen Fenster, betrachtete die Dachterrasse. Im Licht der Nachmittagssonne leuchtete die hellblaue Fassade des gegenüberliegenden Hauses unnatürlich warm und freundlich.

»Weil die Entführer fordern, dass wir die Polizei nicht einschalten?«

»Ja. Aber nicht nur.« Sie holte tief Luft. »Es gab mal einen ähnlichen Fall. Fee wurde als Baby schon einmal entführt. Die Wohnung der Entführer wurde ermittelt, ein Spezialeinsatzkommando stürmte sie. Alle Täter wurden getötet sowie einer der Polizisten. Es war pures Glück, dass Fee überlebte.«

»Aha?«

»Die Polizei hatte keinerlei Rücksicht auf die Wünsche der Familie genommen, das Vorgehen der Einsatzkräfte war nicht mit den Tobens, die damals noch Salen hießen, abgesprochen worden.« Sie machte eine Kunstpause, als ob sie gerade etwas besonders Hintersinniges gesagt hätte.

Velten war nicht klar, was sie meinte, angedeutet zu haben. »Wahrscheinlich ist die Befreiungsaktion damals schlicht aus dem Ruder gelaufen.«

Mara verdrehte die Augen: »Überleg mal: Die Tobens sind von strategischer Bedeutung für den Staat. Kannst du es dir als Staat leisten, dass die entscheidenden Mitglieder dieser Familie, Alea und Richard, erpresst werden und, vor allem, auf die Forderungen der Erpresser eingehen? Nein, das kann sich der Staat nicht erlauben! Das hat er schon einmal bewiesen! Der Staat wird im Zweifel eben keine Rücksicht auf Fee nehmen!«

»Nein.« Mehr fiel ihm nicht dazu ein. Es war Wahnsinn, welche Verschwörungstheorie Mara da andeutete.

»Denk, was du willst. Aber wir werden die Polizei nicht einschalten. Wir werden Fee nicht gefährden! Das lasse ich nicht zu.«

»Lass uns doch noch einmal in Ruhe darüber nachdenken.«

»Ich weiß, was du denkst. Dass wir, die Tobens und ich, uns da etwas zusammenspinnen.« Mara sprach mit ruhigem Ernst. »Aber allein die Möglichkeit, dass wieder über die Köpfe der Tobens hinweg etwas entschieden werden könnte, das Fee gefährden würde, unabhängig von Aleas Vermutungen, sollte uns nach einer anderen Lösung suchen lassen.«

»Und die wäre?« Es war ziemlich eindeutig, dass Mara bereits eine Alternative im Sinn hatte. Er ahnte auch schon, welche.

»Wir beide gehen zusammen.«

»Das ist auch nicht viel besser, als wenn einer alleine geht.«

»Aber es ist besser als jede der anderen Lösungen. Es geht um Fee. Ich bin bereit dazu.«

»Und warum sollte ich bereit sein?«

»Darum!« Sie hielt ihr Handy hoch, auf dem Bildschirm ein Bild von Felicitas' letztem Video. Es war aus dem Zusammenhang gerissen, aber es verfehlte seine Wirkung nicht. Wahrscheinlich bewegte sie gerade ihren Kopf nach unten, die Augen waren fast weiß, der Mund verzerrt, das Seil um ihren Hals hatte eine tiefrote Druckstelle auf der Haut hinterlassen. Sie sah schlecht aus. Es war ganz ähnlich wie das Bild, das er Liam hingehalten hatte. »Wegen Fee. Weil du schuld bist, dass es ihr jetzt scheiße geht.«

»Moment.«

»Und wenn du es nicht für sie tun willst – ich bin mir

sicher, du kannst mit Alea eine entsprechende Bezahlung aushandeln.«

»Du denkst nicht wirklich, dass es mir nur um das Geld geht?«

Mara stand auf und ging zur Tür. »Überleg es dir. Um 20 Uhr werden entweder Alea oder ich uns für die Lösegeldübergabe bereit machen. Sieh meinen Vorschlag einfach als eine Chance für dich an.«

Sie verließ den Raum. Er hörte, wie sie die Stufen hinabschritt, wie sie über den kurzen Flur lief, die Zwischentür öffnete und wieder schloss. Kurz darauf sah er sie auf die Straße treten, sich nach links umgucken und dann nach rechts gehen, Richtung Innenstadt.

Es war ein geschickter Schachzug von ihr gewesen, ihm Ermittlungsergebnisse zu beichten, bevor er selbst durch die Lektüre des Tagebuchs zu diesen Ergebnissen kommen würde. Jetzt war es an ihm, aus den Informationen etwas Sinnvolles zu schmieden. Oder es sein zu lassen.

Er drehte sich um, wandelte durch das Zimmer. Strich über die Buchrücken der ersten Regalreihe zu seiner rechten. Dicke, älter aussehende Bücher. Zog einige der Titel hervor: Liebesschmöker, ab und zu etwas Erotik. Im nächsten Regal Fantasy, Drachen, Feen und Orks. Dann Romane: T. C. Boyle, Jonathan Safran Foer, David Foster Wallace. Neben der Tür ein paar Reihen mit Klassikern, Goethe, Schiller, Lessing.

Schließlich kam er bei dem Regal an, vor dem Mara gestanden hatte, als er den Raum betreten hatte. Das Tagebuch, das ihr heruntergefallen war, gehörte zu einer ganzen Reihe schwarzer Bücher, die hinter einem gerahmten Foto gestanden hatten. Das Foto zeigte Felicitas, ein Porträt, auf dem sie lachte. Beides war bei seinem ersten Besuch nicht da gewesen, weder die Bücher noch das Foto, da war er sich sicher.

Mara hatte das Tagebuch oben auf die Einbände der anderen Bücher gelegt, er nahm es in die Hand, eigentlich, um es zurück an seinen Platz zu stellen. Stattdessen schlug er die erste Seite auf.

Vorsätze für das neue Jahr:
Akzeptieren. Vertrauen. Verlieben.

Die Frau, die hier wohnte, hatte einfach ein normales, kleines, glückliches Leben führen wollen. Er schlug das Buch wieder zu und stellte es zu den anderen. Nur würde sie auch in Zukunft niemals die Chance haben, ein normales Leben zu führen. Nicht in dieser Familie. Die Familie konnte man sich nicht aussuchen. Wer hätte das besser gewusst als er?

Wenn du es nicht für Geld tust, dann tue es für Fee. Verdammt, er konnte sie nicht im Stich lassen.

Denk doch mal in Ruhe darüber nach: Weder die Polizei zu rufen noch Alea Toben das Lösegeld überbringen zu lassen noch selbst für Mara einzuspringen noch Mara alleine mit dem Geld laufen zu lassen war, rational betrachtet, eine bessere Option, vor allem nicht, wenn Fees Sicherheit höchste Priorität hatte.

Warum sollte er nicht tatsächlich zusammen mit Mara die Lösegeldübergabe durchführen? Sie war der Schlüssel zu Felicitas. Entweder, weil sie alles für Fees Rettung tun würde. Oder weil sie selbst zu den Entführern gehörte.

Er fasste sich an den Kopf. Den Helden spielen wollen, war er dafür nicht erfahren genug? Er wusste doch immer noch nicht, worauf er sich da einlassen würde, er war so albern und naiv.

Wenn es unbedingt sein musste, dann sollte er wenigstens eine schöne Bonusprämie aushandeln, Dummkopf.

38

KEIN VIDEO, NUR eine einfache E-Mail von Fees Account.

Ein Bote wird das Lösegeld bis 20:30 Uhr zum Cumberland-Denkmal transportieren. Diese Person wird sich zu Fuß auf den Weg machen und weder eine Waffe noch Handy mitnehmen. Auf der Unterseite des Informationsschildes beim Denkmal ist eine Nachricht. Nutzen Sie den Sicherheitscode 0305. Keine Tricks!

»Wenn wir die Forderung erfüllen wollen, müssen wir sofort aufbrechen«, sagte Velten zum Ehepaar Toben. »Sollen wir das tun?«

Alea Tobens Mann saß im Salon auf der rechten Seite des Sofas. Er trug einen grauen Anzug mit einem roten Halstuch und dazu ein leuchtend helles Hemd. Der Anzug saß etwas locker, als wäre er ursprünglich für eine kräftigere Statur geschneidert worden. Dennoch machte der Mann Eindruck: aufrechte Haltung, ruhiger Blick, angriffslustig gehobenes Kinn. Dass eine Seite gelähmt zu sein schien, tat seiner

Erscheinung keinen Abbruch, eher im Gegenteil. Die körperliche Schwäche war da, ja, aber die Härte, mit der er sie zu überwinden suchte, ließ ihn noch stärker wirken. Dabei hatte der Mann bisher kaum ein Wort gesprochen.

Neben ihm lagen die beiden vorbereiteten Rucksäcke mit dem Lösegeld. Jeder Rucksack eine Million. Die beiden in diesem Moment wahrscheinlich wertvollsten Rucksäcke der Welt. Richard Velten blickte zu seiner Frau.

»Einverstanden«, sagte Alea. »Sie und Mara gehen gemeinsam. Aber nur mit den Sicherheitsmaßnahmen, die wir besprochen haben.«

Mara stellte eine kleine Holzschatulle auf den Tisch, auf der das Logo eines schweizerischen Juweliers prangte. Sie öffnete den Deckel: Auf grauem Schaumstoff lagen zwei unauffällige Uhren mit schwarzem Armband. Mara nahm die breitere von beiden, eine Herrenuhr, und reichte sie Velten.

»Sie ist einsatzbereit, die Batterie reicht für bis zu vierundzwanzig Stunden. Sobald wir die Stadtvilla verlassen, wird die Uhr den aktuellen Standort über ein Satelliten-Ortungssystem ermitteln und ihn von da an alle zwei Minuten über das Mobilfunknetz senden. Im Falle des Falles können wir auf der linken Seite des Uhrgehäuses den Notfall-Knopf drücken. Dann wird automatisch der aktuelle Standort übertragen und außerdem alle dreißig Sekunden ein starkes Peilsignal zur Positionsbestimmung gesendet. Das Gleiche passiert, wenn die Uhr keinen Puls feststellen sollte.«

»Verstanden.« Die Uhr war dezent und wirkte sehr edel. Er kam sich vor wie James Bond, der sich gerade von

Waffenmeister Q die neueste Ausrüstung erklären lässt. Mara verließ den Raum und kam mit zwei in dunkle Folien eingeschweißten Beuteln wieder, die sie vor ihm aufriss. Den Inhalt des ersten Beutels gab sie Velten. »Beschusshemmende Westen, neueste Generation. Schutzklasse drei bei nur geringer Einschränkung der Beweglichkeit.« Q hätte jetzt ein Zwinkern angedeutet. »Es sind absolute Premiumprodukte. Das ist der Vorteil, wenn man an der Quelle ist.«

Die Weste war ein wenig steif, aber überraschend leicht, aus seiner Zeit beim BKA hatte er deutlich massivere in Erinnerung.

»Waffe?«, fragte Mara.

»Ich bleibe bei der P99.«

»Okay, ich habe es mir gedacht.«

Mara und er schulterten je einen der bereitliegenden Rucksäcke. Zusammen mit der Weste trug er nun doch an die fünfzehn Kilo mit sich herum, überschlug er. »Gehen wir.«

»Herr Velten.« Richard Toben hatte seine Stimme erhoben. Speichel tropfte aus seinem linken Mundwinkel, er sprach undeutlich. »Ich merke mir, dass Sie uns in dieser Situation unterstützen. Bringen Sie Fee wieder zu uns zurück.«

Die Worte klangen wie eine Drohung.

39

Donnerstag, 18. April
20:05 Uhr

SIE WAREN WIEDER allein. Alea nahm den Tablet-PC vom Wohnzimmertisch und öffnete die Wohnraumsteuerung. Kaum hatte sie den entsprechenden Befehl eingegeben, drehte sich lautlos ein Teil des Bücherregals an der Längsseite der Wohnzimmerwand, und ein zwei mal zwei Meter großer weißer Bildschirm kam zum Vorschein. Sie bestätigte eine weitere Einstellung, und auf dem Bildschirm erschien eine Karte der Innenstadt von Norderney, auf der sich zwei rote, dicht beieinanderliegende Punkte bewegten. Velten und Mara. »Du nimmst es Velten übel, dass er einen Aufschlag auf sein Honorar verlangt hat, oder?«

»Es ist unredlich, eine Notsituation auszunutzen. Er wusste, dass wir keine Wahl hatten.« Richard Toben sah nach oben, zu ihr. »Das ist es, was mich geärgert hat.«

Sein Groll war unüberhörbar. Alea hatte nicht dafür gesorgt, dass sie zwischen mehreren Handlungsalternativen hätten wählen können. Mal ganz davon abgesehen, dass Velten eine Sicherheitslücke war. Der Mann war nicht loyal gewesen, hatte sich offen gegen ihre Anweisungen gestellt und in Bereichen ermittelt, die ihn nichts angingen. Sie musste sich eingestehen, dass ihr Management der Situation insgesamt ungenügend gewesen war. Aber das war kein Grund, das ungefragt zuzugeben. Keine Schwäche zeigen, auch nicht gegenüber Richard. »Das alles wäre nicht passiert, wenn ...«

»... ich nicht zu weich gewesen wäre, ja, Alea.« Er stand auf, stützte sich dabei auf seinen dunkelbraunen Holzstock mit dem lederbezogenen Griff. Ein Familienerbstück. Ein Salen-Familienerbstück. »Es tut mir leid. Es liegt jetzt in deinen Händen, das zu korrigieren. Ich muss dir etwas gestehen. Bitte ...«

Alea war überrascht. So gefühlsduselig kannte sie ihn gar nicht. Vielleicht eine Folge des blöden Unfalls.

»Du bist stark«, begann er. Obwohl er sie immer noch um einen halben Kopf überragte, fiel ihr zum ersten Mal auf, dass er den Rücken gebeugt hatte. »Damals, als ich vorgeschlagen habe, dass wir uns aus dem Aufsichtsrat zurückziehen sollten, dass wir verkaufen sollten ... Das war ein Fehler. Du bist stärker, weit stärker, als ich dich eingeschätzt habe, stärker als ich. Ich weiß, dass unser Unternehmen bei dir in guten Händen ist. Dass unsere Familie bei dir in guten Händen ist. Ich weiß, dass du alles tun wirst, um Fee wieder zurückzuholen. Dass du alles tun wirst, dass Fee danach wieder in Sicherheit ist.«

Das passte so gar nicht zu ihm. Trotzdem tat es gut, diese Worte zu hören. Sie wirkten beruhigend, machten den Blick frei für das, was getan werden musste. Sie würde Velten maßregeln müssen, egal, wie die Sache hier ausging.

»Unser Status basiert auf Entschlossenheit, Kontrolle, Härte und Respekt. Respekt, den die Leute vor uns haben.« Richard schien noch etwas Grundsätzliches loswerden zu wollen. »Wir dürfen niemals zulassen, dass diese Basis infrage gestellt wird.«

Richard hatte recht. Nein, sie würde Velten nicht nur maßregeln, sie würde ein unmissverständliches Exempel an ihm statuieren. Ihr erster Reflex war es, Mara die Sache zu übertragen. Aber sie hatte mit Velten angebändelt, vielleicht sollte sie sich besser nicht auf ihre Loyalität verlassen. Gewisse Sachen sollte man grundsätzlich selbst erledigen.

Behutsam umarmte sie Richard, schmiegte sich an ihn. »Ich werde immer gut auf unsere Familie aufpassen, versprochen.«

»Ich liebe dich«, sagte er. Seine linke Hand strich über ihren Rücken. Er drückte sie an sich, hielt sie ganz fest.

»Ich liebe dich auch.« Ob seine Gefühlsduselei die ersten Anzeichen von Demenz waren? Er war deutlich älter als sie, vielleicht waren sie Zeichen des einsetzenden Verfalles. »Möchtest du einen Gin Tonic?«

»Gerne.«

Sie ging zu der kleinen Bar, unpassend schnell, wie sie selbst bemerkte, und griff nach der Hausmarke und das dazu passende Tonic.

Die roten Punkte auf der Landkarte hatten das Cumberland-Denkmal erreicht und verharrten dort. Was auch immer Velten dazu bewogen hatte, nun doch zusammen mit Mara den Geldboten zu spielen, es konnte ihr egal sein. Die beiden als Team waren von Anfang an ihre präferierte Lösung gewesen. Ihr angeblicher Entschluss, selbst die Übergabe zu machen, war nur eine Finte gewesen. Sie war sich sicher gewesen, dass Mara noch ein weiteres Mal versucht hätte, sie zu überreden, an ihrer statt das Lösegeld zu übergeben, und spätestens dann hätte sie so getan, als gebe sie nach. Es war immer besser, die Leute glauben zu lassen, sie hätten selbst entschieden, ein persönliches Risiko einzugehen, als es von ihnen zu verlangen. Und so, die beiden als Team, war es am besten.

Sie rührte mit den bereitliegenden Glasstäben die fertigen Drinks um und kehrte zu ihrem Mann zurück.

»Skal!«

»Auf Fee«, antwortete er.

Nach einer Weile begannen die roten Punkte, sich weiterzubewegen, und zwar mit großer Geschwindigkeit entlang der Hauptstraße nach Osten.

»Ein Fahrzeug«, brummte Richard. Bis auf einige kurze Stopps behielten sie die Geschwindigkeit bis zum Leuchtturm bei, dann wanderten die roten Punkte weiter nach Osten. Alea blickte nach draußen, es dämmerte bereits.

Es tat ihr gut, Richard bei sich zu haben. Gemeinsam durch den Sturm. Wie damals, als sie den ganzen Tag nebeneinander auf der Couch gesessen hatten, gebannt wartend auf eine Nachricht, vielleicht von den Entführern, vielleicht von der Polizei, dass Fee nun wieder frei wäre. Ab und zu versuchten sie sich in Konversation, vor allem Richard, obwohl ihm das Reden schwerfiel. Ihre Gedanken zogen immer weitere Kreise. Konnten sie hier weiterhin wohnen bleiben, nun, da ihr Geheimnis gelüftet und ihre Deckung aufgeflogen waren? War die Insel noch sicher für sie? Sie waren ungebundener als damals, sie mussten sich keine Gedanken um eine Schule für Fee machen, um eine Heimat für sie. Sie könnten weiterziehen, dahin, wo immer sie hinwollten, wo es sicher war, in eine neue Heimat, wo niemand sie kannte, vielleicht wieder unter einem neuen Namen.

Wollte sie das? Konnte sie sich das wirklich vorstellen? Weg von hier? Nein, eigentlich nicht. Das hier war ihre Insel. Ein Fortzug wäre ein Rückzug. Ein Rückzug war immer eine Niederlage, und sie verlor nicht, sie würde auch dieses Mal nicht verlieren, sie würde auch diese Insel nicht verlieren. Nein, sie würden hierbleiben, so wie es immer geplant gewesen war.

Eine neue Nachricht. »Von Fee?«

»Wie bitte?«, erwiderte sie. Richard schaute sie an. »Moment.«

Kein Text, nur ein Video. Sie spielte es auf dem oberen Teil des großen Bildschirms ab. Regelte die Lautstärke nach oben. Sie musste schlucken, ihr Hals fühlte sich trocken an.

Es war ihre Tochter. Wieder war sie nur oberhalb ihrer Schultern zu sehen, die rote Fessel drückte tief in ihren Hals, presste sie gegen die hinter ihr befindliche Säule. Fee sah furchtbar aus, erschöpft, als hätte sie seit der Entführung nicht geschlafen. Ihr Atem war ganz flach, die Augen in den dunklen Höhlen waren kraftlos. Fee hatte aufgegeben. Sie war gebrochen worden.

»Mama. Papa. Dies ist meine letzte Nachricht. Die
Bedingungen waren eindeutig, ihr habt entschieden.
Die Lösegeldübergabe ist gescheitert, weil ihr nicht
den Anweisungen gefolgt seid! Ich werde nun sterben.
Es war eure Entscheidung. Ich will, dass ihr das wisst.«
Unter ihren Augen schimmerte es feucht. Sie schluckte,
ein Zucken raste über ihr Gesicht. *»Und dass ich euch*
nicht vergebe.«

Alea spürte den Schmerz, als ihre eigenen Fingernägel sich
in das Fleisch ihres Unterarmes bohrten, aber dieses Mal
wirkte es nicht. Gebannt beobachtete sie, wie ihre Tochter
ein letztes ergebenes Nicken andeutete. Dann wanderte ihr
Blick auf den unteren Teil des Bildschirms, der noch immer
die Landkarte mit den beiden roten Punkten zeigte. Diese
hatten den Ostheller längst hinter sich gelassen und waren
weit in das dahinterliegende Naturschutzgebiet vorgedrun-
gen.

40

Donnerstag, 18. April
20:25 Uhr

SIE WAREN GUT vorangekommen. Mara war, im Gegensatz zu ihm, austrainiert und hatte ein zügiges Tempo vorgelegt: gerade so, dass es nicht zu anstrengend wurde, aber zu schnell, als dass man sich hätte unterhalten können, ohne außer Atem zu kommen. Die letzten Meter vor ihrem Ziel nahmen sie den Fußweg durch ein Wäldchen, das die Siedlung Nordhelm von der Richthofenstraße trennte, und an dessen Ende, dort wo der Fußweg wieder auf die Straße traf, das Cumberland-Denkmal stand.

Es hatte die Form eines Obelisken und erinnerte an das Königshaus Hannover, dessen Könige aufgrund ihrer Verwandtschaft zum englischen Königshaus ebenfalls den Titel *Duke of Cumberland* geführt hatten. Und es erinnerte daran, dass ein Norderneyer dieses Haus Cumberland im Jahr 1861 vor dem Aussterben bewahrt hatte, als er den damals sechzehnjährigen Kronprinzen während eines Aufenthalts auf der Insel vor dem Ertrinken gerettet hatte. Passte irgendwie zu ihrem Auftrag, schoss es Velten durch den Kopf. Zufall oder Absicht?

Mara und er traten auf den kleinen, von niedrigen Büschen

umsäumten Platz. Niemand außer ihnen war hier, nur ein Auto fuhr hinter ihnen lärmend in Richtung Stadt. Am Rand des Platzes, neben einer Sitzbank und halb von Gebüsch verdeckt, erblickte Velten die Informationstafel. Die Vorderseite zeigte Fotos von blaustichigen Ölgemälden der damaligen königlichen Familie sowie einen Stahlstich der königlichen Sommerresidenz, dem Vorläufer des heutigen Conversationshauses. Auf der Rückseite war mit Klebestreifen ein Handy befestigt, dazu ein Fünf-Euro-Schein.

»0305«, murmelte Mara, als sie den Code eintippte. Der Bildschirm wurde entsperrt. Als Hintergrundbild des ansonsten leeren Displays Felicitas in Großaufnahme. Ihre Augen blickten sie vorwurfsvoll an.

»Und jetzt?«

Plötzlich vibrierte das Gerät, eine Kurznachricht. Angeblich von Felicitas, dem einzigen eingespeicherten Kontakt.

Von diesem Handy können keine Anrufe getätigt werden. Probiert es erst gar nicht.

Nehmt jetzt den Bus der Linie 9, der um 20:31 Uhr von der Haltestelle Birkenweg Richtung stadtauswärts fährt. Das Kleingeld sollte reichen.

Mara blickte auf ihre Uhr. »Das ist quasi jetzt!«

»Los!«

Die Haltestelle war knapp hundert Meter entfernt, noch während sie auf sie zuliefen, sahen sie den Bus heranrollen. Velten hob die Hand, um zu signalisieren, dass sie einsteigen wollten. Hinter der Windschutzscheibe erkannte er, wie der Busfahrer ihnen beruhigend zurückwinkte. Keuchend stiegen sie zu, Velten bezahlte. Noch während sie zwei freie Sitzplätze einnahmen, wurde der Motor lauter, und der Bus fuhr los.

»Das war ziemlich knapp«, sagte Mara. »Wären wir etwas weniger pünktlich gewesen, hätten wir die Anweisung nicht einhalten können.«

Eine Gruppe Jugendlicher hörte über einen tragbaren Lautsprecher Hip-Hop, nicht übermäßig laut, aber so, dass auch die übrigen Fahrgäste die nicht jugendfreien Texte verstehen konnten. Das waren meist Pärchen vom mittleren Alter aufwärts. Sie trugen modische wetterfeste Jacken, die Herren dunkle Hosen und Lederschuhe, bei einigen Damen blitzte unter den Mänteln der Saum eines Abendkleides auf. Nicht das Outfit für eine abendliche Wanderung.

»Das ist der Bus, der bis zum Nordblick fährt«, meinte Mara. »Sommersaison, erster Tag. Gestern hätten wir ihn noch nicht nehmen können.«

Der Wald zu ihrer Linken war bereits dunkel, es waren kaum noch Konturen zu erkennen. Die nächste Haltestelle kam in Sicht, Meierei, die Stadtgrenze. Die Haltestelle war leer, sie fuhren, ohne anzuhalten, weiter. Die Sonne in ihrem Rücken legte einen goldenen Schleier über die Landschaft, die Insel zeigte sich von ihrer besten Seite.

Velten betrachtete das Handy, das Mara noch immer in ihrer Hand hielt. Ein eher billiges Smartphone.

»Kann ich mal?« Angeblich waren keine Apps auf dem Gerät installiert. Er warf einen Blick auf die Systemkonfiguration. Die CPU-Auslastung war außergewöhnlich hoch, die Sicherheitseinstellungen schienen nicht zu greifen. Wahrscheinlich war das Handy manipuliert worden. Sorgfältig bedeckte er mit der Hand Mikrofon und Kamera, dann zog er Mara zu sich.

»Das Smartphone ist nicht sicher?« Sie hatte ihm aufmerksam zugeschaut.

»Ja. Ich vermute, hier sind Spionage-Apps installiert. Standort, Mikrofon, Kamera, alles kann kompromittiert sein.«

»Also – solange wir das Handy bei uns tragen, wissen die Entführer genau, wo wir sind, und im Zweifel ebenso, was wir sagen?« Sie sah ihn an. Er nickte.

Der Bus fuhr langsamer und hielt an der Jugendherberge. Die Jugendlichen stiegen aus. Nun war es still im Bus.

»Mir ist noch etwas aufgefallen«, sagte Mara leise. »Die Ansprache in der Nachricht: *Nehmt* den Bus. Die Entführer wissen genau, dass wir zu zweit sind. Auch das Geld hat genau für die Tickets gereicht.«

Ja, dachte Velten. Außerdem fragte er sich, warum die Entführer so knapp kalkuliert hatten, dass sie beinahe den Bus verpasst hätten. Vielleicht hatten die Entführer gewusst, dass sie ihn noch kriegen würden, weil sie sie am Cumberland-Denkmal beobachtet hatten.

Sie fuhren am Campingplatz vorbei, danach am Golfplatz, auf dem tatsächlich noch einige Partien gespielt wurden, und erreichten den Leuchtturm. Wieder erschien eine Nachricht auf dem Handy-Display.

Steigt bei der nächsten Haltestelle aus.

Sie befolgten auch diese Anweisung. Der Bus fuhr weiter,

über die Stichstraße nach Norden zur Endstation beim Nordblick. Eigentlich war klar, was jetzt die nächste Anweisung sein musste. Die Sonne stand bereits so tief, dass sie hinter einer kleinen Baumgruppe verschwand. Ein kalter Wind zog über die flache Landschaft. Eine Nachricht kam an:

Geht zum Parkplatz am Ostheller. Ihr habt zwölf Minuten Zeit.

»Warum diese knappen Zeitvorgaben?«, fragte Mara, als sie wieder zügig losmarschierten.

»Zeitdruck. Er soll wohl verhindern, dass wir die Ruhe haben nachzudenken«, sagte Velten. »Und es geht um Macht. Sie wollen wissen, ob sie uns kontrollieren können.« Ob wir folgsam sind. So folgsam wie Schafe, die zu ihrer Schlachtbank laufen. Folgsam. Wie Fee?

Sie hatte die Entführung bemerkenswert gefasst über sich ergehen lassen. Er bewunderte ihre Stärke, die kühle Art, mit der sie in diesen Videos gesprochen hatte. Bei all den Ängsten, die sie quälen mussten, war ihre Stimme nicht zittrig gewesen, als sie die Botschaften der Entführer vorgelesen hatte. Als hätte sie gewusst, was von ihr erwartet wurde.

»Felicitas«, begann er, »sag mal, warum ist sie so? Es scheint so, als würde sie kein bisschen Widerstand leisten. Nicht, als der Entführer sie in ihr Auto gezwungen hat, nicht auf den späteren Videos. Niemals ein Zeichen dafür, dass Gewalt angewendet wurde. Zum Glück, natürlich. Aber warum kann sie das?«

Mara antwortete nicht sofort. »Sie ist sehr rational«, sagte sie nach einer Pause.

»Es wirkt nicht so, als ob sie völlig willenlos wäre«, setzte Velten nach.

»Es war Aleas Idee.« Und dann, so schien es ihm, tat es ihr gut, etwas loszuwerden. »Die Tobens sind ... hart, gegen andere und auch gegen sich. Und Alea und Richard ... Fee ist vielleicht ihr Schatz, aber es geht ihnen weniger darum, sie zu umsorgen, als darum, sie zu besitzen. Und ihr oberstes Ziel ist es, dass ihr Schatz nicht verloren geht. Liam und ich haben gesehen, wie Fee aufgewachsen ist, und sie tat uns immer so leid. Wir hatten uns gegenseitig versprochen, immer für sie da zu sein.«

Das war kein Allgemeinplatz, dafür hatte sie zu deutlich Kritik an ihren Arbeitgebern geübt. Sie wollte auf etwas Spezielles hinaus, das konnte er fühlen. Die Weihnachtsfeier, von der schon Liam erzählt hatte? »Wie kann ich mir das vorstellen? Gab es ... irgendwelche Vorfälle?«

Sie erzählte weiter, obwohl sie aufgrund des Tempos zwischendurch schwer atmen musste. »Es begann, als Fee das Ende des Grundschulalters erreichte. Bis dahin hatten wir sie recht gut bewachen können, ohne dass es besonders aufgefallen wäre. Sie hatte mit ihren Freunden zu Hause oder dort gespielt, wo wir in ihrer Nähe sein konnten. Meistens ich, manchmal auch Liam oder in sehr seltenen Fällen auch Alea oder Richard. Doch als die Grundschulzeit zu Ende ging, realisierten die Tobens, dass sich das nun mehr und mehr ändern würde. Und auf einmal war die Furcht da, dass es wieder einen Entführungsversuch geben könnte. Und dass sie dabei zu Schaden kommen könnte, wenn sie Widerstand leisten würde. Denn damals ging gerade ein ähnlicher Fall durch die Medien. Ein Entführungsopfer hatte sich gewehrt und war in einem Handgemenge erschossen worden.

Fee sollte sich im Falle eines Falles nicht durch Widerstand selbst in Gefahr bringen, sondern durchhalten, bis das Lösegeld geflossen war oder sie auf andere Weise gerettet wurde. Fee sollte lernen, in solch einer Situation gefasst zu bleiben, keine Panik zu entwickeln. Die Tobens haben Liam und mich beauftragt, Fee auf diese mögliche Situation vorzubereiten. Fee sollte zwar innerlich stark, aber absolut folgsam sein.«

»Unglaublich«, murmelte Velten. »Ihr habt nicht wirklich ein Kind darauf vorbereitet, dass es jeden Moment entführt werden kann?«

»Nein, wir hielten die Vorgabe für falsch und unterliefen sie einfach, zuerst jedenfalls. Aber ...« Sie zögerte, schien zu überlegen, ob sie weiter ausholen sollte. »Irgendwann«, fuhr sie dann fort, »trennten Liam und ich uns, und ich habe der Bitte von Alea und Richard entsprochen. Es war die Bedingung dafür, weiter bei Fee sein zu können. Ich musste doch alles dafür tun, um bei ihr sein zu dürfen, verstehst du? Sie ist doch meine ... Sonst wäre sie doch vollkommen alleine gewesen, bei diesen ... Tobens. Einer musste doch bei ihr bleiben.«

Sie wischte sich über die Augen. Der Mascara war verschmiert, ein breiter schwarzer Strich zog sich über die Stirn.

Und Liam hatte einfach gehen können, dachte Velten. Hätte jemand anderes diese Story erzählt, hätte er sie nicht geglaubt. Aber das, was Maras Ex-Freund verraten hatte, passte zu ihrer Geschichte. Die beiden unterstützen einander noch immer. In seinem Kopf kullerte eine Münze los, begann zu kreisen, ihm kamen Verknüpfungen in den Sinn. Was, wenn die gesamte Sache hier etwas anderes war als die Entführung der Tochter steinreicher Eltern. Wie hatte Liam es gesagt? Er hatte sie retten wollen. Und Mara auch. Die Statur des Entführers könnte zu Liam passen, Mara kannte sich mit den Sicherheitsvorkehrungen aus … Puh. Was für eine wilde Theorie.

»Das ist doch Wahnsinn«, sagte Mara neben ihm und riss ihn aus seinen Gedanken. »Wir laufen im Dämmerlicht eine menschenleere Straße entlang, einem leeren Parkplatz entgegen, hinter dem nur noch mehrere Kilometer Wildnis liegen, ohne befestigte Wege. Wo eventuell bewaffnete Gangster auf uns warten.«

»Ja«, erwiderte Velten nur. Schon hinter der nächsten leichten Biegung würde der Parkplatz auftauchen. Er war sich inzwischen ziemlich sicher, dass dies nicht die letzte Station ihrer Reise sein würde.

»Weißt du, was ich nicht verstehe?« Mara war auf einmal stehen geblieben. Er drehte sich zu ihr um. »Ich weiß, dass das irre ist, und ich tue es trotzdem, und zwar weil ich Fee liebe und sie retten will. Aber warum machst du das? Du weißt ebenso wie ich, dass wir vielleicht in eine tödliche Falle tappen, und du machst das, weil du ein paar Scheine verdienen willst? Weil du Fee retten willst? Nicht wirklich, oder? Du kennst sie doch gar nicht! Warum machst du das, Tobias? Bist du tatsächlich so lebensmüde?«

Er sah sie an und wusste nicht, was er ihr darauf sagen sollte. Ja, er hatte Schuldgefühle, weil er schon einmal versagt hatte. Aber das war es nicht alleine. Er wollte endlich Antworten haben. Was sagt das über mich aus, fragte er sich. Keine Ahnung.

Also sagte er nichts, und sie gingen weiter.

41

GEHT WEITER NACH *Osten, bis ihr das Zeichen erkennt.*

»Wenn wir das machen, sind wir ganz auf uns gestellt.« Velten betrachtete den schmalen Weg, der direkt vor ihnen zwar noch gepflastert war, aber sehr bald nur noch ein unregelmäßig durch Pfähle markierter Trampelpfad inmitten einer unwirtlichen Landschaft sein würde. Neben ihnen warnte ein Schild vor Treibsandfeldern. »Meinst du, die können uns sehen?«

»Das brauchen sie nicht«, sagte Mara. Sie deutete auf das Handy. »Die wissen genau, wo wir sind. Zumindest können wir davon ausgehen.«

Die Sonne in ihrem Rücken spendete keine Wärme mehr, sie warf lange Schatten. Ein scharfer Wind war aufgekommen und ließ Velten frösteln. Wie würde er als Entführer nun weiter vorgehen? Er würde vermeiden, gesehen oder erkannt zu werden. Er würde vor allem eine Situation herbeiführen, die er unter Kontrolle hatte. Nicht nur die Übergabe des Lösegelds planen, sondern auch die nächsten Schritte. Einen Weg in der Hinterhand haben, den die anderen nicht gehen konnten, weil ihnen die Mittel dazu fehlten. Es war gerade Flut, vielleicht Flucht über das Meer, zur nächsten Insel, oder direkt zum Festland.

Oder er würde tatsächlich einen Hinterhalt legen, um den Boten des Lösegelds auszuschalten. Wahrscheinlich hatten sie es mit zwei oder drei bewaffneten Entführern zu tun, die klar im Vorteil waren. Die Dünen waren zwar nicht sehr hoch, trotzdem war die Landschaft uneben und schwer einsehbar. Vor allem zu dieser Tageszeit. »Seien wir realistisch: Wenn die Entführer uns da drin umlegen wollen, werden wir das kaum verhindern können«, sagte Velten.

»Also bleiben wir hier?«

»Wenn wir zu Schaden kommen sollten, wird auf jeden Fall die Polizei eingeschaltet werden, das lässt sich gar nicht verhindern. Daran können die Entführer kein Interesse haben.« Zumindest, wenn es ihnen nur um das Geld geht, ergänzte er in Gedanken. Sobald etwas anderes dazukam, wurde es komplizierter. Aber vielleicht war es ganz gut, das gegenüber Mara noch einmal zu erwähnen.

»Dann rein und beten und hoffen?«, fragte sie.

»Für Felicitas«, antwortete er.

Der Trampelpfad führte über hartes, dünnes Gras in die sandigen Mulden zwischen den Dünen. Ganz zu Anfang kam ihnen noch eine kleine Wandergruppe von Herren mittleren Alters entgegen, die ihnen ein paar anzügliche Fragen zum Ziel ihrer Wanderung stellten. Dann aber waren sie alleine. Sie folgten einem Priel, der jedoch trotz der Regenfälle der letzten Tage zurzeit kein Wasser mehr führte. Velten achtete darauf, dass Mara meist leicht versetzt vor ihm lief und dass er ihr vor allem nicht den Rücken zuwandte. Sicher war sicher.

Immer wieder hörten sie Rascheln und schnelle, hektische Bewegungen aufgescheuchter Tiere. Einige Vögel, vor allem aber Kaninchen, die es sich zum Ziel gesetzt zu haben schienen, die gesamte Landschaft mit ihren Höhlen zu durchsetzen und mit ihren kugeligen Hinterlassenschaften zu übersäen. Ab und zu sahen Mara und Velten sich um, ob ihnen jemand folgte, konnten aber keine entsprechenden Hinweise ausmachen.

Sie passierten die Postbake, die in früheren Zeiten, als Pferdefuhrwerke unter anderem die Post vom Festland auf die Insel gebracht hatten, als Wegmarke über das Watt gedient hatte, und folgten weiter den rot-grün markierten Holzpfählen, die ihnen grob den nächsten Abschnitt ihres Weges anzeigten. Die Träger der Rucksäcke drückten Velten inzwischen unangenehm in die Schultern, und in seinen Schuhen sammelte sich der Sand. Der Untergrund wurde morastiger, der Weg war als solcher nicht mehr erkennbar, immer wieder mussten sie größere Pfützen und Matschflächen umgehen.

Nach einer halben Stunde erreichten sie ein schmales, mäandrierendes Gewässer, der letzte Ausläufer eines großen Priels, der vom Wattenmeer durch die sumpfigen Wiesen bis hierhin in die nördlichen Dünen reichte und die Insel bei Sturmfluten regelrecht teilte. Ein verlassenes Kajak dümpelte am Ufer.

Auf der anderen Seite konnten sie eine Gestalt erkennen,

die vor einer schmalen Düne auf sie zu warten schien, sich aber nicht vom Fleck rührte.

»Ich hätte nicht gedacht, dass wir tatsächlich jemandem begegnen«, sagte Velten. Weshalb sollten die Entführer das machen? Sie hätten sie auch einfach anweisen können, das Geld irgendwo zu deponieren, um es dann dort abzuholen. Eine direkte Übergabe war nicht nötig. Velten sah reflexartig nach hinten, aber niemand war zu erkennen. »Das gefällt mir nicht.«

»Scheiße«, murmelte Mara.

»Weiter«, sagte Velten, sowohl zu Mara als auch zu sich selbst. Gemeinsam stapften sie durch den schweren, nassen Sand, er achtete trotzdem darauf, einen halben Schritt hinter ihr zu bleiben. Die Konturen der Gestalt waren nur schwer auszumachen, kurz meinte er, die Kapuze einer schwarzen Windjacke zu erkennen, die die Person über den Kopf gezogen hatte, und dass die Hände in den Taschen vergraben wären. Aber die Gestalt bewegte sich so seltsam, als würde sie zittern.

Mara begann zu lachen. Und dann erkannte er den Grund und konnte sich auch ein erleichtertes Grinsen nicht verbieten. Die Überreste eines Zeltes, Treibholz und Müll hatten sich in einem Strauch verfangen. Je näher sie herantraten, desto weniger konnten sie sich erklären, wie sie das Gebilde vorher für einen Menschen hatten halten können.

»Weiter?«

»Weiter!«

Sie stapften vorwärts, die Dünen zur Nordseeseite wurden

allmählich flacher und unregelmäßiger, immer wieder kreuzten Sandverwehungen ihren Weg. Die Sonne hatte ihren täglichen Kampf verloren gegeben. Auch nachdem sich ihre Augen langsam an die Dunkelheit gewöhnt hatten, reichte das kalte Licht des Mondes und der Sterne gerade aus, um die gröbsten Fehltritte zu vermeiden.

Inzwischen hatte Velten es aufgegeben, die Umgebung nach möglichen Hinterhalten abzusuchen. Der Adrenalinspiegel war abgesunken, Kopfschmerzen und Übelkeit stellten sich ein. Die Beine wurden müde. Bleib konzentriert, ermahnte er sich. Nicht nachlassen. Behalte Mara weiter im Auge. Du tappst sonst genau in die Falle, die für dich vorgesehen ist. Sofern hier überhaupt noch irgendetwas vorgesehen war.

Als sie bei der Möwendüne ankamen, nahmen sie die Abzweigung, die den kleinen Hügel hinaufführte: Im Norden war der letzte Dünenübergang zur offenen Nordsee, im Osten führte der Weg durch eine flache Wiesen- und Moorlandschaft, im Süden gingen die Weiten der Salzwiesen in Wattlandschaft über.

»Haben wir das verdammte Zeichen übersehen?« Mara sprach aus, was inzwischen auch seine Befürchtung war. Vielleicht hätten sie sich das Kajak genauer ansehen sollen. War das vielleicht das Zeichen gewesen, von dem in der letzten Nachricht die Rede gewesen war? Sie holte noch einmal das Handy heraus. Es waren drei Balken bei der Statusanzeige zu sehen, sie hatten offensichtlich Empfang. Aber es war keine weitere Nachricht eingetroffen. »Was meinst du?«

Da die Entführer es ja dank des Handys gewusst hätten, wenn sie falsch abgebogen wären, sie aber noch keine korrigierende Nachricht erhalten hatten, waren sie wohl noch planmäßig unterwegs. Und eigentlich war es ja logisch: Je weiter sie nach Osten liefen, in die Abgeschiedenheit, je einsamer sie waren, desto besser konnten die Entführer die Situation kontrollieren. Ein anderer Gedanke, der auf dem vorherigen aufbaute, wollte sich gerade Bahn brechen, als ein Geräusch dicht neben ihnen Velten in die Realität zurückkriss.

»Ganz ruhig, das ist nur ein Vogel«, sagte Mara. Eine Möwe war neben ihm aufgeflogen.

Die weitere Route bis zum Ostende wurde ungemütlicher. Die Regenfälle der letzten Tage hatten den Pfad matschig gemacht, mehrfach mussten sie durch Pfützen waten, deren Tiefe nur schwer auszumachen war. Bei der zweiten glitt Velten auf irgendetwas aus. Er konnte sich zwar gerade noch mit den Händen abstützen und so verhindern, der Länge nach hinzufallen, doch die Hose war komplett durchnässt. Der Wind zerrte nun umso kühler an seinen Beinen.

Nach einiger Zeit erreichten sie die flachen Randdünen am Ostende der Insel. Wenn ihnen dort jemand auflauerte, dann würden sie ihm direkt und ungeschützt in die Arme laufen. Aber das hatte er in der letzten Stunde schon so oft gedacht, irgendwie fehlte Velten jetzt fast schon die Energie, seine Sorge ernst zu nehmen.

Sie liefen noch ein Stück weiter hoch, das Gras unter ihnen wurde endlich etwas fester, und sie traten durch den

Dünendurchbruch. Vor ihnen erstreckte sich der Strand über zweihundert Meter leicht abfallend bis zum dunkel glitzernden Wasser. Auf halber Strecke erschien der schwarze Schatten des Wracks, eines ehemaligen Muschelbaggers, der in den Sechzigerjahren hier gestrandet und aufgegeben worden war. Weit hinten leuchteten die Lichter am Westkopf und im Hafen von Baltrum, der nächsten Insel. In dem Seegatt zwischen ihr und Norderney lauerten gefährlich starke Strömungen, die sich ständig veränderten und ein Durchschwimmen der Passage zwischen den Inseln nahezu unmöglich machten.

»Niemand hier?«

»Sieht nicht so aus. Irgendwas, das wie ein Zeichen aussieht?«

»Vielleicht beim Wrack?«

Der Strand war von Kieseln und kleinem Strandgut, Zweigen und Plastikmüll übersät, jede größere Flut hinterließ hier ihre Spuren. Rechts von ihnen konnte Velten in der Ferne einige kleine Buckel ausmachen, das mussten Robben und Seehunde sein, die sich von ihren Beutezügen ausruhten.

»Wir hätten eine Taschenlampe mitnehmen sollen. Kannst du was erkennen? Einen Zettel oder so?«

»Nicht wirklich.«

Die rostigen Überreste des Schiffes ragten über eine Länge von zehn Metern aus dem Sand hervor. In den Seitenwänden klafften Löcher. Bis auf eine Art Winde am Bug waren keine Aufbauten mehr vorhanden. Das Wrack war mehrfach besprüht und bemalt worden, die Farbkleckse irritierten im Halbdunkel und täuschten das Auge bezüglich der vor ihm liegenden Form und Struktur.

»Ne, hier ist gar nichts.« Mara setzte sich ratlos in den Sand und zog noch einmal das Handy heraus. Es zeigte immer noch keine neue Nachricht an.

Velten nahm neben ihr Platz, zerrte den nassen Schuh und den Socken vom Fuß, wrang Letzteren aus und zog dann beides wieder an. Im Westen wanderte das Licht des Leuchtturms durch den Nachthimmel. Hinter ihnen brandeten die Wellen. Wind rauschte über die Spitzen der Dünen. Feiner Sand klebte auf der Haut. »Wenn wir jetzt das Geld behalten würden, du eine Million, ich eine Million, das würde keiner mitkriegen, oder?«

»Pfft.« Mara spielte das Spiel mit. »Das Geld reicht nicht zum Untertauchen. Lohnt sich nicht.«

Ja. Das Rätsel der Höhe des Lösegeldes. Gemessen am Vermögen der Unternehmerfamilie und dem Risiko, das die Entführer eingegangen waren, nahmen sich die geforderten zwei Millionen Euro geradezu lächerlich gering aus. Richard und Alea Toben verfügten über Wissen und Macht, die weit wertvoller waren als das bisschen Geld. Vielleicht, überlegte Velten, waren die zwei Millionen erst der Anfang. Eine Art Test, ob die Tobens bereit waren, mit den Entführern zu verhandeln? Ging es gar nicht um das Lösegeld, sondern um etwas ganz anderes?

Mittlerweile hatte er sich fast zu viele unterschiedliche Theorien zurechtgelegt, wer aus welchem Grund hinter der Entführung stehen könnte. Und wahrscheinlich war am

Ende ohnehin alles ganz anders, als er es sich bisher vorgestellt hatte. Verdammt, er wollte das Rätsel lösen, deshalb saß er hier, mit Mara, die sowohl seine Partnerin als auch seine Hauptverdächtige war.

Während er so dasaß, angespannt und müde zugleich, sickerte nach und nach die Ahnung durch, dass sie ganz weit weg von dort waren, wo sie hätten sein sollen.

»Lass uns umkehren.«

42

WÄHREND VELTEN DIE Nummer in das Telefon eintippte, überlegte er, was er seinen Auftraggebern sagen sollte. Er drückte Wählen, es klingelte. Es klingelte weiter. Es klickte. Der Anrufbeantworter ging dran.

»Ich probiere es am Handy.« Er tippte die Nummer, die Mara ihm diktierte. Ließ es klingeln. Es klingelte weiter. Der Anrufbeantworter ging dran. Velten legte auf: »Sie sind nicht erreichbar.«

Dem Betreiber des Campingplatzes, den sie gerade mitten in der Nacht mit der Bitte geweckt hatten, sein Telefon benutzen zu dürfen, war diese Nachricht relativ egal. Schlaftrunken saß er in seinem blau-weiß gestreiften Schlafanzug an einem kleinen Esstisch und zündete sich eine Zigarette an. »Ist vielleicht nicht jedermanns Uhrzeit.«

»Es tut mir leid, dass wir Sie so frühmorgens belästigen«, sagte Mara. »Und vielen Dank, dass wir Ihr Telefon benutzen durften. Aber wir hätten noch eine zweite Bitte.«

Zwei Minuten später rasten Velten und sie in einem roten Oldtimer-Mercedes über die Insel. Sie schwiegen, wie vorher beim Rückmarsch vom Ostende der Insel zum Campingplatz. Nur beim verlassenen Kajak hatten sie eine kurze Pause gemacht, um es noch einmal näher zu untersuchen, aber auch dort hatten sie keine Zeichen oder Hinweise gefunden. Das Gefühl, schon wieder versagt zu haben und dabei noch nicht einmal zu wissen, was genau falschgelaufen war, nagte an Velten.

Endlich, die Stadtvilla. Mara lenkte den Wagen auf den Bordstein und sprang aus dem Auto. Hektisch öffnete sie die Tür mithilfe des Fingerabdruckscanners.

Gemeinsam betraten sie das Gebäude. Ihre Schritte hallten leise durch die leere Empfangshalle. Ein merkwürdiger Geruch lag in der Luft. Aus dem Salon kamen dumpfe Geräusche, es klang, als ob jemand sprechen würde. Die Stimme einer jungen Frau.

»Fee. Das ist Fee!« Mara drängte sich an Velten vorbei und stieß die holzvertäfelte Flügeltür auf. Er eilte ihr hinterher. Sofort schlug ihm der unangenehme Geruch alten Blutes entgegen. Er wusste nicht, wo er zuerst hinblicken sollte.

Auf dem Sofa saßen Alea und Richard Toben, beide tot. Alea hatte einen dunklen roten Punkt mitten auf der Stirn, Kopfschuss, wie eine Hinrichtung. Richard fehlte ein Teil des Hinterkopfes. Aufgesetzter Schuss oberhalb der Kehle. Die rechte Hand, die noch immer die Waffe hielt, lag in seinem Schoß.

»Was zur Hölle …?« Er hielt sich die Hand vor den Mund.

Gegenüber den Tobens war auf einem riesigen Bildschirm Felicitas' Konterfei zu sehen. *Die Lösegeldübergabe ist gescheitert, weil ihr nicht den Anweisungen gefolgt seid! Ich werde nun sterben. Es war eure Entscheidung. Ich will, dass ihr das wisst. Und dass ich euch nicht vergebe.*

43

IHR WAR KALT, trotz mehrerer Lagen Kleidung, des dicken Wintermantels und der Wolldecke. Das Metall der Handschellen, mit denen sie an die Sitzbank der Hütte gekettet war, schabte an ihren Handgelenken, und das Isolierband über ihrem Mund störte beim Atmen, außerdem juckte es entsetzlich darunter. Aber das alles war nicht mehr wichtig. Denn das hier war das Ende des Albtraums, und es war ein gutes Ende.

Sie wusste, wo sie sich befand – in der Hütte am Südstrandpolder. Eine zugige kleine Holzhütte, ohne Tür, ohne Glasscheiben in den Fenstern, durch die man das Treiben in dem Vogelschutzgebiet beobachten konnte. In die anfangs dunkle, jetzt hellgraue Dämmerung spielten Blautöne hinein. Das Geschrei und Geschnatter der Säbelschnäbler, Austernfischer, Brandseeschwalben, Silbermöwen und wie sie sonst noch alle hießen, hatte an Lautstärke zugenommen. Der Regen hatte aufgehört. Es würde bestimmt nicht mehr lange dauern, bis die ersten Hobbyornithologen hier auftauchen und sie entdecken würden. Die Hütte lag auf einer kleinen Anhöhe in unmittelbarer Nähe der Innenseite des Deiches, der das für den Zutritt gesperrte, aus Seen, Wildwiesen und Moor bestehende Gebiet umschloss.

Unter den Lärm des immer lauter werdenden Geschnatters mischten sich neue Geräusche. Stimmen, Lachen, das Knirschen von Schritten auf dem kurzen Kiesweg, der zur Hütte führte. Der hellblaue Spalt der Türöffnung verdunkelte sich, jemand kam herein.

»Was ist ...?« Ein junger Mann sah sich verwirrt um, dann näherte er sich vorsichtig, zog das verflixte Isolierband ab, es ziepte, als würde er ein Pflaster entfernen.

»Sind Sie okay?«

Sie hustete. »Mein Name ist Felicitas Toben. Ich bin entführt worden.«

44

Donnerstag, 27. Juni

10:00 Uhr

DIE MEDIEN HATTEN versucht, ausführlich über die Vorfälle zu berichten, verfügten bisher aber nur über spärliche Informationen. Zur vorläufigen Abschluss-Pressekonferenz, die nach über zwei Monaten Ermittlungen stattfand, hatten sich daher viele Reporter angemeldet. Kurzerhand war die Pressekonferenz in den weißen Saal des Conversationshauses, die gute Stube der Insel, verlegt worden, der sonst als Veranstaltungsort für größere festliche Anlässe diente: Holzparkett, weiße Wände, Naturstein, Kassettendecke, schwere beigefarbene Vorhänge.

Velten saß in der letzten Stuhlreihe neben Dr. Meyer, seiner ehemaligen und auch künftigen Chefin beim Bundeskriminalamt. Sie schauten zu, wie Rheydt, der Leiter der Polizeistation, auf der höher gelegenen Bühne die offiziellen Erkenntnisse über den Fall zusammenfasste:

Felicitas Toben war am 15. April gegen kurz nach acht Uhr von einer unbekannten Gruppe um ihren Ex-Freund Jannik Schulz entführt worden. Ihre Eltern Alea und Richard Toben, Hauptaktionäre des Rüstungskonzerns MWS AG, hatten sich bereit erklärt, ein Lösegeld zu zahlen. Bei internen Streitigkeiten der Entführer war Jannik Schulz schon vorher von seinen Komplizen ermordet worden. Eine Lösegeldübergabe am 18. April schlug aus unbekannten Gründen fehl. In Anbetracht der gescheiterten Lösegeldübergabe beschlossen die verbliebenen unbekannten Entführer, ihre Geisel zu töten. Felicitas Toben konnte ihre Peiniger jedoch dazu überreden, davon abzulassen, und wurde am nächsten Morgen freigelassen. Tragischerweise waren ihre Eltern aufgrund einer vorangegangenen Nachricht der Entführer vom Tod ihres einzigen Kindes ausgegangen und hatten aus Trauer Selbstmord verübt: Zuerst hatte Richard Toben seine Frau, dann sich selbst erschossen. Der Ort, an dem die Geisel von den Entführern gefangen gehalten wurde, konnte noch nicht lokalisiert werden. Frau Toben hat angegeben, dass neben Jannik Schulz, den sie sofort identifiziert hatte, mindestens eine weitere Person beteiligt gewesen sein soll, eine Frau. Diese trat jedoch stets maskiert auf und habe in ihrer Gegenwart nicht gesprochen. Die Ermittlungen seien zwar noch nicht offiziell abgeschlossen, es gebe zurzeit jedoch keine konkreten Anhaltspunkte, die auf weitere Erkenntnisse hoffen ließen.

Zwar waren Fragen durch die anwesenden Reporter zugelassen, diese wurden aber äußerst knapp oder, mit Verweis auf die noch laufenden Ermittlungen, gar nicht beantwortet. Nach einer halben Stunde war die Pressekonferenz bereits beendet. Velten und Dr. Meyer warteten, bis die Medienvertreter den Raum verlassen hatten und die Türen geschlossen waren, dann begrüßten sie Rheydt, der sich gerade den Schweiß von der Stirn wischte.

»Danke, dass Sie meine Rolle nicht thematisiert haben«, sagte Velten.

»Sie waren ja auch sehr überzeugend.« Rheydt blickte mehr zu Dr. Meyer als zu ihm. »Na ja, dann sage ich mal vielen Dank für die Kooperation. Ich denke, das Gesamtbild, das wir präsentieren konnten, ist zwar nicht unbedingt ganz zufriedenstellend, aber stimmig.«

Sie schüttelten einander die Hände. Rheydt ging zurück zu seinen Kollegen, die den Mitarbeitern des Conversationshauses halfen, die auf der Bühne aufgestellten Tische abzubauen. Sie waren wieder allein.

»Ich mag es nicht, wenn wir sowohl offiziell als auch inoffiziell zu keinen Ergebnissen kommen«, sagte Dr. Meyer neben ihm. »Ihr Verdacht bezüglich Frau Johansson hat sich nicht bestätigt.«

Velten verzichtete auf eine Antwort. Lange Zeit hatte Mara als Hauptverdächtige gegolten, nicht nur wegen Felicitas' Aussage, auch weil sie über umfassendes Wissen um Felicitas' Angewohnheiten und Sicherheitsmaßnahmen verfügte. Und weil sie mit Blick auf die bevorstehende Entlassung aus dem Dienst der Tobens ein Tatmotiv gehabt hätte. Sie war von den Kollegen wochenlang mehrfach täglich verhört worden, aber letztlich erfolglos. Vor drei Wochen hatte ihr Anwalt sie dann aus der Untersuchungshaft herausholen können. Seitdem war es Velten nicht gelungen, mit ihr in Kontakt zu treten, sie hatte sämtliche Versuche von ihm ignoriert. Das Observationsteam, das seit ihrer Freilassung auf sie angesetzt war, hatte sie mehrfach zusammen mit Liam Sebold gesehen.

»Für eine Mittäterschaft von Mara Johansson konnten keine harten Indizien erbracht werden. Sie hat für die Zeit der Freilassung Felicitas' das perfekte Alibi, da war sie mit mir unterwegs. Wir wissen aber, dass Jannik Schulz zu diesem Zeitpunkt bereits tot war. Wenn sie also beteiligt gewesen wäre, müssten wir nach mindestens einem weiteren, unbekannten Täter suchen. Und, kurz, Sebold ist es nicht.«

Es gab bisher keine weiteren Hinweise, wer diese Person ansonsten sein könnte oder dass überhaupt noch weitere Personen an der Entführung beteiligt gewesen waren.

Liam Sebold hatte nachweislich den Abend der Lösegeldübergabe im *Nordblick* verbracht, das konnten mehrere Gäste unabhängig voneinander bestätigen. Er war angeblich so stark alkoholisiert gewesen, dass er auf dem Tresen eingeschlafen war. Hans Sandtner hatte ihm dann in einem Nebenzimmer ein provisorisches Lager eingerichtet, und ein Taxi hatte ihn morgens um neun wieder zu seinem Wohnwagen gebracht.

»Das Interview von Felicitas Toben kennen Sie, oder?«

Ja, er hatte es am Morgen in der Presse gelesen. Felicitas hatte gesagt, dass sie alles, was sie von ihren Eltern geerbt hatte, inzwischen verkauft hätte: die Stadtvilla, Immobilien der Familie auf dem Festland und nicht zuletzt sämtliche Geschäftsanteile der MWS. Mehrere Finanzinvestoren hatten sich gegenseitig überboten und den Preis in die Höhe getrieben, am Ende war es ein dreistelliger Millionenbetrag geworden. Nur ihr eigenes Haus sowie den Buchladen hatte

Felicitas behalten. »Angeblich hat sie den gesamten Erlös bereits gespendet. Wissen wir, ob das stimmt?«

»UNICEF hat bestätigt, dass sie ihr Angebot angenommen haben und das Geld für die Hilfe von Kriegsopfern einsetzen werden. Einige Mitarbeiter hatten sich zwar dagegen ausgesprochen, weil an dem Geld der Tobens Blut klebe. Felicitas Toben hatte es daraufhin selbst als Sühnegeld bezeichnet. So konnten sie sich letzten Endes wohl doch dazu durchringen, die riesige Spende anzunehmen.«

Dr. Meyer wandte sich dem Hinterausgang zu. »Nachdem Sie mir die Einzelheiten des Falles geschildert hatten, war mir kurz der Verdacht gekommen, Felicitas könnte die ganze Entführung nur vorgetäuscht haben, um das Erbe einzustreichen. Cui bono. Na ja, der Ansatz hat sich ja jetzt auch erledigt. Lust auf ein Fischbrötchen?«

»Wie bitte?« Velten dachte, er hätte sich verhört. Sie traten nach draußen.

»Überlegen Sie es sich. Der mobile Stand hier um die Ecke ist nicht schlecht. Ich werde eins mit Nordseekrabben nehmen.«

Es war mehr als seltsam, neben der kauenden Dr. Meyer herzugehen. Sie tupfte sich kurz den Mund ab, schaute einer Gruppe von Kindern hinterher, die aus einem in den Arkaden befindlichen Laden gestürmt und direkt an ihnen vorbeigerannt waren. Dann biss sie wieder herzhaft ab. Sie wartete auf etwas, dachte er. Sie ist eine der einflussreichsten Personen im Bundeskriminalamt, es gibt bestimmt Wichtigeres für sie zu tun, als mit mir ein paar Schritte zu flanieren und Zeit totzuschlagen. Nachdenklich biss er von seinem Brötchen mit Bismarckhering ab. Die saure Marinade ließ ihn kurz das Gesicht verziehen.

»Sind Sie denn bereit, wieder in den Dienst zurückzukehren?«

Jetzt verstand er. Sie wollte mit ihm über *ihn* reden. »Meine Ermittlungen hier – sie haben mir gutgetan. Es hat mir gefehlt. Auch wenn sie schlecht gelaufen sind.«

»Da sind wir genau beim Thema. Es geht mir darum, was das für die Zukunft heißt.« Dr. Meyer machte zwar eine Pause, um ihre Worte wirken zu lassen, aber es war zu erahnen, dass sie noch etwas hinzufügen würde. »Zwar finde ich die Schlüsse, die Sie im Laufe ihrer Ermittlungen gezogen haben, durchaus stimmig und gut. Aber Ihre Vorgehensweise entspricht nicht der des Bundeskriminalamtes. Das betrifft insbesondere natürlich das Desaster im Keller der Sandtners und Ihren Ausflug in den Osten der Insel. Sie hätten da niemals ohne Unterstützung hingehen dürfen. Es passt zu dem Gutachten, das mir über Sie vorliegt.«

»Was wollen Sie mir damit sagen?« Hatte die Gutachterin ihm etwa doch nicht bescheinigt, wieder in den Dienst zurückkehren zu können? Auf einmal hatte er Angst. Was hatte Dr. Meyer andeuten wollen? Gab es schlechte Nachrichten von der Gutachterin? War sie deshalb hier – um ihm zu sagen, dass er doch nicht wieder zurückkonnte?

»Die Ausarbeitung der Dame war erschreckend lang. Ich bin kein Psychologe, darum habe ich nach einer Zusammenfassung für Laien gefragt. Kurz: Sie sind zwar dienstfähig, aber etwas durcheinander. Und Sie nehmen keine Hilfe an.«

»Da ist vielleicht was dran.«

»Wir arbeiten als Team. Sie wissen das. Sie müssen Ihren Kollegen vertrauen und die Kollegen Ihnen. Wenn das nicht funktioniert, egal in welcher Richtung, dann haben wir ein Problem.« Sie blieb stehen. Sie musterte ihn mit ihren stahlblauen Augen. Viele kleine Fältchen durchzogen ihr Gesicht. »Sie haben sich im letzten halben Jahr nicht einmal bei Ihren alten Kollegen gemeldet, oder?«

»Das war der Sinn der Auszeit.« Es reichte ihm. Er hatte keine Lust, sich abkanzeln zu lassen. Wenn sie ihn nicht mehr brauchte, sollte sie es sagen. »Sie wissen, was Sie an mir haben.«

»Darum bin ich hier.« Dr. Meyer schmunzelte. »Ich möchte Ihnen ein Angebot machen.«

»Äh ... Wie?«

»Ich brauche Sie, so wie Sie jetzt sind. Einen Einzelgänger. Nicht als Teil der Linienorganisation, sondern parallel dazu. Stabsstelle Sonderaufgaben. Sie berichten direkt an mich.«

Er wusste nicht, was er sagen sollte. Was sollte das? War das eine Beförderung? »Warum ich?«, fragte er nur.

Sie hatten den Kurplatz einmal an der Quer- und an der Längsseite abgeschritten und die Bülowallee, die aus dem Ort führende Prachtstraße, erreicht. Dr. Meyer warf ihr Papiertuch, in dem das Nordseekrabbenbrötchen eingeschlagen gewesen war, in einen Mülleimer. »Weil ich Sie schon seit Ewigkeiten kenne.« Sie atmete tief durch. »Der An-schlag auf den Bundespräsidenten letztes Jahr war nur der Vorbote. Etwas passiert: Das Land ist instabil, die Stim-mung ist aufgeheizt. Ich möchte gerne vorbereitet sein. Ich brauche Leute wie Sie, auf die ich mich verlassen kann.«

Sie hob eine Hand, und der schwarze Wagen, der auf der anderen Straßenseite unter einem Baum gewartet hatte, wendete in einem weiten Bogen und rollte auf sie zu.

»Sie schulden mir was, Velten.«

»Und das wäre?«

»Einen fähigen und ausgeruhten Ermittler.«

»Den kriegen Sie.«

»Ich freue mich, dass Sie wieder an Bord sind.«

Sie stieg ein und fuhr ohne weitere Verabschiedung weg.

Erleichtert sah Velten ihr nach. Ihre kryptischen Andeu-tungen passten so gar nicht zu ihr, das machte ihm Sorgen. Aber er wusste, dass er bereit für die Aufgaben war, die auf ihn warteten. Es fühlte sich gut an. Er würde nach Berlin zurückkehren.

45

DER WECKER KLINGELTE, Velten war aber bereits wach. Er stand auf, duschte, putzte die Zähne, zog sich an. Ging in die Küche, machte sich einen Kaffee, frühstückte dazu ein Mehrkornbrötchen mit Käse, das er sich am Vorabend noch gekauft und in den Kühlschrank gelegt hatte. Auf dem Tisch lagen die zerknitterten Zettel, die ihm beim Packen wieder in die Hände gefallen waren und eine neue Gedankenkette angestoßen hatten, von der er noch nicht genau wusste, wo sie ihn hinführen würde. Es waren die Verträge, die er mit Alea Toben abgeschlossen hatte. Das Entgelt war ihm nie ausbezahlt worden.

Er spülte das Geschirr, trocknete ab, stellte alles wieder in die Schränke. Kehrte ein letztes Mal durch. Entnahm dem Kühlschrank die letzte Flasche Nordseebräu, wie er das selbst gebraute Bier nannte, und verstaute es zusammen mit dem Kulturbeutel in dem großen Reisekoffer, der seine gesamten Habseligkeiten enthielt. Ein Geschenk für Juna.

Im Mai hatte sie ihn auf Norderney besucht. Er hatte am Fähranleger auf sie gewartet und ihre blonde Mähne schon entdeckt, als sie noch auf dem Schiff gewesen war.

Ihre Umarmung war herzlich, aber doch ein wenig gehemmt gewesen. Sie hatte sich offenbar gefreut, war aber vorsichtig geblieben. Das Lachen, in das er sich verguckt hatte, war nicht mehr da gewesen. Als er ihr seine Wohnung gezeigt hatte, hatte sie sich schließlich irritiert umgesehen. »Und warum wohnst du hier?«

»Ach ja, ich brauchte mal einen Tapetenwechsel.« Er hatte gedacht, sie spiele auf den Umzug von Juist nach Norderney an.

»Die Bude ist furchtbar, siehst du das denn nicht?«

»Natürlich. Aber ich kann nichts dagegen machen.« Ratlos hatte er mit den Schultern gezuckt. Zum Glück hatte sie dann grinsen müssen. Das hatte das Eis wieder gebrochen.

Anfang Juni war er bei ihr in Berlin gewesen. Na ja, genau genommen hatte er sie bei sich besucht, aber seine alte Wohnung war kaum wiederzuerkennen gewesen. Total einladend und gemütlich. Der Besuch bei ihr war schön gewesen. Wenn man keine Eingewöhnungszeit brauchte, war das ein Zeichen dafür, dass es auch länger miteinander funktionieren könnte? Sie hatten sich darauf geeinigt, es zuerst als eine Art Wohngemeinschaft zu versuchen.

Velten überlegte kurz und stopfte die Verträge, die er mit den Tobens gemacht hatte, noch oben in den Koffer, obwohl er das Geld nicht mehr einfordern wollte. Ein neuer Gedanke war hinzugekommen, beschäftigte ihn. Er verließ die Räumlichkeiten, die im nächsten Winter zu einer netten Ferienwohnung ausgebaut werden sollten. Den Schlüssel warf er unten in den Briefkasten. Das Taxi kam pünktlich, die Straßen waren leer. Er würde die Fähre wie geplant bekommen, gerade fuhren die ersten Autos auf den weißen Stahlkoloss.

Der Fahrer nannte den Fahrpreis, er holte das Portemonnaie aus der Gesäßtasche, öffnete das Fach mit den Geldscheinen. Bekam sehr viel Hartgeld zurück, er ließ es in das Münzfach fallen. Stockte. Das Lösegeld. Genau. Es war ganz anders, als er es immer angenommen hatte. Als das Taxi wieder wegfuhr, ahnte er, was wirklich bei der Entführung geschehen war.

Den Koffer deponierte er in einem Schließfach, er würde eine spätere Fähre nehmen. Dann ging er am befestigten Westufer entlang zurück in die Stadt. Immer mehr Details passten zu seiner Theorie, nach und nach ergab alles Sinn. Durfte man Mitleid mit einer kaltblütigen Mörderin haben? Am Ende der Strandpromenade erklomm er noch einmal die Georgshöhe und blickte auf das Meer. Die im Stadtgebiet größte Düne hatte früher für die Seefahrt als Landmarke gedient und war inzwischen eine Sehenswürdigkeit: Auf ihrer Spitze befand sich eine Aussichtsplattform, ein riesiger Holzanker aus dem 18. Jahrhundert und ein allzeit beflaggter Mast gaben beliebte Fotomotive ab. Am Fuß der Düne verlief die von den Kaiserwiesen kommende Strandpromenade, zurückversetzt, um dem Nordstrand Raum zu geben, der von hier bis zur entlegenen Ostspitze der Insel reichte. Velten wurde bewusst, wie sehr er das alles vermissen würde.

Ab morgen, wenn es wie vorhergesagt tatsächlich wieder wärmer werden sollte, würden am Nordstrand vor allem bei den beiden bewachten Badefeldern zahlreiche Familien zu finden sein. Bei Surfern war dieser Ort auch in den kühleren Monaten sehr beliebt, weil er insbesondere bei Westwind hervorragende Bedingungen bot. Windsurfen, das hatte er doch eigentlich auch mal ausprobieren wollen.

Nordsee war ein Gefühl. Die Weite. Der gerade Horizont. Die Farben der Landschaft. Es war einfach schön. Der Wind fuhr durch seine Haare, objektiv gesehen war es hier ungemütlich, aber ihm gefiel es.

Er erinnerte sich daran, wie er vor ein paar Wochen, als das Thermometer noch einmal einstellige Temperaturen angezeigt hatte, eines Morgens im Meer schwimmen gewesen war. Alleine. In der Nacht hatte es geregnet, es hatte frisch und unverbraucht gerochen. Er hatte Handtuch und Wechselsachen am Strand liegen lassen, war losgelaufen, durch die Brandung gesprungen, bis das Wasser tiefer geworden war, hatte sich nach vorne fallen lassen und war mit geschlossenen Augen unter den Wellen hindurchgetaucht. War kraftvoll hinausgeschwommen, nach und nach waren die Wellen weicher geworden. Sein Herz hatte gepumpt. Er hatte sich herumgedreht, die rötlichen Strahlen der frühen Sonne hatten auf dem Meer gelegen und ihm eine lila Nuance gegeben. Es war kalt gewesen, aber in den Muskeln hatte es angenehm warm gebrannt. Um ihn herum war alles gut gewesen, und in ihm auch. Mit langen Zügen war er zurück zum Ufer geschwommen.

Es wurde wirklich Zeit, nach Berlin zurückzukehren, sonst würde er noch richtig sentimental werden. Inzwischen war er sich bei seinen Schlussfolgerungen absolut sicher, der Rest würde Fleißarbeit werden. Nein, Mitleid war unangebracht. Aber er konnte es nicht ändern. Er würde Felicitas noch eine letzte Chance geben, entschied er. Darauf einen volljährigen Whisky, einen von der Speyside. Den hatte er sich verdient.

Epilog

FELICITAS TOBEN ARRANGIERTE die im Schaufenster liegenden Nordseekrimis, ohne die eine Buchhandlung auf Norderney schlicht nicht überleben konnte, nach einem neuen Muster und legte ein paar Klassiker dazu: *Der alte Mann und das Meer* von Hemingway sowie *Moby Dick* von Melville. Zufrieden betrachtete sie ihr Werk, als jemand an die Eingangstür klopfte.

»Wir haben geschlossen.«

»Ja, ich weiß«, erklang Veltens Stimme.

Jetzt erkannte sie den schwer einschätzbaren Ermittler wieder. Was wollte der denn noch hier? Na ja, es würde seltsam aussehen, wenn sie ihn nicht hereinließe. Sie drehte den Schlüssel um, der noch im Türschloss steckte.

»Guten Abend!« Velten trat ein.

Ihr ging diese Arroganz der Polizisten langsam auf den Wecker. Sie schienen davon auszugehen, dass man den ganzen Tag nur darauf wartete, sich mit ihnen zu unterhalten – über Themen, die man am liebsten vergessen würde. Er hatte zwei Kaffeebecher dabei, einen drückte er ihr in die

Hand. Das war wohl lieb gemeint, bedeutete aber auch, dass er länger bleiben wollte. »Danke.«

»Wir müssen reden.« Er drehte sich um und verschloss die Tür hinter sich.

»Na ja, Sie wollen reden. Ich wollte mich jetzt eigentlich ausruhen.«

Velten machte ein paar Schritte in den Verkaufsraum. Besah sich die Auslage, den Schrank mit den Büchern der Bestsellerliste, die Ecke mit den Liebesschmökern, drehte an dem Ständer mit den Postkarten.

»Was wird das?«

»Ich hätte nicht gedacht, dass Sie hierbleiben«, entgegnete er.

»Ich wüsste nicht, wo ich sonst hinsollte. Das hier ist meine Heimat.«

»Sie sind jetzt frei. Es gibt niemanden mehr, der Sie kontrolliert oder Ihnen Anweisungen erteilt.«

Sie sah nur nach unten.

»In den seltensten Fällen gelingt es, Verbrechen anhand eines eindeutigen Beweises aufzuklären«, sagte Velten mit dunkler Stimme. »Fast immer haben wir nur Fakten, die wir als Polizisten deuten müssen. Die eigentliche Kunst besteht darin, die vorliegenden Fakten zu interpretieren, zu schlüssigen Indizienketten zusammenzufügen. Vor Gericht geht es dann darum, ob diese Indizien in ihrer Gesamtheit ausreichend überzeugend sind, um einen Angeklagten zu verurteilen. Im Fall Ihrer Entführung haben wir sehr viele Fakten vorliegen, konnten sie aber noch nicht richtig deuten. Bis heute.

Manchmal ist einfach ein Perspektivwechsel nötig, und dann ergeben Fakten, die einem gerade noch zusammenhanglos schienen, einen Sinn.«

»Warum sagen Sie mir das?«

»Meine neue Perspektive ist, dass der Plan der Täter voll aufgegangen ist und nicht, wie zuerst vermutet, gescheitert. Dank der neuen Perspektive fügt sich plötzlich einiges. So lässt sich auch den Fakten, die vorher einer Theorie widersprochen hatten, ihr Platz in der Geschichte zuweisen.«

»Worauf wollen Sie hinaus?«

»Es passte so viel nicht. Allein der Morgen der Entführung: Warum sind Sie überhaupt losgelaufen, obwohl Regen angesagt war? Warum entschieden sich die Entführer für den perfekten Zeitpunkt für ihre Tat, obwohl Sie zu einer anderen Zeit als normalerweise unterwegs waren? Warum haben Sie in den Wochen davor immer wieder die Terrassentür aufgelassen, wenn Sie doch in panischer Angst vor einer Entführung lebten? Warum haben Sie sich überhaupt nicht gewehrt, als der Entführer Sie in Ihr eigenes Auto geschoben hat? Weshalb lassen sich die Entführer so freiwillig von einer Überwachungskamera filmen, ohne jeden Versuch, die Aufnahmen zu unterbinden, obwohl diese doch so hervorragend über Ihr Überwachungssystem Bescheid wussten? Wie konnten Sie, Frau Toben, die Entführer dazu überreden, Sie freizulassen, obwohl diese kein Problem hatten, mit Jannik Schulz einen ihrer eigenen Leute zu töten? Zumal mit Ihrer Freilassung das Risiko stieg, dass Sie der Polizei Tipps zur Ergreifung der Täter geben könnten? Und warum schafften es die Kollegen nicht, die Komplizen von Jannik Schulz ausfindig zu machen, obwohl Sie ihnen doch zahlreiche Hinweise geben konnten?«

Er setzte sich in die Leseecke, in eines der beiden Sofas, die um einen Wohnzimmertisch herumstanden. »Für jede dieser kleinen Ungereimtheiten lassen sich eigene Erklärungsmöglichkeiten finden, weshalb unter bestimmten Umständen das eine und unter anderen etwas anderes Sinn ergibt. Aber sie ergeben alle Sinn, wenn man annimmt, dass die Entführung nicht so abgelaufen ist, wie es die Spuren nahelegen sollten. Dass es genau genommen gar keine Entführung war, sondern dass Sie und Ihre Komplizen uns etwas vorgespielt haben.«

»Sie reden Schwachsinn, Herr Velten. Und Sie haben das Feingefühl einer Abrissbirne.« Sie durfte sich das nicht gefallen lassen. »Gehen Sie bitte!«

»Jetzt kommt die Frage nach dem Motiv. Weshalb sollten Sie das tun? Sie haben sowohl das Lösegeld als auch den Reichtum Ihrer Eltern liegen gelassen.«

»Sie sehen also selbst ein, dass Sie wirres Zeug erzählen?« Sie hatte den Monolog Veltens dafür genutzt, ihre Gedanken zu sortieren. Weshalb sollte er ihr einfach so seine Ermittlungsergebnisse mitteilen, wenn nicht, um ihr ein Geständnis zu entlocken? Wahrscheinlich nahm der Mann das Gespräch auf. Also, was immer kam, sie durfte nichts zugeben. Auch wenn er bisher mit allem richtiggelegen hatte.

»Nein, ganz im Gegenteil. Das Lösegeld hat mich darauf gebracht. Eine weitere Ungereimtheit, die ich noch gar nicht aufgezählt hatte: Die Höhe ist viel zu gering, und vor allem die Tatsache, dass die Übergabe nicht geglückt ist, ergibt keinen Sinn. Mara und ich hatten uns an alle wesentlichen Vorgaben gehalten, das Lösegeld hätte gefahrlos abgeholt werden können. Aber nicht einmal der Versuch dazu wurde unternommen. Und es ist mir jetzt auch klar, warum: weil die Entführer es nie hatten haben wollen. Weil *Sie* es nicht haben wollten. Stattdessen waren das Lösegeld und die ganze Entführung nur eine Inszenierung, um das tatsächliche Verbrechen vorzubereiten und zu verschleiern: den Mord an Ihren Eltern.«

»Sie sind unverschämt!«

»Sie haben sich nicht nur von Ihren Eltern, sondern auch von deren Vermögen befreit. Denn darum ging es Ihnen«, redete Velten ungerührt weiter, »Sie wollten genau nicht reich sein, Sie wollten den Reichtum Ihrer Eltern nicht haben, sondern loswerden.« Velten setzte ein selbstzufriedenes Gesicht auf. »Diesen Reichtum haben Sie als die Ursache für Ihr Unglück angesehen. Einen Reichtum, den Sie als den Grund für das miese Verhältnis zu Ihren Eltern, für die Kontrolle, für die Abschottung von Fremden und Freunden erachten, der darüber hinaus auf Rüstung und Krieg basiert und in weiten Teilen unserer Gesellschaft verachtet ist. So verachtet, dass die Paranoia Ihrer Eltern vielleicht sogar einen rationalen Hintergrund hatte. Sie haben nicht nur Ihre Eltern gehasst, Sie haben auch den Reichtum Ihrer Familie gehasst. Und beides sind Sie jetzt endlich los. Sie sind frei.«

Velten trank einen Schluck von seinem Kaffee, bedeutete

ihr aber bereits mit der freien Hand, dass er seine Ausführungen noch nicht beendet hatte. »Die Spuren im Salon der Villa lassen zwar sowohl einen Selbstmord als auch eine Hinrichtung möglich erscheinen. Aber ehrlich, wer, der Ihre Eltern besser kannte, sollte annehmen, dass diese sich aus Kummer über Ihren Tod selbst umbringen würden? Die beiden haben sich nicht wirklich für Sie interessiert, für die waren Sie doch nicht viel mehr als eine Art besonderer Schatz, den es sicher zu verwahren galt. Im Erdgeschoss der Villa habe ich keine Fotos gesehen, die auf ein intaktes Familienleben hingewiesen hätten. Ein paar Hochzeitsbilder Ihrer Eltern, ein Baby- und ein Kleinkindfoto von Ihnen, ein Bild vom Abi, das war's. Keine selbst gemalten Bilder aus der Kindheit, keine Urlaubsfotos. Stattdessen hängt da im Wesentlichen irgendwelche Seefahrtromantik herum. Und in Ihrem Haus ist es genau das Gleiche: so gut wie keine Familienfotos. Nur eines, zur Tarnung, das Sie auf den letzten Metern noch irgendwo gefunden haben, das aber im Gegensatz zu den Bildern, die Ihnen wichtig waren, noch überhaupt nicht verblichen war – obwohl es direkt neben denen stand.«

»Sie beleidigen meine toten Eltern«, sagte Felicitas mit tonloser Stimme, und beinahe ekelten sie ihre eigenen Worte an.

»Sie haben sie gehasst. Und das vollkommen zu Recht.« Er wartete auf einen Widerspruch, aber den konnte sie ihm nicht geben. »Als sogenannte gefährdete Person haben Sie das Recht, eine Waffe verdeckt zu tragen. Abgesehen davon saßen Sie ja quasi bis vor Kurzem an der Quelle. Wir können also festhalten, dass Sie die grundsätzliche Möglichkeit und das Motiv hatten, Ihre Eltern zu töten. Und indem Sie Mara und mich in die Wildnis geschickt haben, haben Sie auch eine konkrete Gelegenheit geschaffen, in der Ihre Eltern ohne unseren Schutz waren. Denn nach wie vor waren Sie in dem Zutrittssystem berechtigt, mittels Ihres Fingerabdrucks die Stadtvilla zu betreten. Insgesamt besaßen nur vier Personen diese Berechtigung: Ihre Eltern, Mara Johansson – und Sie.«

»Alles, was Sie da von sich geben, ist falsch.« Sie überlegte, was sie tun sollte, aber ihr fiel nichts ein. Sie war schon wieder starr, wie ein Kaninchen vor der Schlange, und sie hasste sich dafür. »Das sind furchtbare Unterstellungen!«

»Apropos Unterstellungen und falsche Hinweise: Mara über Ihr Tagebuch und wirre Andeutungen gegenüber Liam als mögliche Verdächtige aufzubauen, das war wirklich gut. Ebenso wie Sie am Ende der Videos in zwei Richtungen blickten, was auf zwei Täter hindeutete. Aber ich denke, dass Sie ausschließlich mit Jannik Schulz zusammen gehandelt haben. Sie brauchten mindestens einen Partner, und Schulz war die ideale Besetzung dafür: Er war in Sie verliebt und entsprechend leicht zu manipulieren, und er hatte Ihnen Zutritt zu dem Keller der Sandtners verschafft, Ihr Versteck und angebliches Verlies in einem. Um die Spur zu ihm zu verschleiern, haben Sie sich damals angeblich getrennt – seitdem müssen Sie den Plan verfolgt haben, diese Entführung vorzutäuschen. Aus dem gleichen Grund haben Sie seine

Statur auf dem Video verfälscht. Ich denke mal, Sie haben das über irgendein Karnevalskostüm geregelt.«

»Pfft.«

»Ich frage mich nur, weshalb Jannik sterben musste?«

»Weil …« Beinahe wäre sie in die Falle getappt. Weil sich herausgestellt hatte, dass er ein Arschloch war? Weil er ein Risiko gewesen war? »Weil er sich mit seinen Komplizen überworfen hatte? Ich weiß es nicht.«

»Wollte er Sie erpressen?« Velten beugte sich vor. »Hatte er andere Pläne? Hatte er Fehler gemacht? Sie waren von ihm abhängig, wären es für alle Zeiten gewesen. Er hatte seinen Dienst getan, Sie brauchten ihn nicht mehr. Haben Sie ihn deswegen entsorgt wie ein kaputtes Werkzeug? Sind Sie so ein Mensch? Er hat Sie geliebt.«

Felicitas spürte ein flaues Gefühl in der Magengegend. Jannik hatte sie retten wollen. Warum war alles aus dem Ruder gelaufen? Es war doch anders geplant gewesen. »Hören Sie auf, bitte.«

»Ich habe noch gar nicht angefangen.«

»Sie haben nur Indizien.«

»Nein. Es kommt auf das Gesamtbild an, und da halte ich die Indizien in ihrer Summe schon jetzt für ziemlich überzeugend. Aber vielleicht kommen ja noch welche hinzu. Stellen Sie sich doch mal vor, was ab jetzt passieren wird. Die Polizei wird nun in diese neue Richtung ermitteln. Nicht ich, sondern ein ganzes Team, eine Mordkommission. Was wird sie alles herausfinden? Wer weiß, vielleicht gibt es noch viel mehr Hinweise auf Ihre Täterschaft, die weder Sie noch ich kennen? Vielleicht hat Jannik Fehler gemacht? Vielleicht haben Sie Fehler gemacht, die Ihnen noch nicht bewusst sind? Sie werden Profis gegenüberstehen, die jede Aussage von Ihnen hinterfragen werden, die Sie regelrecht auseinandernehmen werden. Sie werden sich in Widersprüche verwickeln. Sie werden kämpfen, Sie werden leiden, und glauben Sie mir, es wird vergeblich sein. Wollen Sie sich das antun?«

Was sollte sie tun? Sie stand vor den Trümmern ihres neuen Lebens, das gerade einmal drei Wochen alt war. »Was ist die Strafe für Mord? Lebenslänglich?«

»Ja«, sagte ihr furchtbar selbstgefälliges Gegenüber.

»Aber bei guter Führung kommt man nach fünfzehn Jahren frei, oder?«

»Das passiert.«

»Ich denke, die hätte ich bereits zusammen. Was meinen Sie?« Konnte der Mann sie nicht einfach in Ruhe lassen? Was sollte irgendwer davon haben, wenn sie ins Gefängnis ginge? Sie wollte doch einfach nur ein kleines, freies Leben haben.

»Sie wollen einen neuen Anfang. Wenn man sich selbst stellt, ohne dass die Polizei einen bereits am Haken hat, kann das als tätige Reue ausgelegt werden. Das wäre strafmildernd. So hätten Sie die Möglichkeit für einen richtigen, ehrlichen Neustart. Die Selbstanzeige ist eine gute Chance. Denken Sie darüber nach.«

Velten erhob sich, sah traurig zu ihr herüber und verließ den Laden. Die Tür fiel langsam hinter ihm ins Schloss, und wie zum Abschied bimmelte dieses blöde Glöckchen.

Veltens Worte waren eine eindeutige Drohung gewesen. Sie war sich sicher, wenn sie sich nicht bald selbst stellte, würde er seine Erkenntnisse an seine weiterhin ermittelnden Kollegen weitergeben. Sein Besuch war damit vielleicht tatsächlich eine Art Freundschaftsdienst gewesen. Oder fiel sie gerade auf eine der ältesten Verhörtechniken der Welt rein?

Der Albtraum fing schon wieder an. Oder hatte er nie aufgehört? Sie schloss die Augen. Sie hatte einen Fehler gemacht, und sie würde dafür einstehen. Sie würde wieder zurückkommen, ohne den drohenden Abgrund, jederzeit enttarnt werden zu können. Es wäre der konsequentere Weg, mit Sühne und Reue, ohne Verstecken, ehrlich.

Nein, es wäre schön dumm, beim ersten Gegenwind direkt aufzugeben. Sie war doch frei, wenn der Polizist die Indizien tatsächlich schon für ausreichend erachtet hätte, wäre sie gerade von ihm verhaftet worden.

Kopfschmerzen. Es war schwierig, einen klaren Gedanken zu fassen.